ROBERTS

# DIE BIBLIOTHEK DER KÖNIGE
EIN **TOM WAGNER** ABENTEUER

Thriller

Copyright © 2020 Roberts & Maclay Publishing GesbR,
Putzendoplergasse 20/46/1, 1230 Wien

Für die Druckversion: ISBN: 9798616833013 / Imprint: Independently published

Alle Rechte vorbehalten. Das Werk darf – auch teilweise – nur mit Genehmigung der Autoren wiedergegeben werden.

Korrektorat: Die Bücherfee - Karina Reiß

Coverdesign: reinhardfenzl.com / Fotocredits: depositphotos.com: Gebäude: steveheap (8167683) & czuber (44639405) / Hubschrauber 1: tribal (46241729) / Blitze: y6uca (167996786) / Wolken: dleindecdp (2262418) /Kugel: iLexx (64400423) Person: neostock.com

Personen und Handlung des Romans sind frei erfunden. Ähnlichkeiten mit tatsächlichen Begebenheiten oder lebenden bzw. verstorbenen Personen wären rein zufällig und nicht beabsichtigt.

www.robertsmaclay.de - office@robertsmaclay.de

Hole dir das kostenlose Tom Wagner Abenteuer „Der Stein des Schicksals"

— Mehr dazu am Ende des Buches

„Je vollkommener, desto mehr Schmerzen."

— MICHELANGELO (1475-1564)

# 1

VILLA VON NIKOLAUS III, GRAF PALFFY VON ERDÖD, IN EINEM VORORT VON DEN HAAG

Der Mann blickte der schwarzen Schönheit noch ein paar Augenblicke nach. Natürlich kannte er ihren Namen: Ossana Ibori. Mit genügend Abstand folgte er ihr.

Er beobachtete, wie sie in ihr Auto stieg, das sie zwei Häuserblocks entfernt geparkt hatte und damit wegfuhr. Um sicherzugehen, dass sie nicht zurückkam und ihn überraschte, wartete er weitere fünf Minuten. Dann ging er zurück zur Villa. Im Unterschied zu Ossana, musste er nicht über die Mauer klettern. Er hatte einen Schlüssel. Mit seinen behandschuhten Händen öffnete er das schmiedeeiserne Tor und ging, wie auch Ossana rund 15 Minuten davor, die 300 Meter lange, mit Pflastersteinen ausgelegte Allee entlang, die zur Villa führte. Es war stockdunkel. Vermutlich hatte Ossana die alten Londoner Straßenlaternen, die sonst den gepflegten Weg beleuchteten, abgeschaltet. Auch die Villa lag in völliger Dunkelheit. Der Mann schloss die Eingangstür auf, ging zur Alarmanlage und tippte den 7-stelligen Code ein. Er schaltete das Licht ein und ging in das Arbeitszimmer. Er blickte auf den Boden und nickte anerkennend. Ossana hatte ganze Arbeit geleistet. Den Safe, der hinter einem Bild von Kaminski an der Wand über dem Kamin angebracht war, hatte sie wieder geschlossen. Doch der Safe interessierte ihn nicht. Der Mann verließ das Arbeitszimmer, durchquerte die Eingangshalle und ging die großzügige Marmortreppe nach oben. Er blickte den Flur entlang, betrat das letzte Zimmer und schaltete das Licht ein. Die Kleiderschränke waren geöffnet, Kleidung lag auf dem Bett und auf dem Boden. Ein geschlossener und ein geöffneter Reisekoffer standen herum. Hier hatte jemand wohl ganz schnell das Land verlassen wollen. Er lächelte grimmig, denn er konnte das nur allzu gut verstehen. Er ging zur, dem Fenster zugewandten Seite des antiken Eichenbetts und schob den alten, schweren Nachtschrank zur Seite. Man musste schon sehr genau hinsehen, um die Unregelmäßigkeiten in der Holzmaserung des Bettkorpus zu erkennen. Der Mann drückte gegen den Teil des Korpus, der ein wenig heller war und es machte leise klick. Ein rund 30 Zentimeter langer und 10 Zentimeter hoher Teil war ein paar Millimeter nach innen gedrückt worden. Der Mann schob das Brett nach hinten und dadurch wurde ein Spalt frei, der etwa die Größe eines Briefschlitzes hatte. Er fasste in den Schlitz und entnahm drei lose, handgeschriebene Blatt Papier. Er entnahm der Innentasche seines Jacketts eine Lesebrille und setzte sie auf. Binnen Sekunden überflog er die Seiten und nickte. Nachdem er den Spalt geschlossen hatte, schob er den Nachttisch wieder an seinen Ort, löschte das Licht und verließ das Schlafzimmer. Auf dem

Weg zur Haustür hielt er inne. Er ging abermals in das Arbeitszimmer. Wenn der Mann bis jetzt ruhig und gelassen agiert hatte, dann war plötzlich Unruhe in seinem Tun zu bemerken. Sein Blick wanderte fahrig durch das Zimmer, sah auf den Schreibtisch, öffnete die Schubladen und Schränke, durchsuchte die Ablagen und die Unterlagen, die sich auf dem Schreibtisch befanden. Dann blickte er abermals auf den Kaminski, klappte das Bild zur Seite und öffnete den Safe. Der Safe war leer. Der Mann seufzte. Vermutlich hatte sie es mitgenommen. Das war ihm ganz und gar nicht recht. Nie sollte es in andere Hände geraten. Aber er wusste, dass er es wiederbeschaffen würde. Alles zu seiner Zeit. Er verließ die Villa und setze sich in seinen Wagen. Er beugte sich nach hinten und nahm vom Rücksitz ein großes Kuvert. Als Adressat war darauf der Name „Hellen de Mey" vermerkt. Der Mann schob die drei losen Blätter in das Kuvert und verschloss es. Er vergewisserte sich, dass es ausreichend frankiert war, stieg wieder aus seinem Auto und ging zur nächsten Straßenkreuzung, wo er einen für die Niederlande so typischen, roten Postkasten gesehen hatte. Er warf das Kuvert ein und ging zurück zu seinem Wagen.

# 2

WASHINGTON D.C., USA

Tom Maria Wagner kniff die Augen zusammen, als die Sonne ihn blendete. Er durfte seine Orientierung nicht verlieren, nicht jetzt. Dafür stand zu viel auf dem Spiel. Er riss das Flugzeug herum, um der Schusslinie seines Verfolgers zu entkommen. Das immer wieder schneller werdende Piepsen signalisierte ihm, dass sein Gegner ihm dicht auf den Fersen war und unaufhaltsam versuchte, ihn ins Visier zu nehmen. Wenn er einmal einen Dauerton zu hören bekam, wie bei einem Herzstillstand, dann war es auch hier das Ende.

Wieder riss er die F4-Phantom herum, diesmal in die andere Richtung. Das Flugzeug kippte 100 Grad zur Seite und rüttelte Tom ordentlich durch. Eine kleine Handbewegung mit dem Steuerknüppel und schon ging es mit erdrückender Geschwindigkeit in die andere Richtung. Die Maschine stand mal kopf, kippte nach links, nach rechts oder drehte sich mehrmals um die eigene Achse. Jeder normale Mensch würde sein Mittagessen auf der

Konsole verteilen und wahrscheinlich in Ohnmacht fallen. Doch für Tom war das hier - Spaß.

Er war ein Adrenalinjunkie wie er im Buche stand. Er kam jeder noch so absurden und gefährlichen Freizeitbeschäftigung nach, die Gott erfunden hatte oder Red Bull sponserte. Die Langeweile war auch der Grund gewesen, warum er seinen alten Job an den Nagel gehängt hatte. Ursprünglich hatte er geglaubt, bei diesem Job die nötige Dosis Action zu bekommen, doch er war kolossal enttäuscht worden. Offizier bei einer der weltbesten Antiterroreinheiten zu sein, hatte anfänglich spannend geklungen, sich aber als gewaltiger Reinfall herausgestellt. Seine letzte offizielle Aufgabe bei der Cobra, wie die Einheit genannt wurde, war Flugsicherheitsbegleiter, auch bekannt als Air Marshal. Diese, mit Abstand langweiligste aller Aufgaben, die sein Job so mit sich gebracht hatte, hatte er sich aufgrund einiger, sagen wir mal, Fehlinterpretationen seiner Befehle, eingehandelt gehabt.

Das schrille Signal riss ihn aus seinen Gedanken.

Das gibt's doch nicht, dachte Tom. Er schaffte es nicht, seinen Verfolger abzuschütteln, geschweige denn die Oberhand zu gewinnen. Ihm blieb nur noch eine Chance.

Blitzschnell drückte er den Gashebel nach vorne und riss den Steuerknüppel zu sich, was in einer quasi Notbremsung in der Luft resultierte. Die Maschine kippte fast 90 Grad nach hinten und seine Geschwindigkeit halbierte sich für einen Moment. Doch sein Verfolger schoss nicht unter ihm hindurch, wie angenommen. Tom drückte die Nase der Maschine wieder nach unten und gab Vollgas.

„Wo zum Teufel war er hin, er war doch gerade noch hinter mir", rätselte Tom.

Im gleichen Augenblick schrillte ein Warnsignal auf, doch dieses Mal war es kein Piepsen, sondern der gefürchtete Dauerton. Tom kniff die Augen zusammen und ließ alle Steuerhebel los und ergab sich seinem Schicksal.

„Game Over - Bitte verlassen Sie den Simulator auf der rechten Seite - Danke für Ihren Besuch im Smithsonian National Air & Space Museum - Wir wünschen Ihnen einen schönen Tag", drang es aus dem Lautsprecher der engen Kabine.

Er kletterte aus dem Simulator und stieg die wenigen Treppen nach unten wo ihn sein Onkel, Admiral Scott Wagner, in Empfang nahm.

„Das Bier geht auf dich", sagte er mit einem Gewinnerlächeln, legte einen Arm um seinen Neffen und drückte ihn kurz an sich.

Navy Admiral Scott Wagner war Toms Onkel väterlicherseits. Nachdem Onkel Scott vor einem halben Jahr Tom in einer sehr brenzligen Lage geholfen hatte, war es Zeit gewesen, seinen Onkel in Amerika zu besuchen.

„So ein altes Ding bist du also wirklich im Einsatz geflogen?", fragte Tom.

„Ja, während Desert Storm. Die F4's sind zwar schon 50 Jahre alt, haben es aber immer noch drauf", antwortete Scott.

„Ja, du aber auch, ich hab's nicht geschafft, dich abzuschütteln."

„Deine Playstation-Erfahrung reicht nicht, um mich zu erwischen."

„Wann nimmst du mich mal in einer Echten mit nach oben?", fragte Tom erwartungsvoll.

„Ich werde mich mal schlau machen, ob ich das einfädeln kann, aber du musst bedenken, eine Flugstunde kostet den amerikanischen Steuerzahlern satte 30.000 Dollar."

Toms Augen wurden groß.

„30 Kilo für eine Stunde, ein teurer Spaß, ich glaub, da bleib ich lieber bei der Playstation."

Sie lachten beide und verließen den Simulator-Raum des Air & Space Museums und schlenderten weiter durch die enormen Hallen.

Vom ersten Flugzeug der Gebrüder Wright über jegliche andere Arten von Fluggeräten bis hin zur heutigen Raumfahrt war die gesamte Geschichte der Luft- und Raumfahrt haarklein und beeindruckend dokumentiert und ausgestellt. Flugzeuge schwebten förmlich in der Luft, begehbare Teile des Space Shuttles, Raumanzüge, Modelle und Tausende andere Dinge hatte Tom in den letzten Stunden bewundern können.

„Meine Damen und Herren, in wenigen Minuten schließt das Museum. Bitte begeben Sie sich zu den Ausgängen. Wir danken für Ihren Besuch und wünschen Ihnen noch einen schönen Tag", hallte es über die museumsweite Lautsprecheranlage.

„Danke für diese tolle Führung, Onkel Scott", sagte Tom, als sie fast als letzte das Museum verließen.

„Immer wieder gerne ..."

Sie spazierten die National Mall parallel zum Jefferson Drive in westlicher Richtung entlang, um zurück zu ihrem Auto zu kommen. Der riesige Nationalpark war umgeben von sämtlichen Gebäuden des Smithsonian Komplexes und hatte eine Fläche von knapp 60 Hektar. Sie hatten einen beeindruckenden Ausblick auf das Washington Monument, dem enormen Obelisken, der das Zentrum der westlichen Macht markierte. Und hinter ihnen schimmerte das majestätische Capitol in der Spätnachmittagssonne. Was im Kino meist sehr nahe wirkte, hatte in der Realität ganz andere Dimensionen. Das Washington Monument war über zwei Kilometer vom Capitol entfernt.

Zu ihrer Linken tauchte jetzt zwischen den Bäumen *The Castle* auf. Das Hauptgebäude und heutige Informationszentrum des Smithsonian Institutes. Sie machten an einem Hot Dog Stand halt. Als sie ihren Snack in Händen hielten, kamen zwei schwarze SUVs mit quietschenden Reifen auf der gegenüberliegenden Straßenseite zum Stehen. Acht Männer sprangen heraus. Sie waren in Zivil gekleidet, hatten aber eine unverkennbare militärische

Körpersprache. Jeder von ihnen trug eine schwarze Sporttasche. Sie liefen nicht, bewegten sich dennoch mit schnellem Schritt auf den Hintereingang von *The Castle* zu. Sie hatten Masken über ihre Gesichter gezogen, griffen in ihre Taschen, holten automatische Waffen mit Schalldämpfern hervor und betraten das Gebäude.

# 3

AMOUN HOTEL, ALEXANDRIA, ÄGYPTEN

Hellen de Mey schlief diese Nacht so unruhig wie schon lange nicht. Ihr Bauchgefühl hatte sie noch nie getäuscht. Für ihr Alter hatte sie schon an überraschend vielen Ausgrabungen teilgenommen. Seit sie ihren Job bei Blue Shield, einer Tochterorganisation der UNESCO, deren Ziel der Schutz von internationalem Kulturgut war, an den Nagel gehängt hatte, waren es weniger geworden, aber ihr Bauch irrte sich nie. Immer dann, wenn das Gefühl sich meldete, wurde etwas Herausragendes entdeckt. Üblicherweise erlebte man als Archäologin und Historikerin nicht gerade viele Abenteuer, aber bei ihr war das in den letzten Jahren anders gewesen. Und diese Art sich mit der Geschichte auseinander zu setzen, gefiel ihr. Morgen war ein großer Tag, denn sie würde einer Spur nachgehen, die auf sonderbare Weise den Weg zu ihr gefunden hatte, nämlich in Form eines Briefes. Eines anonymen Briefes, der sich um ein Thema rankte, das schon ihren Vater sein Leben lang beschäftigt hatte: die Bibliothek von Alexandria.

Es gab kaum eine historische Stätte der Antike, um die sich mehr Legenden und Mythen rankten, als um die Bibliothek von Alexandria. Mal abgesehen vom Heiligen Gral oder der Bundeslade. Das gesamte Wissen der Antike, des Ostens und des Westens, soll dort zusammen getragen worden sein. Die Bibliothek verfügte über einen für die damaligen Verhältnisse enormen, aber heute unbekannten Bestand an Schriftrollen. Es handelte sich dabei sowohl um literarische Schriften als auch große Mengen an wissenschaftlicher Literatur aus den verschiedensten Fachgebieten. Über Generationen hinweg soll der Bestand schier unüberschaubar geworden sein. Sie entstand Anfang des 3. Jahrhunderts v. Chr. in der von Alexander dem Großen gegründeten Stadt Alexandria. Nicht geklärt war, wo sich ihre Schätze heute befanden. Denn die Bibliothek verschwand buchstäblich von der Bildfläche. Der Zeitpunkt des Endes der Bibliothek war ungeklärt. Die Annahmen reichten von 48 v. Chr. bis ins 7. Jahrhundert. Hellens Vater hatte ihr als Kind viel über die Bibliothek erzählt und auch über die vielen Mythen, die sich um ihr Verschwinden rankten. Es gab unglaublich viele Thesen, die alle bis heute nicht bewiesen werden konnten. Bisher waren keine Überreste der Bibliothek gefunden worden. Bei vielen antiken Autoren fanden sich Hinweise, die aber noch zu keinerlei Erfolg geführt hatten. Hellen lächelte traurig, als sie an ihren Vater zurückdachte und mit welcher Begeisterung er ihr erzählt hatte, welche Schätze sich in der Bibliothek befanden und dass viele antike Mythen, wie zum Beispiel Atlantis und die Rätsel über die Pyramiden in der Bibliothek ihre Lösung fanden.

Und vielleicht wartete morgen auf sie ein großer Schritt, die Bibliothek zu finden. Denn der handgeschriebene Brief, den sie bekommen hatte, enthielt Hinweise, die völlig neu waren. Der Brief behauptete, dass es in der Nekropole von Anfushi in der Nähe des historischen Hafens von Alexandria verborgene Gänge gäbe. Eine der vielen Mythen rund um Alexandria erzählte von einem unterirdischen Kanalsystem, das zur Zeit des alexandrinischen Krieges gegen Gaijus Julius Cäsar eingesetzt worden war. Ganymedes, ein Eunuch und Erzieher der ptolemäischen Königstochter Arsinoë, Schwester der Kleopatra, hatte dort viele von Cäsars Männern ertränkt, als er die Gänge fluten ließ. In diesem Kanalsystem sollten sich auch Schätze aus der Bibliothek befinden, behauptete das Schreiben. Hellen musste diesen Informationen sofort nachgehen und fand auch schnell einen Sponsor für die Ausgrabung.

In Gedanken versunken blickte sie auf den Mann, der neben ihr im Bett lag. Sie lächelte, weil sie sich seit langer Zeit wieder einmal wirklich geborgen fühlte. Der Mann neben ihr verkörperte alles, was sie sich von einem Mann wünschte. Er war klug, gutaussehend und vor allem verlässlich. Der Mann strebte nach Beständigkeit und Sicherheit, eine Eigenschaft, die sie sehr schätzte. Er öffnete seine Augen. Die Ruhe, die er ausstrahlte, war für sie, wie eine dicke Wolldecke, in die sie sich einwickeln konnte. Ohne ein Wort zu verlieren, küsste Hellen ihn. Sie musste diesen anderen Mann endlich vergessen. Sie war jetzt mit Arno zusammen.

„Bist du schon aufgeregt wegen morgen, Schatz?", fragte Arno schlaftrunken.

„Ja, natürlich. Ich hoffe wir finden wirklich etwas."

„Das hoffe ich auch für dich. Ich wünsche mir so sehr, dass du das Erbe deines Vaters weiterführen kannst und endlich die Bibliothek findest. Und ich freue mich, dass ich dir dabei ein wenig helfen kann."

Ein angenehmer Nebeneffekt war, dass Arnos Vater eine südafrikanische Diamantenmine besaß und die Familie mehr Geld hatte, als die Sahara Sandkörner. Sie hatte Arno recht schnell für die Finanzierung der Ausgrabung begeistern können.

# 4

SMITHSONIAN INSTITUTE, WASHINGTON D.C.

Scott riss Tom von der Straße. Tom war fast von einem Auto überfahren worden, als er wie ferngesteuert auf die beiden, auf dem Jefferson Drive abgestellten SUVs zuging.

„Tom, pass auf", rief Scott, als dieser zurück stolperte, der Wagen hupend und der Fahrer wild gestikulierend an den beiden vorbei rauschte.

„Hast du diese Typen gerade gesehen?", fragte Tom immer noch wie in Trance.

Tom schmiss sein Hotdog in den Mülleimer und lief über die Straße. Scott machte noch schnell einen großen Bissen und folgte ihm.

*The Castle*, wie der Spitzname des beeindruckenden Bauwerks lautete, war von 1847-1855 erbaut worden und das erste Gebäude, das im Zuge des 1846 gegründeten Smithsonian Instituts entstanden war. Heute war das Smithsonian der größte Museumskomplex der Welt und besaß offiziell über 142 Millionen Objekte, von denen gerade einmal 2 Prozent in den 19 Museen ausgestellt waren.

Als die beiden sich dem Eingang näherten, hörten sie die ersten Schreie und ein paar Menschen kamen völlig verstört aus dem Gebäude gelaufen.

„Die haben einen Sicherheitsmann erschossen", schluchzte eine völlig aufgelöste junge Frau und deutete nach drinnen.

Tom und Scott näherten sich vorsichtig dem Eingang und lugten durch einen Spalt in der Tür. Einige Besucher saßen zusammengekauert in einer Ecke und wagten es nicht sich zu bewegen. Auf dem kleinen Treppenaufgang, in dem auf der linken Seite ein Lift für Gehbehinderte eingebaut war, lag der erschossene Sicherheitsbeamte. Es war dem armen, vermutlich schwer unterbezahlten Mann, nicht einmal gelungen, sein Funkgerät zur Hand zu nehmen und Meldung zu machen.

Als Tom und Scott gebückt in den Vorraum traten, schlich Scott als Erstes zu dem Mann, überprüfte seine Lebenszeichen und versuchte dann, mit seinem Handy die Notrufzentrale 911 zu erreichen.

„Die blockieren das Mobilnetz", sagte Scott und nahm das Funkgerät des Wächters an sich.

„Zentrale, Hallo?!" Außer einem Rauschen und Knistern gab das Gerät keinen Ton von sich.

„Shit", fluchte Scott.

Er durchsuchte den Wachmann nach Waffen, fand aber nur einen Taser und nahm ihn an sich.

Verärgert schüttelte Scott seinen Kopf und gab somit Tom zu verstehen, dass der Mann tot war und es sonst keine Waffen gab.

„Wo sind die hin?", fragte Tom flüsternd die kleine Gruppe, die zusammengekauert in einer Ecke saßen.

Ein älterer Mann deutete nach rechts und sagte „Sie sind da rüber und dann in den Keller."

Tom nickte ihm dankend zu und wies alle an nach draußen zu laufen.

„Das mit der Verstärkung könnte dauern", sagte Scott zu Tom.

„Haben alles blockiert, das sind Profis."

„Was wollen die hier?"

„So wie es aussieht, wollen die in die geheimen Archive."

„Ich dachte, das ist nur ein Mythos?"

„Ja genau, das ist die Idee dahinter." Scott lächelte.

„Na dann los, worauf warten wir."

„Tom!", flüsterte Scott kopfschüttelnd seinem Neffen hinterher, der bereits auf dem Weg war und die Treppe in den Keller hinunterlief.

*Hitzkopf*, dachte Scott, als er sich aufraffte und seinem Neffen folgte.

Unten angelangt hörte Tom ein Geräusch und lief weiter den langen weißen Gang bis ans Ende entlang. Tom spürte das Adrenalin durch seinen Körper jagen. Er war im Kampfmodus. Sein letzter Einsatz war schon einige Zeit her. *Ist aber wie Fahrrad fahren*, dachte er.

Scott hechelte ihm hinterher. Am Ende sah Tom ein Schild an der Wand, das einen unterirdischen Tunnel zwischen diesem Gebäude und dem auf der anderen Seite der National Mall liegenden National Museum of Natural History zeigte.

Vorsichtig öffnete Tom die Tür und schaute durch den kleinen Spalt. In etwa fünf Meter Entfernung stand einer der Eindringlinge. Neben ihm befand sich ein kleiner Abgang und hinter einer verrosteten, schmalen Gittertür führte der Tunnel in die Dunkelheit.

Scott hatte in der Zwischenzeit aufgeholt und Tom deutete ihm schon mit Handzeichen STOP - EINE PERSON - RECHTE SEITE - FÜNF METER.

Scott gab Tom den Taser und nahm selbst die Türklinke in die Hand um Tom, der schon in Startposition stand, die Tür zu öffnen.

Der Soldat wusste nicht, wie ihm geschah. Nachdem Scott die Tür aufgerissen hatte, war Tom losgestartet. Er schoss mit dem Taser, rutschte anschließend dem Soldaten zwischen die Beine und riss ihn um. Als er wieder auf den Beinen war, gab er dem völlig verkrampften Mann mit dem Fuß einen gewaltigen Kinnhaken, der ihm endgültig die Lichter ausblies.

Seite, die Wüste konnte ihnen nichts anhaben, der Kampf gegen Amalek wurde gewonnen. Immer weil Gott, Moses und sein Volk beschützte. Als das Volk erfuhr, dass sie die Auserwählten seien, jubelten sie, wurden aber auch übermütig und vergaßen, die notwendige Demut zu zeigen. So waren einige erzürnt, dass sie nicht alle am Gipfel ihrem Gott gegenübertreten durften, sondern nur Moses allein. Und hier stand er nun und hatte die Gebote des Herrn gehört. Gebote, die nicht nur für ihn neu waren, sondern auch beim Volk nicht auf Gegenliebe stoßen würden. Aber es waren die Gebote des Schöpfers. Zehn Gebote, die nicht nur eine moralische Gesetzgebung darstellten, sondern auch das zivile Leben des Volkes regelten.

Aber nicht die zehn Gebote waren es, die Moses Angst machten. Nicht die beiden Steintafeln, auf denen die zehn Regeln geschrieben standen, nach denen sein Volk nun leben sollte. Es war die dritte Steintafel, die sein Gemüt beschwerte. Denn diese stellte die wahre Prüfung Gottes dar. Waren die Gebote die Regeln Gottes, an die sich das Volk halten musste, so war die dritte Steintafel die Versuchung, die zeigen sollte, wie standhaft sie waren und ob sie es verdient hatten, das auserwählte Volk zu sein. Lange nachdem Gott zu ihm gesprochen hatte, stand Moses noch immer auf dem Gipfel des Gottesberges. Einerseits ergriffen von der Botschaft, die ihm gerade offenbart wurde, andererseits aber auch wegen der Furcht, die ihn umgab, wenn er mit den Regeln des Herrn und der ewigen Versuchung vor sie trat.

Aber endlich fasste sich Moses ein Herz, legte die drei Tafeln behutsam in den Leinenbeutel, den er mit sich trug, und begann den Abstieg ins Tal, wo sein Volk vermutlich schon voller Ungeduld auf ihn und die Botschaft Gottes warten würde. Jeder Schritt, der ihn seinem Volk näher brachte, brachte ihn auch seinen Zweifeln und Ängsten näher. Wird sein Gott ihm weiterhin helfen, die Prüfungen zu bestehen? Hatten sie das Schlimmste hinter sich? Würde der Schöpfer weiterhin seine Hand über ihn halten oder würde er ihm den Rücken zukehren? Würde er zusehen, ob sie es aus eigener Kraft schaffen würden, dass das Volk die Regeln befolgen und der Versuchung widerstehen könne?

Natürlich wusste Moses, dass er nicht alleine sein würde. Viele im Volk standen hinter ihm. Viele, die gerade mit dem Bau der Bundeslade und der Errichtung des Tempelzeltes beschäftigt waren, vertrauten Moses blind. Sie würden ihm folgen und die Regeln des Herrn demütig annehmen. Allen voran sein Bruder Aaron und der Heerführer Josua. Doch gab es auch viele, die die Rolle des Moses mit Missgunst sahen und die den wahren Gott nicht erkannten und ihm folgen wollten. Würde es wahr sein, dass sein Volk bereits einen anderen Götzen huldigte, während er am Berg Sinai die Gebote erhalten hatte, so wie sein Gott es ihm prophezeit hatte? Die Gedanken, die Zweifel und die Verantwortung lagen schwer auf Moses Schultern und als er im Tal angekommen war, sah er die traurige Wahrheit. Das Volk tanzte um ein goldenes Kalb, betete das Götzenbild an und war in nur kürzester Zeit abtrünnig geworden.

Zorn überkam Moses und von Wut geleitet, nahm er die erste der Steintafeln in die Hand und zerschmetterte sie an einem Felsen. Die Gesänge des Volkes wurden lauter und lauter, fast ekstatisch huldigten sie der falschen Gottheit. Moses spürte, dass sie alle das nicht verdient hatten, die Regeln des wahren Gottes auch nur ein einziges Mal zu sehen und zerbrach auch die zweite Steintafel, als Josua zu ihm kam und ihn beruhigte. Die Leviten erwiesen sich als Gott getreu und das einfältige Volk würde mit dem Schwert wieder zum wahren Glauben geführt werden können. Moses und Josua begannen, die zerbrochenen Teile der Steintafeln zusammenzusammeln. Die Bundeslade war fertiggestellt und die zerbrochenen Teile aller drei Tafeln sollten darin aufbewahrt werden. Auch jene der Tafel, die so smaragdgrün schimmerte.

# 6

UNTERHALB DES SMITHSONIAN INSTITUTE, WASHINGTON D.C.

„Los, rein mit euch", befahl der Anführer der Soldaten. Einer seiner Männer stieß den letzten der sieben Archivare in einen der gläsernen Buchtresore, die in dem mehrere Fußballfelder großen, hangerartigen Geheimarchiven des Smithsonian standen. Die Halle war stellenweise mit meterhohen Regalen bestückt und barg drei dieser Buchtresore in sich. Ein Buchtresor war ein hermetisch abgeriegelter Glascontainer, der über eine eigene Atmosphärenkontrolle und eine Schleuse, über die man ihn betrat, verfügte. Luftzufuhr, Temperatur und Sauerstoffgehalt konnten individuell direkt am Tresor geregelt werden, um die uralten Dokumente vor dem Verfall zu schützen. Knapp unterhalb der Decke konnte man über die gesamte Länge der Halle mit einem Laufkran schwere Objekte von A nach B transportieren.

Als Tom und Scott am anderen Ende über eine Galerie den Hangar betraten, blieb Tom der Mund offen. So was hatte er noch nie gesehen.

Er wandte sich an Scott: „Steht hier irgendwo die Bundeslade herum?"

Tom grinste bis über beide Ohren.

„Ja, hinten links, dritte Reihe, Regal vier", erwiderte Scott und lachte ebenfalls.

„Ich könnte mir vorstellen, dass deine Kollegen maximal noch für zehn Minuten Luft haben, nachdem wir die Luftzufuhr abgeschaltet haben. Dann kannst du ihnen zusehen, wie sie blau anlaufen", sagte der Anführer in herrischem Ton und drückte dem knienden Archivar seine schallgedämpfte Pistole an den Kopf. Der Mann blickte angsterfüllt zu seinen Kollegen hinüber, die flehend an die Scheibe des Tresors hämmerten.

„Wo ist er?" Er hielt ihm ein Blatt Papier vors Gesicht. Der ältere Mann kniff seine Augen zusammen und schüttelte den Kopf. Er zitterte am ganzen Körper.

„Ich weiß es nicht - ich arbeite seit 40 Jahren hier, ich habe davon noch nie ..."

Er hörte das zischende Geräusch nicht mehr, das die Pistole machte, als der genervte Anführer abdrückte. Das Blut des Mannes ergoss sich über den Boden und der leblose Körper knickte ein und fiel zur Seite.

„Findet es. Sofort. Macht schon!", schrie der Mann seine Leute an. Die Männer stoben wie wild auseinander.

Tom und Scott sahen sich entsetzt an. Sie hatten das Gespräch mit angehört, nachdem sie sich nach unten und näher an das Geschehen herangeschlichen hatten.

Auf dem Weg dorthin waren sie einem weiteren Söldner begegnet und konnten ihn schnell unschädlich machen.

Ich kenne diese Stimme, dachte Tom.

„Das ist Isaac Hagen", flüsterte er.

Sie zogen sich ein Stück zurück, um nicht entdeckt zu werden.

„Du kennst diesen Verrückten?", fragte Scott.

„Ja, vor circa zwei Jahren, du weißt schon, die Sache auf Madeira."

„Der Stunt auf der Gondel?", fragte Scott.

„Yeap", nickte Tom. „Ein völliger Verrückter."

„Wir müssen diese Geiseln befreien. Wenn wir nicht sofort etwas unternehmen, werden sie ersticken." Tom sah auf seine Uhr und stellte einen Timer auf acht Minuten.

„Warte hier."

Er kletterte leise und vorsichtig an einem der schweren Regale nach oben, um sich einen Überblick über die Halle zu verschaffen. Man konnte das Ende nicht ausmachen, da nur die Notbeleuchtung an war. Aber die drei Tresore im Zentrum strahlten wie goldene Würfel in der Nacht. Ein paar Meter vor dem ersten Glastresor war der Laufkran geparkt und an ihm hing ein Seilzug mit einem schweren Haken daran. Tom erkannte ebenso einen beleuchteten, alles überblickenden Kontrollraum, auf Höhe der Tresore. Nur ein Soldat hielt sich darin auf.

Tom duckte sich schnell, als dieser in seine Richtung blickte.

„Ich habe eine Idee", sagte Tom zu seinem Onkel, als er wieder am Boden war.

„Da drüben ist ein Kontrollraum, da ist nur ein Typ drin, versuche du die Luftzufuhr zu den Tresoren zu aktivieren, damit gewinnen wir ein wenig Zeit."

„OK. Ich versuch's." Scott nickte und wirkte atemlos. „Ich bin nur ein wenig eingerostet."

Nachdem Tom ihm den Rest des Plans erklärt hatte, stießen ihre Fäuste aneinander.

„Warte auf mein Signal", flüsterte Tom und sie schlichen in unterschiedlichen Richtungen davon.

Als Tom um eine Ecke bog, wäre er einem der Söldner, der vor einem Regal stand, fast in den Rücken gelaufen. Er schaltete schnell. Er ließ die P90 in den Gurt fallen, rammte dem Mann seine Faust in die Nieren und nahm ihn dann sofort in einen Würgegriff. Es dauerte nicht lange, bis der überraschte Mann bewusstlos zu Boden ging. Er schleifte den Körper um die Ecke und verstaute ihn unter einem Regal. Nachdem Tom an zwei weiteren Regalreihen, die der Länge nach in der Halle aufgestellt waren, vorbeischlich, hatte er den Mittelgang erreicht. Da die restlichen Männer zunächst in der anderen Hälfte der Halle suchten und so wie es aussah auch nicht so schnell mit dem Eintreffen der Polizei rechneten, konnte sich Tom relativ ungestört bewegen. Genau unter dem Haken des Krans angekommen, kletterte Tom an dem Regal nach oben und legte sich flach auf das oberste Fach. Er sah hinüber zum Kontrollraum und beobachtete, wie sein Onkel sehr souverän den einzelnen Söldner ausschaltete und nun auch im Besitz einer P90 war.

„Von wegen eingerostet. Ich sag ja, er hat es immer noch drauf", lächelte er.

Nach wenigen Augenblicken deutete Scott, dass es ihm von hier nicht möglich war, die Luftzufuhr zu regeln. Er signalisierte Plan B. Tom nickte, nahm das Seil, das er zuvor aus einem Notfallkasten entnommen hatte, warf eine Schlaufe über den Haken des Krans und zog zu. Die beiden Enden des Seils ließ er zu Boden fallen und kletterte wieder nach unten. Danach zog er ein Ende des Seils um den Steher des linken und das andere durch den des rechten Regals und verknotete es genau in der Mitte des Ganges. Das gespannte Seil formte ein Dreieck zwischen Haken und den beiden Regalen.

Jetzt schlich Tom weiter nach vorne, in Richtung der Tresore. Zwei der Geiseln klopften geschwächt gegen die dicken Scheiben ihres gläsernen Gefängnisses. Doch kein Laut davon drang nach draußen. Die anderen saßen erschöpft und mit angsterfüllten Gesichtern am Boden. Sie hatten sich mit ihrem Schicksal abgefunden und erwarteten den Tod. Tom sah sich um und näherte sich der Scheibe, deutete den Leuten darin in Deckung zu gehen. Dann machte er einige Schritte zurück und warf einen kontrollierenden Blick über seine Schulter.

Tom legte seine Waffe an und zielte auf den Tresor. Schockierte Gesichter blickten ihm entgegen und schüttelten

fassungslos und flehend ihre Köpfe. „JEEEEETZT!",
schrie Tom aus Leibeskräften und feuerte seine Waffe ab.
Im selben Moment fuhr der Kran los. Scott steuerte den
Kran nach vorne und gab beim Seilzug ein wenig nach.
Jetzt hatten sie nur wenige Augenblicke Zeit, um ihren
Plan umzusetzen, denn mit dem Schrei und der Schie-
ßerei hatten sie jegliche Aufmerksamkeit auf sich
gezogen.

Durch den Lärm auf den Plan gerufen, rief Hagen
erstaunt seine Männer zusammen.

„Los, bringt mir, wer immer das auch ist", befahl er
seinen Leuten und sie stürmten los. Sie waren am
anderen Ende der Halle, aber sie waren trainierte Elite-
soldaten und schafften 150 Meter vermutlich sogar mit
Ausrüstung in unter 25 Sekunden.

Das Glas war dick und keine der Kugeln konnte es durch-
schlagen, doch die Glasscheibe war durch die Schüsse
beschädigt und instabil geworden. Als der Kran genau
über dem Tresor, in dem sich die Geiseln befanden, zum
Stehen kam, wandte Tom sich um und schoss auf das
Seil, das den Haken zurückgehalten hatte. Die Kugeln
zerfetzten den Knoten und der Seilzug schwang, wie ein
riesiges Pendel auf den Tresor zu. Er traf präzise die
Stelle, die Tom mit seinen Schüssen geschwächt hatte.
Das Glas zerbarst.

Die vier Männer, die am anderen Ende der Halle losge-
laufen waren, sprinteten in Richtung der Hallenmitte.
Scott, der fast die ganze Halle überblickte, warnte Tom:
„Pass auf, Tom, sie sind gleich da", und legte auf einen

der Männer an und schoss. Der Mann ging zu Boden. Danach warf Scott sich in Deckung, um der Salve zu entkommen, die ein anderer Soldat auf den Kontrollraum abgegeben hatte. Scott robbte aus dem Raum und lief nach unten, um Tom zu helfen.

Der Zorn von Hagen wuchs. Hatte er jemanden übersehen? Wie konnte es sein, dass jetzt schon Polizei da war? Sie hatten im Umkreis von drei Kilometern sämtliche Netze lahmgelegt. Wer war es, der seinen todsicheren Plan durchkreuzte? Er blieb in Deckung und gab sich vorerst nicht zu erkennen.

Die Geiseln konnten ihr Glück nicht fassen und kletterten sofort aus dem zerschellten Tresor. Tom dirigierte sie ans Ende der Halle Richtung Ausgang. Dankbar liefen sie den Mittelgang bis ans Ende und verließen über die Galerie den Hangar. Tom lud seine P 90 nach und legte sich in einer dunklen Ecke auf die Lauer. Er bemerkte einen der Soldaten, der seinen Schritt verlangsamt hatte und um eine Ecke blickte. Der helle Schein der Tresore gab Tom eine klare Sicht auf den Mann und er streckte ihn mit einem gezielten Schuss nieder. Scott konnte einen weiteren Söldner ausschalten.

„Waren das alle?", rief Scott durch die Halle.

„Nein, einer fehlt noch", erwiderte Tom.

Sie liefen durch die Halle, um den letzten Mann zu suchen. Hagen beobachtete die beiden und war fassungslos, als er feststellte, wer ihm da in die Quere gekommen war. Er traf eine Entscheidung. Nach einigen Minuten Suche trafen sich Tom und Scott wieder in der Mitte.

Tom hatte eine Maske und eine der taktischen Westen in der Hand.

„Das habe ich da hinten gefunden. So wie es aussieht, hat sich Hagen aus dem Staub gemacht."

Nachdem Tom und Scott den letzten der noch lebenden Soldaten gefesselt hatten und sich zufrieden und erschöpft hinsetzen konnten, kam die Überraschung. Beim Fesseln des letzten Soldaten war Tom ein Tattoo auf dem Unterarm des Mannes aufgefallen. Er kannte dieses Tattoo nur zu gut. Ein A und ein F konnte man in dem Iban erkennen. Es verhieß nichts Gutes, wenn eine Organisation wie *Absolute Freedom* hinter etwas her war.

Ich muss so schnell wie möglich Noah kontaktieren, dachte Tom. Es war das erste Mal, seit Barcelona, das er eine neue Spur hatte. Wenig später stürmte ein Einsatzteam der lokalen Polizei und des FBI die Halle, doch es gab für sie nichts mehr zu tun.

# 7

NEKROPOLE VON ANFUSHI, ALEXANDRIA

Eigentlich sprach alles dagegen. Nachdem Hellen vor ein paar Tagen zum ersten Mal die Nekropole von Anfushi begutachtet hatte, schwanden ihre Hoffnungen. Diese kleine Ausgrabungsstätte lag in einer Gegend, wo man mit allem rechnete, nur nicht damit, einen sensationellen, archäologischen Fund zu machen. Rund um die kleine Nekropole befanden sich Schulen, Sportplätze, ein Hafengebäude und einer der vielen öffentlichen Strände. Die Gegend war heruntergekommen und unscheinbar. Die ehemalige Ausgrabungsstätte war verlassen, ungepflegt und mittlerweile von Pflanzen teilweise überwachsen. Die Gräber, die dort gefunden wurden, stammten zwar passenderweise aus dem dritten Jahrhundert, aber das war schon der einzige Lichtblick.

„Bist du sicher, dass die Briefe diese Stätte meinen? Hier sieht es mehr aus wie auf einer verlassenen Baustelle", hatte Arno sie gefragt.

Und auch Hellen musste zugeben, dass sie niemals auf die Idee gekommen wäre, hier nach Hinweisen auf die glorreiche Bibliothek von Alexandria zu suchen, oder überhaupt nach irgendwelchen wertvollen Dingen. Doch die Briefe waren unmissverständlich gewesen. Das war aber nicht das einzige Problem. Als sie um eine Genehmigung ansuchte, um in den Gräbern und Gängen der Nekropole Nachforschungen machen zu können, war sie sofort abgewiesen worden.

*Die Ausgrabungsstätte liegt in unmittelbarer Nähe zum Meer und der Großteil der Gänge und Gräber sind teilweise überflutet oder durch das Meerwasser instabil. Eine Erforschung der Gänge sei deswegen viel zu gefährlich und kann somit nicht genehmigt werden.*

So lautete das offizielle Schreiben des ägyptischen Kulturministeriums. Und sogar Arnos mehr als großzügige Bestechungsversuche konnten die Beamten nicht umstimmen.

„Wir gehen da trotzdem rein. Dann machen wir das eben nachts, wenn es niemandem auffällt. Und wir brauchen eine Taucherausrüstung, damit wir durch die überfluteten Gänge kommen", sagte Hellen entschlossen.

Sie erkannte sich selbst nicht wieder. Noch vor einiger Zeit hätte sie die Absage der Behörden zwar nicht hingenommen, aber sich in ein langwieriges bürokratisches Hin und Her verstrickt. Aber sie hatte sich verändert. Und sie wusste auch, welcher Mann dafür verantwortlich war. Dafür würde sie ihm ewig dankbar bleiben, aber das war im Moment nicht wichtig. Jetzt musste sie den

Hinweisen in den Briefen nachgehen. Es war kurz nach Mitternacht, als Arno den SUV direkt vor der Nekropole, gegenüber eines Militärkrankenhauses parkte.

„Hier können wir nicht stehen bleiben. Nicht direkt vor der Nase einer militärischen Einrichtung", gab Hellen zu bedenken.

„Schau mal, ob wir nicht auf der anderen Seite einen Weg in das Gelände finden können."

Arno gab Hellen recht und fuhr langsam wieder los, als auch er den Soldaten bemerkte, der den Einfahrtsbereich des Krankenhauses bewachte und mittlerweile auf den SUV und die beiden aufmerksam geworden war. Sie fuhren bis ans Ende der Straße und bogen an der nächsten Ecke des Ausgrabungsareals, links in eine Seitengasse ein. Dort befand sich eine kleine Gruppe von Bäumen, die ihnen die nötige Deckung bot, um über die Mauer klettern zu können.

Arno nahm die beiden Rucksäcke mit ihrer Ausrüstung aus dem Kofferraum und gab einen davon Hellen. Sie warfen die Rucksäcke auf die andere Seite und waren in Windeseile über die niedrige Mauer geklettert.

Sie gelangten, dank der klaren Nacht und des hellen Mondscheins, auch ohne ihre Taschenlampen einzuschalten, problemlos über den offenen Hof des Ausgrabungsareals. Mit dem Brecheisen, das Arno eingepackt hatte, brachen sie das Vorhängeschloss an der Holztür auf und huschten in die erste Grabkammer. Hellen schaltete ihre Taschenlampe ein.

„So weit, so gut", sagte Arno und steckte das Brecheisen wieder weg. Er sah zu Hellen hinüber. Sie trug ein olivgrünes Trägershirt und Cargoshorts. Auf den ersten Blick und in diesem Setting war eine Ähnlichkeit zu Lara Croft nicht abzustreiten.

„Schau!" Hellen deutete auf die Malereien, die an der Wand zu sehen waren.

„Eindeutig vorptolemäische Zeit. Diese Kartuschen des Pharaos Apries aus der 26. Dynastie sind recht selten. Warum die das hier so verkommen lassen, verstehe ich nicht."

„Und hier eine Darstellung des Horus", ergänzte Arno.

Hellen lächelte. Sie genoss es, mit einem Mann zusammen zu sein, mit dem sie so viele gemeinsame Interessen hatte.

Sie gingen an diversen Grabkammern vorbei, bis der Weg sie in eine große Kammer mit einfachen geometrischen Mustern und einer Darstellung des Gottes Osiris an den Wänden führte. Am Ende der Kammer führte eine Treppe in die Tiefe. Arno leuchtete die Stufen nach unten und bereits ein paar Meter tiefer sahen sie das Schimmern der Wasseroberfläche. Hellens Herz schlug sofort schneller. Sie erblasste.

„Was ist los, Hellen? Ist alles in Ordnung?" Arno hatte die Angst in ihrem Gesicht richtig gedeutet.

„Ja, alles OK. Mich erinnert das nur an...", sie stockte, „... an eine Situation, in der ich fast ertrunken wäre."

Sie wusste zwar, dass sie mitunter zum Tauchen hier waren, aber erst jetzt wurde ihr die Situation richtig bewusst. Als sie die Stiegen sah, die im rabenschwarzen Wasser verschwanden, kamen all die lähmenden Erinnerungen hoch. Sie schloss die Augen, atmete tief ein und aus und hatte sich schnell wieder gefasst.

„Aber da hatten wir keine Taucherausrüstung dabei", sagte sie mehr zu sich selbst, um sich die Angst zu nehmen. Ihre Stimme hatte ihre übliche Stärke wiedererlangt. Arno nahm die beiden Sauerstoffflaschen aus dem Rucksack und reichte eine davon an Hellen weiter. Das Mundstück war direkt an der nur knapp 30 cm hohen Flasche angebracht und barg Luft für 10 Minuten. Hellen nahm am Wasserrand auf der Treppe Platz, stülpte die Brille über, schlüpfte in ihre Flossen und steckte das Mundstück der Flasche in ihren Mund. Sie nahm auch noch ein paar Knicklichter aus dem Rucksack und steckte sie in ihre beigen Shorts.

„Denk dran, wir haben nur für zehn Minuten Luft", erinnerte Arno Hellen, setzte sich neben sie und legte seine Ausrüstung an. Hellen signalisierte Arno mit der Hand ein OK, rutschte die Treppen nach unten und tauchte ab. Arno folgte ihr. Der Abgang endete bald und führte in einen weiteren Raum. Sie ließen in größeren Abständen immer wieder ein Knicklicht fallen, um so auch wieder schnell den Weg zurückzufinden. Laut ihrer Skizze, die sie sich auf der weißen Plastikkarte mit dem Unterwassermarker gemacht hatte, musste jetzt ein rund 200 Meter schmaler Gang folgen, an dessen Ende sich eine für die Ägypter so typische Scheintür befand. Sie schwammen los und fanden alles genauso vor. Links und rechts der Scheintür sahen sie ein schachbrettartiges Muster aus vergilbten schwarzen und gelblichen Steinen. Sie warfen ein paar Knicklichter auf den Boden, um die Hände frei zu haben, und machten sich an die Arbeit.

12 Steine in der Breite und 12 Steine in der Höhe. Hellen hatte sich die Anweisungen in dem Brief genau gemerkt und war sie mit Arno unzählige Male durchgegangen. Von der rechten Wand weg, zählte sie vier Steine nach links und dann drei Steine nach oben. Arno zählte auf seiner Seite, sechs Steine nach oben und zwei Steine nach rechts.

Die beiden drückten gleichzeitig auf ihren jeweiligen Stein. Doch es geschah nichts. Die Steine steckten fest. Sie versuchten es abermals und es bewegte sich wieder nichts. Nach einigen Versuchen deutete Arno auf seine Taucheruhr. Sie hatten nur noch für 5 Minuten Luft, die Anstrengung verbrauchte mehr Luft als geplant. Sie mussten sich beeilen, sonst würde ihnen die Luft frühzeitig ausgehen. Hellen zückte ihr Taschenmesser und schabte rund um den Stein in den Spalten ein wenig Schmutz heraus. Arno tat es ihr gleich. Sie drückten ein weiteres Mal. Endlich glitten die Steine zehn Zentimeter nach hinten. Gleichzeitig sprang in der Mitte der Scheintür, deren Türrahmen mit Hunderten Hieroglyphen übersät war, ein 70 mal 70 großer Steinblock heraus. Luftblasen stiegen auf. *Ein Hohlraum*, dachte Hellen. Sie schwammen zu dem Steinblock und versuchten ihn weiter aus der Wand zu ziehen. Es kostete die beiden eine Menge Mühe, aber sie schafften es. Der Würfel glitt zur

Gänze aus der Wand und hatte auf der Rückseite einen hohlen Kern. Hellen blickte in den Steinblock. Darin befanden sich zwei Amphoren, mit einem Symbol darauf, das sie sofort wiedererkannte. Arno warf wieder einen Blick auf seine Uhr. Sie hatten nur mehr zwei Minuten Atemluft übrig. In Hellen stieg Angst hoch. Ihr letztes Taucherlebnis war für sie sehr traumatisch gewesen. Sie hatte keine Lust, so etwas noch einmal zu erleben. Sie schnappte eine Amphore und folgte den Knicklichtern zurück zum Ausgang. Arno klemmte sich die andere unter den Arm und folgte ihr. Hellen tauchte auf und schnappte lautstark nach Luft. Die letzten Schwimmzüge musste sie ohne Atemluft machen, denn die Flaschen waren restlos leer. Arno tauchte ein paar Sekunden später auf. Sie hatten es geschafft.

„Ich kenne das Symbol." Hellen deutete begeistert auf die Amphoren.

„In den Unterlagen meines Vaters habe ich es oft gesehen." Sie atmete schnell und lächelte Arno überglücklich an. „Diese beiden Amphoren stammen mit Sicherheit aus der Bibliothek von Alexandria."

# 8
BLUEJACKET BAR, WASHINGTON D.C.

„Wie hast du mich gefunden?", fragte Tom den jungen Mann im schwarzen Anzug, der sich vor dem Klavier an dem Tom saß, aufbaute. Tom hatte gerade den Donau-Walzer angestimmt, als er Jakob Leitner bemerkte, wie er auf ihn zu kam. Leitner nickte Scott zu und wandte sich an Tom.

„Wenn ein österreichischer Staatsbürger, noch dazu ein ehemaliger Cobra-Offizier, in einen Terroranschlag mitten in Washington D.C. verwickelt ist, tendieren die hiesigen Behörden dazu, sich über dieses Individuum bei seiner Botschaft zu informieren", führte Leitner selbstbewusst und mit wienerischem Akzent aus.

„Dein Onkel ist bei der Navy - der Rest war simple Recherche Arbeit", ergänzte er stolz.

„Du bist sämtliche Navy-Bars in D.C. abgeklappert oder nicht?", fragte Tom etwas spöttisch und hörte auf zu spielen. Leitner schluckte und fühlte sich ertappt.

„Wie ich sehe, bist du wieder fit. Wie ist es dir ergangen?"

„Danke, ich bin jetzt direkt dem HBK unterstellt!"

Tom nickte zustimmend. Ganz glücklich war er jedoch nicht, dass Leitner in so einen privaten Moment hineingeplatzt war. Klavierspielen war für ihn immer schon eine meditative, aber vor allem solitäre Tätigkeit gewesen. Nur sein Onkel und sein bester Freund Noah wussten davon und hatten ihn spielen gehört. Sonst bevorzugte er es, anonym in kleinen Bars zu spielen, wo ihn niemand kannte. Wenn er spielte, fühlte er sich verletzlich, aber auch lebendig wie in wenig anderen Lebenssituationen. Nicht einmal Hellen hatte er sich so weit geöffnet. Der kurze Gedanken an sie, war wie ein Stich ins Herz. Es fühlte sich an, als wäre es ewig her, als wäre die Sache mit ihr in einem anderen Leben passiert.

Sein Onkel unterbrach seine sentimentalen Gedanken. Er prostete Tom zu, leerte sein Whiskey Glas, das sie sich nach dem stundenlangen Verhör mit dem FBI redlich verdient hatten und kam auf Tom zu. Er streckte ihm seine geballte Faust entgegen, die Tom kurz mit seiner antippte.

„Take care - and call her!"

Scott nickte Tom zum Abschied zu und ignorierte die ausgestreckte Hand des jungen Mannes, der nervös und auf deutsch zu Scott sagte: „Hat mich gefreut Sie kennenzulernen."

„No hablo alemán", sagte Scott in perfektem Spanisch, zwinkerte Tom zu und verließ die Bar.

„Ich vermute, dass ER mich sprechen will, oder? Was gibt es denn so Wichtiges?", fragte Tom, stand auf und stellte sich knapp vor Leitner und sah ihn streng an.

Dieser räusperte sich und stammelte unsicher: „Er - ich weiß nicht - er will - draußen wartet ein Wagen."

Tom legte ein paar Scheine auf das Klavier, klopfte Leitner bitter lächelnd auf die Schulter und ging zum Ausgang. „Na dann los, wir wollen Ihre Hoheit ja nicht zu lange warten lassen."

Als sie über die Arlington Memorial Bridge fuhren, wusste Tom schon, wo der österreichische Bundeskanzler auf ihn warten würde. Konstantin Lang, ein studierter Historiker, hatte einen Flair fürs Dramatische. Und sich nachts auf den Stufen des Lincoln Denkmals zu treffen, gehörte da definitiv dazu.

Auf dieses Drama hatte Tom jetzt eigentlich keine Lust. Vielmehr ging Tom die junge FBI Agentin durch den Kopf. Nach dem Verhör hatten sie sich blendend unterhalten und sie hatte ihm ihre Karte gegeben. Und wenn sogar sein Onkel davon überzeugt war, dass hier die Funken flogen, musste er die Gelegenheit eigentlich am Schopf packen. Er nahm sein Handy heraus und schrieb eine kurze SMS.

Der Wagen bog in den Kreisverkehr ein und umrundete das Denkmal. Tom und Leitner stiegen am Beginn des Henry Bacon Drives aus und gingen zu den Stufen.

Der Bundeskanzler, oder HBK wie er intern genannt wurde, saß auf den Stufen und wartete bereits. Jakob

Leitner war Toms ehemaliger Kollege bei der Cobra gewesen. Mit ihm hatte er schon so einiges erlebt und jetzt hatte er, wie es aussah seinen alten Job. Gut für ihn. Leitner ging zu dem abseits stehenden Bodyguard des Kanzlers, schickte ihn zurück zum Auto und übernahm seinen Posten.

Tom folgte der einladenden Handbewegung des Kanzlers und nahm auf der Treppe Platz. Für einen Moment schwiegen beide und genossen die Szenerie. Sie blickten über den 600 Meter langen Teich *Reflecting Pool*. Dahinter ragte das Washington Monument, auf dessen Spitze ein rotes Signal blinkte und am Horizont lag das Capitol.

„Das Zentrum der Macht – beeindruckend, findest du nicht?", beendete Konstantin Lang die Stille. „Ich weiß, ich hab keinerlei Recht dich das zu bitten, aber ich brauche deine Hilfe. Du musst mich nach Ägypten begleiten."

Tom sagte nichts, ihm entkam jedoch ein verschluckter Lacher. Lang ignorierte Toms Kommentar und fuhr fort.

„Ich kann es dir nicht erklären, aber seit einiger Zeit fühlt es sich so an, als würde alles vor die Hunde gehen. Was unsere Eltern und Großeltern nach dem Krieg aufgebaut haben und die Wandlungen zu einem offeneren Miteinander scheinen nichts mehr wert zu sein. Wir haben jetzt schon wieder mittelalterliche Zustände und es wird nur mehr eine Politik der Angst praktiziert. Ibiza-Affaire, Brexit, Putin in Syrien und Trump zettelte noch kurz vor seinem Amtsenthebungsverfahren fast einen Krieg an - da fragt man sich fast schon, ob die Waldbrände in

Australien Brandstiftung waren oder ob es wirklich Mutter Erde ist, die uns in den Arsch tritt."

Tom überlegte, ob er etwas sagen sollte, entschied sich aber fürs Erste, seinen Freund aussprechen zu lassen. In diesem Moment brummte Toms Mobiltelefon. Eine unbekannte Nummer. Er lehnte den Anruf ab und steckte sein Telefon wieder ein. Es erinnerte ihn aber daran, dass er Noah immer noch nicht erreicht hatte und er gleich nach dem Meeting, ihn nochmals anrufen sollte.

„Wir in Österreich sind mittlerweile ein gespaltenes Land und es passiert auch gerade überall sonst. In vielen Ländern entwickeln sich die Extreme. Ich habe in zwei Tagen eine Wirtschaftskonferenz in Kairo und würde dich bitten, mich auf diesen einen Trip zu begleiten. Es gibt keine direkten Drohungen und keinen konkreten Verdacht, aber ich würde mich mit dir an meiner Seite wesentlich sicherer fühlen."

„Sorry, aber ..."

„Ich weiß nicht einmal, ob ich der Cobra noch vertrauen kann", sagte der Bundeskanzler merklich leiser, damit es Leitner nicht hören konnte.

Tom überlegte kurz.

„Konstantin, es tut mir leid, aber ich bin raus aus diesem Leben. Ich hab es mir in Kalifornien gemütlich gemacht. Ich geh dort seit Kurzem auf die Uni, ob du es glaubst oder nicht. Ich will das alles nicht mehr."

Tom erhob sich und machte zwei Schritte nach unten.

„Es tut mir leid, aber Leitner ist doch ein guter Mann." Er nickte zu Jakob hinüber.

„Du musst mir nicht sofort antworten, schlafe eine Nacht darüber und sage mir dann Bescheid."

Tom stand auf und streckte dem Kanzler die Hand entgegen, der sie annahm und schüttelte.

„Der Fahrer fährt dich heim."

„Sorry, aber rechne nicht mit mir, ich wünsche dir dennoch alles Gute", rief Tom über die Schulter, als er am Fuße der Treppe angelangt war und zurück zum Wagen ging.

Er nahm sein Telefon zur Hand und wollte den verpassten Anruf checken, als eine SMS seine Aufmerksamkeit auf sich zog. Er lächelte erfreut.

„Das wird vielleicht doch noch ein netter Abend", dachte Tom und schrieb eine kurze Antwort. Noah ein weiteres Mal anzurufen hatte er vergessen.

# 9

### DAS WEISSE HAUS, WASHINGTON D.C.

„Sie können jetzt reingehen", sagte die Sekretärin zu dem grau melierten, Mitte fünfzigjährigen Gentleman, der auf einem Sessel im Vorraum des wahrscheinlich berühmtesten Büros der Welt, gelassen darauf wartete, seinen Termin wahrzunehmen. Er betrat das einzigartige Büro mit seiner unverkennbaren Form und wurde von einem etwa gleich alten Mann, mit ernster Miene empfangen.

Die beiden schüttelten die Hände und nahmen gegenüber von einander, auf den beigefarbenen Sofas Platz.

Es passierte nicht alle Tage, dass er den Präsidenten der Vereinigten Staaten briefen musste. Jetzt saß er da, im Oval Office, zu seinen Füßen das Präsidentensiegel mit dem großen Adler und ihm gegenüber der aktuell mächtigste Mann der Welt.

Präsident George William Samson, der 46. Präsident der Vereinigten Staaten war nach der skandalbehafteten Präsidentschaft seines Vorgängers mehr damit beschäftigt, die Fehler der vergangenen Amtsperiode zu beheben, als seine eigenen politischen Ziele zu verwirklichen.

Und dabei würde er den Präsidenten unterstützen, wo es nur ginge. Bei seiner jahrelangen Tätigkeit für die CIA, hatte er schon einige Präsidenten kommen und gehen gesehen. Der neue schien auf jeden Fall kompetenter als der letzte, was keine große Kunst war.

„Sir, der Vorfall gestern Abend im Smithsonian hat definitiv mit AF zu tun. Durch das Eingreifen des österreichischen Cobra Offiziers konnten alle involvierten überlebenden Söldner, bis auf den Anführer", er warf einen Blick in die Akte, „einem gewissen Isaac Hagen, verhaftet werden. Wenn Mr. Wagner nicht zufällig vor Ort gewesen wäre, wüssten wir nicht, wer sich dafür verantwortlich zeigte und wir hätten es mit wesentlich mehr Opfern zu tun." Er reichte dem Präsidenten die Akte.

„Ein Österreicher? Hatte gerade ein Meeting mit deren Kanzler. Dachte immer, die können nur Skifahren und Walzer tanzen?" Er lächelte.

„Die Cobra gehört zu den führenden Anti-Terroreinheiten auf der ganzen Welt. Deren Ausbildung ist knochenhart. Auch unsere Jungs fliegen regelmäßig rüber, um mit ihnen zu trainieren."

„Respekt", sagte der Präsident gedankenverloren.

„Also, wer waren diese Söldner?"

„Es handelte sich um ehemalige Mitglieder diverser Special Ops Teams. Engländer, Deutsche, Südafrikaner und sogar Amerikaner waren vertreten. Sie haben alle eines gemeinsam. Sie sind alle tot, Sir."

Der Präsident blickte von der Akte mit den Dossiers der einzelnen Söldner auf und schaute seinen Gast verwirrt an.

„Ich dachte, sie wurden verhaftet?"

„Ja, Sir, sorry Sir. Ich meinte, sie wurden vor Jahren für tot erklärt. Sie sind *Ghosts*. Sie wurden alle offiziell in Einsätzen ihrer Einheiten getötet. Und diese Geister, wie wir sie liebevoll nennen, erledigen dann als Söldner die Drecksarbeit für den Meistbietenden. In diesem Fall für AF."

„Und haben die Verhöre schon irgendwelche Früchte getragen?", fragte Präsident Samson wohlwissend, dass solche Profis wahrscheinlich nichts preisgeben werden.

„Nein Sir, natürlich nicht. Das sind Profis. Die reden nicht."

Als der Präsident das Dossier von Tom in der Hand hielt, fragte er: „Sagen Sie, dieser Tom Wagner, ist das nicht der gleiche, der vor einem halben Jahr im Mittelmeer auf einen unserer Flugzeugträger getroffen ist?"

„Ja Sir", antwortete er lächelnd.

„Der junge Mann kommt ganz schön herum", murmelte Samson und schmunzelte.

„Seitdem ich mit diesem AF-Projekt betraut bin, Sir, ist das der erste bekanntgewordene Vorfall seit Barcelona. Wir sind uns nur nicht sicher, was der Grund für diesen

Einbruch war und wir wissen nicht, was sie gesucht haben. Die Mitarbeiter sagten aus, dass der ermordete Leiter der Einrichtung von dem Anführer verhört wurde, aber sie konnten keine Angaben machen worüber. Da er keine Antworten liefern wollte oder konnte, wurde er regelrecht exekutiert. Wir als auch das FBI tappen völlig im Dunkeln."

Der Präsident stand auf, tigerte durch das Oval Office, stellte sich dann zum Fenster und blickte in den Rosengarten.

„Was ich ihnen jetzt erzählen werde, wissen nur eine Handvoll Menschen. Ich glaube zu wissen, was AF im Smithsonian gesucht hat", eröffnete der Präsident mit etwas gedeckterer Stimme. Der CIA Mann sah ihn verwundert an. Präsident Samson holte unter seinem Hemd, an einer Kette hängend, eine silberne Karte hervor und schob sie in einen schmalen Schlitz auf seinem Schreibtisch. Eine kleine Vertäfelung fuhr zur Seite, wodurch ein Handflächenscanner zum Vorschein kam. Er legte seine Hand auf und tippte dann einen 12-stelligen Code in das benachbarte Tastaturfeld ein. Plötzlich wurden alle Türen verriegelt, die Fenster verdunkelten sich und das Gemälde von George Washington, das vis-à-vis des Schreibtisches, oberhalb des Kamins hing, schwang auf und gab einen Tresor preis.

Dem CIA Mann blieb der Mund offen stehen. Präsident Samson ging zu dem Tresor, öffnete ihn und entnahm ihm eine Akte und eine kleine Schatulle. Er reichte die Akte an seinen mehr als erstaunten Gast und fuhr fort.

*Project: Hermes*, stand auf dem Umschlag.

„Nicht einmal der Congress weiß von diesem Projekt. Die würden uns für völlig verrückt halten, dass wir dafür Ressourcen und Geld verschwenden. Das Projekt wurde gegen Ende des Zweiten Weltkriegs von Franklin D. Roosevelt ins Leben gerufen. Seit dem werden diese Informationen nur von einem Präsidenten an den nächsten weitergegeben. Und jeder Präsident hat einen Vertrauten. Ich möchte, dass sie das sind." Er öffnete die kleine Schatulle und entnahm ihr eine Kette mit dem gleichen Plättchen, das auch er um den Hals trug und reichte es seinem Gast.

„Project *Hermes* ist unvollständig. Ich möchte, dass Sie die übrigen Teile beschaffen. Wenn eine Organisation wie AF dahinter her ist, dann dürfen wir keine Zeit verlieren. Lesen Sie die Akte, darin finden Sie alle Informationen. Und ich weiß, was Sie denken werden. Ich dachte anfangs auch, dass sich mein Vorgänger einen schlechten Scherz mit mir erlauben würde, aber glauben Sie mir, es ist alles wahr."

*Unglaublich, was der Führer der freien Welt erzählte*, dachte der Mann. Er hatte ein paar Seiten der Akte überflogen und traute seinen Augen nicht. In der Tat klang das alles wie aus einem schlechten Film. Der Präsident fuhr fort.

„Einem Team der CIA wurde auch vor Kurzem in Brasilien ein neuer Hinweis bekannt. Ich möchte, dass Sie sich der Sache persönlich annehmen. Wir können dabei niemandem vertrauen. Bringen Sie Projekt *Hermes* zu einem erfolgreichen Abschluss. Koste es, was es wolle. Dann werden wir alle ein wenig ruhiger schlafen."

Präsident Samson war zurück zu seinem Tisch gegangen und hatte seine Keycard abgezogen. Augenblicklich schlossen sich der Tresor und die Vertäfelung auf seinem Tisch. Auch die Türschlösser sprangen wieder auf.

Zum Abschied salutierte der Gast und schüttelte dem Präsidenten die Hand.

„Ich werde Sie nicht enttäuschen, Sir."

Er hatte die Türklinke schon in der Hand, als der Präsident noch etwas ergänzte.

„Es geht um mehr als um die nationale Sicherheit. Das betrifft die ganze Welt!"

# 10

NEKROPOLE VON ANFUSHI, ALEXANDRIA

Hellen und Arno gingen den Gang zurück und Hellen plapperte wie aufgezogen vor sich her.

„Ich bin so unglaublich gespannt, was in diesen Amphoren ist. Ich meine, Arno, kannst du dir vorstellen, wenn wir vielleicht wirklich den entscheidenden Hinweis zur Bibliothek von Alexandria darin finden würden? Nicht auszudenken, was das für die Wissenschaft bedeuten würde. Das wäre die Sensation, die in der Archäologie ihresgleichen sucht. Seit Jahrhunderten sind wir auf der Suche nach dieser Bibliothek. Ich kann es kaum erwarten, diese Amphoren zu öffnen und zu sehen, was da drin ist. Wir müssen uns irgendwo einen Ort suchen, wo wir sie fachmännisch öffnen können, damit wir sie so wenig wie möglich beschädigen. Sie sind luftdicht verschlossen, damit sie die Zeiten überstehen. Oh mein Gott, ich wage gar nicht, zu träumen, was wir darin finden können. Verschollenes Wissen aus der Antike, wo wir uns überhaupt nicht vorstellen kö... "

Hellen blieb das Wort im Hals stecken. Sie war aus dem Gang in den Vorhof getreten und ein Haufen ägyptischer Soldaten standen vor ihnen. Drei davon hatten ihre AK-200 Gewehre im Anschlag und auf die Tür gerichtet, durch die Hellen und Arno soeben getreten waren. Arno sah Hellen entsetzt an.

„Verdammte Scheiße", entfuhr es ihm. Hellen sah ihn erstaunt an. Bisher war Arno ein sehr kultivierter Mann gewesen, der niemals Kraftausdrücke dieser Art benutzt hatte. Vermutlich war ihm dieses Projekt mittlerweile genauso ans Herz gewachsen wie Hellen, denn seine Emotionen gingen mit ihm gehörig durch.

„Sie haben keinerlei Erlaubnis auf ägyptischen Boden archäologische Untersuchungen vorzunehmen", sagte einer der Soldaten, offenbar der Befehlshabende, denn auf seiner Schulter befand sich das meiste Gold. Er machte eine Pause, um dem nächsten Satz noch mehr Gewicht zu geben.

„Dr. Hellen de Mey – das ägyptische Kulturministerium hat ihren Antrag nach einer Grabung oder Untersuchung in den Nekropolen von Anfushi eindeutig abgelehnt. Sie dürften sich weder hier aufhalten, und schon gar nicht dürfen Sie Artefakte und Funde aus der Nekropole entfernen. Und unter keinen Umständen dürfen Sie sie untersuchen. All das hier", er machte eine ausladende Handbewegung, „gehört dem ägyptischen Volk. Also auch das Diebesgut, das sie in den Händen halten."

Der Mann spie einen zackigen Befehl aus und zwei Soldaten eilten auf Hellen und Arno zu und nahmen ihnen die Amphoren ab. Hellen wehrte sich kurz, als einer der Soldaten ihr aber seine Waffe an die Stirn hielt, stieg Panik in ihr auf und sie ließ die Amphore fast fallen. Tränen trübten ihren Blick und als sie seinen entschlossenen Gesichtsausdruck sah, gab sie nach und händigte zitternd die Amphore aus. Arnos Gesichtsausdruck war wie versteinert.

„Das können Sie nicht tun! Wir haben diese Funde entdeckt. Ohne uns hätte man diese Amphoren vielleicht nie gefunden. Wir haben ein Recht ..."

„Sie haben hier überhaupt kein Recht", schrie der Hauptmann sie an und Hellen war vor der Heftigkeit seiner Reaktion erstaunt, er machte ihr jetzt so richtig Angst. Sie hatte aber beschlossen, noch nicht aufzugeben. Sie machte einen Schritt auf den Befehlshabenden zu.

„Ich bin Mitglied von Blue Shield, einer Organisation der UNESCO. Ich kann Ihnen gerne meinen Ausweis zeigen."

Der Hauptmann nickte und ließ Hellen in ihrem Rucksack kramen. Sie fingerte ihren alten UNESCO-Ausweis hervor und reichte ihn dem Kommandanten.

„Damit genießen wir diplomatische Immunität und haben ein wissenschaftliches Anrecht auf unseren Fund."

Der Hauptmann lächelte grimmig.

„Dr. de Mey. Sie sollten mich nicht für dumm verkaufen. Wie Sie festgestellt haben, weiß ich genau, wer Sie sind. Sie sind seit geraumer Zeit nicht mehr bei der UNESCO und dieser Ausweis ist nicht mal mehr das Papier wert, auf dem er gedruckt ist. Und diplomatische Immunität ..." Er lachte kopfschüttelnd.

Hellens Zuversicht aus dieser Situation heil herauszukommen schwand und ihr Gesicht verlor nun gänzlich die Farbe. Nach einer längeren Pause fuhr der Kommandant fort:

„Aber da ich heute gut gelaunt bin und ich mir den Papierkram, der eine Verhaftung mit sich bringen würde, nur zu gerne ersparen möchte, nehme ich Sie jetzt nicht in Gewahrsam, obwohl Sie gerade einen Offizier der ägyptischen Armee angelogen haben."

Hellen wollte noch etwas sagen, doch Arno zog sie am Ärmel.

„Hellen, vermutlich ist es besser, wenn wir uns aus dem Staub machen, bevor er es sich anders überlegt."

Hellen nickte resigniert und sah auf die beiden Amphoren, die von den Soldaten vorsichtig in Decken gewickelt auf die Rückbank des Einsatzfahrzeuges gelegt wurden. Die Soldaten rückten ab und Hellens Chance dem Traum ihres Vaters, der Bibliothek von Alexandria auch nur ein Stück näher zu kommen, zerplatzte wie eine Seifenblase.

# 11

THE MAYFLOWER HOTEL, WASHINGTON D. C.

Tom genoss die erfrischende Dusche. Die hatte er auch nötig. Als er sich gestern Abend mit Jennifer Baker, der jungen FBI Agentin in seiner Hotelbar verabredet hatte, hatte er nicht gedacht, dass sie eine Stunde später in seinem Zimmer landen würden.

„Das ist sehr - unorthodox - mich mit - einem Zeugen - einzulassen", hatte sie gerade noch zwischen den stürmischen Küssen herausbringen können, als beide im Aufzug übereinander hergefallen waren. Kaum im Zimmer angekommen, war ein Kleidungsstück nach dem anderen zu Boden gefallen, bis sie beim Bett angekommen waren.

„Ich könnte meinen Job verlieren", waren ihre letzten Worte gewesen, während sie ihre Bluse aufgeknöpft, sie zu Boden geworfen hatte und sie beide aufs Bett gefallen waren.

Die Frau war ein ungezähmtes Biest. Aber sie war genau die richtige Frau zum richtigen Zeitpunkt gewesen. Nach so einem Einsatz musste man das Leben feiern.

Als er jetzt so unter der Dusche stand, dachte er, dass er sich die zehn Kilometer auf dem Laufband und das tägliche Zirkeltraining im hoteleigenen Fitnessklub, heute getrost sparen konnte. Jennifer hatte ihn ausgepowert. Er stieg aus der Dusche, band sich ein Handtuch um und ging zurück ins Zimmer. Es war schon ein schöner Anblick eine traumhafte Frau im Licht der Morgensonne in seinem Bett vorzufinden.

Er zog sich an, gab Jennifer einen Kuss auf die nackte Schulter. „Guten Morgen." Sie streckte sich und lächelte ihn an.

„Ich muss nur kurz meinen Onkel anrufen, dann gehen wir Frühstücken." Er ging auf den kleinen Balkon hinaus und genoss die Aussicht des tollen Hotels. Jennifer stand auf und verschwand im Badezimmer, um sich fürs Frühstück fertig zu machen.

Oft kam es nicht vor, aber wenn Tom einmal Urlaub machte, dann gönnte er sich etwas. Und dazu gehörte vor allem ein anständiges Hotel mit Pool, Fitnesscenter und gutem Essen. Immer war es ihm nicht möglich, denn des Öfteren, wenn er seine Action- und Abenteuerurlaube machte und es ihn in die abgelegensten Winkel der Erde verschlug, gab es keinen Luxus. In diesen Fällen war er auch mit einem Schlafsack zufrieden.

Tom stand auf dem Balkon und nahm sein Mobiltelefon zur Hand, um seinen Onkel anzurufen, als ihm die Voicemail von der unbekannten Nummer einfiel. Er erinnerte sich, dass gestern, während seines nächtlichen Meetings mit dem Bundeskanzler, jemand versucht hatte, ihn zu erreichen. Er klickte die Nachricht an und hob das Telefon ans Ohr.

Seine Gesichtsfarbe wandelte sich augenblicklich von einem gesunden Hautton in ein krankes Kreidebleich. Seine Hände zitterten, doch er hörte die Nachricht ein zweites Mal an.

„Tom, du musst – helfen, sie haben mich – Osa - ich bin in ..." Die abgehackten Wortfetzen, die in der kurzen Nachricht zu hören waren, verursachten bei Tom ein schreckliches Gefühl. Er rief die Nummer sofort zurück, doch es war nur die Ansage des Netzbetreibers zu hören. „Dieser Anschluss ist vorübergehend nicht erreichbar."

Was konnte er tun? Der Anruf von Noah lag bereits mehrere Stunden zurück. Er selbst hatte ihn versucht anzurufen, um ihm von AF in Washington zu erzählen. Das letzte Mal hatte er mit seinem besten Freund vor mehr als zwei Monaten gesprochen. Nach den Events vor einem halben Jahr hatte Noah beschlossen, zurück nach Israel zu gehen. Er war damals eine Dauerleihgabe vom israelischen Geheimdienst Mossad, an die Cobra gewesen.

Einige Jahre zuvor, nach einem gemeinsamen Einsatz mit Tom, bei dem sie dem österreichischen Bundeskanzler das Leben gerettet hatten, wurde er lebensgefährlich verletzt und saß seither im Rollstuhl. Tom gab sich bis heute dafür die Schuld. Die große Distanz und die Tatsache, dass sie länger nicht mehr zusammengearbeitet hatten, stellte ihre Freundschaft auf eine harte Probe. Und jetzt, wo ihn sein Freund wirklich brauchte, war er nicht für ihn da.

„Beruhig dich, denk nach", sagte er zu sich und versuchte seine Gedanken zu ordnen. *Du hättest sowieso nichts machen können, das Gespräch riss ja sofort ab.*

Würde sein Onkel helfen können? Mit seinen Kontakten zum Pentagon könnte er sicher schnell herausfinden, woher der Anruf gekommen war. Oder sollte er gleich in die Botschaft gehen? Mit dem Kanzler im Lande würden ihm dort sicher alle Ressourcen zur Verfügung stehen und Noah war immerhin einmal einer von ihnen gewesen. Er beschloss, Letzteres zu tun, packte seine Sachen und wollte sein Hotelzimmer verlassen, als das Telefon auf dem Nachtkästchen klingelte. Er riss den Hörer von der Gabel.

„Mr. Wagner", erklang die Stimme des Concierge. „Es ist ein Gast für Sie eingetroffen, der Sie umgehend sprechen muss."

„Welcher Gast, wer will mich sprechen?"

„Entschuldigen Sie Sir, aber das kann ich Ihnen leider nicht beantworten. Die Dame erwartet Sie in Konferenzraum 302." Mit diesen Worten beendete der Concierge das Gespräch und legte auf.

Verwirrt legte Tom den Hörer zurück auf das Gerät. *Wer kann das sein?*, fragte sich Tom. *Wieder jemand von der Botschaft? Schickt mir jetzt Konstantin seine attraktive Assis-*

*tentin, die mich überreden soll, mit ihm nach Kairo zu fliegen?*

Tom verließ sein Zimmer. Die junge FBI-Agentin in seiner Dusche hatte er vergessen. Er fuhr mit dem Aufzug in den dritten Stock, in dem sich das Konferenzzentrum befand, hastete durch die Gänge und suchte nach Raum 302.

Nachdem er die Tür aufgerissen hatte, blieb ihm fast das Herz stehen. Er traute seinen Augen nicht. Seine Hand schnellte fast wie von selbst an seine Hüfte, doch sie griff ins Leere. Er war im Urlaub und er trug keine Waffe. Ihm gegenüber, am Ende des langen Konferenztisches stand eine junge, schwarze Schönheit und hielt Tom eine schallgedämpfte Pistole entgegen. Es war Ossana Ibori.

„Nehmen Sie Platz, Mr. Wagner."

Verwirrt und zögernd kam er der Aufforderung nach und setzte sich am Kopf der Tafel auf einen der sehr bequemen Stühle. Es passierte nicht oft, aber diese Begegnung verschlug ihm die Sprache. Ossana Ibori war eine Agentin von AF, der Terrororganisation, die sich unter anderem für den Tod seiner Eltern verantwortlich zeigte. Dieselbe Organisation, für die auch Isaac Hagen tätig war, der gestern mit seinen Männern ins Smithsonian eingebrochen war. Diese beiden in derselben Stadt und dann noch der Notruf von Noah, das konnte kein Zufall sein. *Was geht hier vor?*, fragte sich Tom. Die Antwort auf diese Frage ließ nicht lange auf sich warten.

„Mr. Wagner, Sie fragen sich sicher, warum ich Sie hier in Ihrem Hotel aufsuche?", eröffnete Ossana, mit ihrem bittersüßen südafrikanischen Akzent, das Gespräch und legte ihre Waffe neben den aufgeklappten Laptop auf den Tisch. Toms Anspannung wuchs. Er krampfte eine Faust unter dem Tisch zusammen und überlegte fieberhaft, wie er dieses Miststück überwältigen konnte.

„Sehen Sie, wir befinden uns in einer unangenehmen Situation. Wir haben ein kleines Problem im Nahen Osten und wir haben beschlossen, dass Sie der Mann sind, der uns helfen kann. Und da Sie, wie ich Sie glaube zu kennen, nicht käuflich sind, haben wir uns etwas Besonderes für Sie einfallen lassen."

Sie drückte eine Taste des Laptops, der vor ihr auf dem Tisch stand und im selben Augenblick erschien ein Bild auf dem riesigen Bildschirm, der längsseitig an der Wand hing. Tom sprang von seinem Sessel auf, als er das blutverschmierte Gesicht seines besten Freundes sah. Geknebelt und gefesselt saß er, wie es aussah, in einem dunklen Kellerabteil.

„Du ..."

Tom konnte den Satz nicht zu Ende sprechen, denn das Spannen des Hahnes an Ossanas Waffe, die wieder auf ihn gerichtet war, ließ in verstummen.

„Mr. Wagner, lassen Sie uns doch wie Profis miteinander sprechen. Wir haben ein Problem und Sie sind die Lösung. Und wenn alles gut läuft, können Sie Ihren verkrüppelten Israeli auch wieder zurückhaben – fast unversehrt", ergänzte sie gehässig und schob Tom eine Akte über den Tisch.

## 12

AMOUN HOTEL, ALEXANDRIA

„Ich muss die UNESCO um Hilfe bitten. Wir müssen uns die Amphoren zurückholen, bevor sie im Ägyptischen Museum in Kairo in irgendeinem Lagerraum, auf nimmer Wiedersehen, verschwinden", sagte Hellen, als sie das Hotelzimmer betraten. Ihr Hotel war nur ein paar Minuten von der Nekropole entfernt und sie hatte beschlossen ihren Frust ein wenig ausdampfen zu lassen, bevor sie die nächsten Schritte machen wollte.

„Wie kommst du darauf, dass die Amphoren ins Ägyptische Museum kommen? Sie könnten sie überall hinbringen."

„Wir sind hier in Ägypten. Alles, was hier auch nur irgendwie aus dem Boden ausgegraben wird, kommt zuerst ins Ägyptische Museum nach Kairo."

Sie griff zu ihrem Telefon, durchsuchte die Kontakte und hielt plötzlich inne. Ihr Finger verharrte nur ein paar Millimeter über dem Display. Hellen zögerte.

„Was ist los?", fragte Arno.

„Du weißt doch, wer jetzt der neue Chef von Blue Shield ist", sagte Hellen frustriert.

„Oh, verdammt. Das hatte ich schon wieder vergessen", sagte Arno kleinlaut.

Er ging einen Schritt auf sie zu, nahm sie in den Arm und küsste sie.

„Du hast schon so viel gefährliche Situationen durchgestanden. Diese Amphoren sind dir doch so wichtig. Du schaffst das. Du wirst dich durchsetzen. Außerdem kann so ein Telefonat mit deiner Mutter doch gar nicht so schlimm sein."

„Du kennst sie nicht. Sie brachte meinen Vater zur Weißglut. Na ja, um ehrlich zu sein, er brachte sie auch zur Weißglut. Aber wir haben seit geraumer Zeit Probleme miteinander. Vor allem seit Vater verschwunden ist."

Hellens Stimme wurde leiser. Arno drückte sie abermals an sich und sie legte ihren Kopf auf seine Schulter. Ein paar Minuten verharrten beide regungslos und Hellen fühlte eine Geborgenheit, die sie schon lange nicht mehr gespürt hatte. Arno war ein guter Mann. Er war für sie da und man konnte sich auf ihn verlassen. Das spürte sie in solchen Augenblicken ganz besonders.

„Ach was, was soll schon passieren", sagte Hellen plötzlich und riss sich aus Arnos Umarmung. Sie drückte auf das Handydisplay, führte das Gerät ans Ohr und wartete.

„Hallo Mutter", sagte Hellen und Arno war erstaunt, wie anders Hellens Stimme plötzlich klang. Auch ihr Gesichtsausdruck hatte sich verändert. Sie merkte, wie Arno sie beobachtete und drehte sich weg.

„Hellen? Wie schön, dass du anrufst. Wir haben uns schon lange nicht mehr gehört, geschweige denn gesehen. Also eigentlich seit du …"

„Ja, seit ich bei Blue Shield gekündigt habe."

„Was ich ja bis heute nicht so recht verstehe. Aber du musstest ja schon immer deinen Kopf durchsetzen. Das hast du von deinem Vater."

„Mutter, bitte. Fang nicht schon wieder damit an. Du weißt, dass ich meine Gründe hatte."

„Ja, weil du wegen diesem österreichischen Soldaten nicht klar bei Verstand warst."

„Er ist kein Soldat. Er war bei der Cobra."

„Ist ja auch egal. Alles der gleiche Typ Mann. Aber warum rufst du denn eigentlich an? Vermutlich willst du dich nicht nur erkundigen, wie es mir geht."

Hellen seufzte und fasste sich ein Herz.

„Ich brauche …" Es fiel ihr sichtlich schwer, es auszusprechen. „… deine Hilfe – eigentlich die Hilfe der UNESCO. Ich bin in Ägypten und habe in den Nekropolen von Anfushi einen sensationellen Fund gemacht."

„In den Nekropolen von Anfushi? Auf dieser Müllhalde? Was machst du eigentlich in Ägypten?"

„Das tut jetzt nichts zur Sache. Ich habe zwei Amphoren gefunden, die - so glaube ich - einen sehr brisanten Inhalt haben. Nur ..."

Hellen stockte.

„Nur was?", fragte ihre Mutter ungeduldig.

„Nur haben mir ägyptische Soldaten den Fund abgenommen."

„Wieso denn das? Oh, mein Gott, sag mir nicht, dass du ohne Genehmigung unterwegs warst."

Hellen schwieg.

„Verdammt Hellen. Du warst so ein verantwortungsvoller Mensch. Seit dir dieser Tom Wagner den Kopf verdreht hat, erkenne ich dich nicht wieder. Der Mann hatte wirklich einen schlechten Einfluss auf dich."

„Mutter, bitte. Tom ist Schnee von gestern."

„Was glaubst du, ist eigentlich so Aufregendes in den Amphoren drin?"

„Das weiß ich eigentlich gar nicht", musste Hellen zugeben.

„Wie kommst du dann darauf, dass der Inhalt so sensationell ist?"

Hellen atmete tief ein. Jetzt musste sie die Karten auf den Tisch legen. Jetzt musste sie ihrer Mutter reinen Wein einschenken.

„Na ja, auf den Amphoren war das Symbol zu sehen."

„Welches Symbol? Verdammt Hellen, lass dir doch nicht alles aus der Nase ziehen."

„Na ja, das Symbol der … der Bibliothek von Alexandria."

Am anderen Ende der Leitung war es still. Es war zu still. Mrs. de Mey schwieg. Hellen konnte direkt sehen, wie sie um ihre Fassung rang.

„Die Bibliothek von Alexandria? Bist du jetzt völlig übergeschnappt? Dein Vater hat mich damit schon jahrzehntelang genervt und jetzt kommst auch du mit diesen Märchen daher?"

„Mutter, das sind keine Märchen."

„Auch das hat dein Vater immer gesagt. Und du weißt, was ihm auf der Suche nach der Bibliothek passiert ist."

„Nein, Mutter, das weiß ich nicht. Niemand weiß das."

„Natürlich, weil er von einem Tag auf den anderen verschwunden ist. Und jetzt willst du in seine Fußstapfen treten. Sicher nicht! Ich verbiete es dir. Ich verbiete dir, weiter diesem Hirngespinst nachzulaufen. Ich will dich nicht auch noch verlieren, wie deinen Vater. Meine Entscheidung steht fest, von mir und von der UNESCO kannst du keinerlei Hilfe erwarten."

Eine Sekunde später war die Leitung tot.

„Das lief ja besser als erwartet", sagte Arno mit hörbar sarkastischem Unterton und grinste Hellen schief an.

„Es lief genauso wie erwartet", entgegnete Hellen säuerlich.

„Dann müssen wir das eben selbst in die Hand nehmen", sagte Arno entschlossen.

---

Theresia de Mey beendete grußlos das Gespräch und begann in ihrem Büro rastlos auf und ab zu tigern. Sie dachte, dass dieses Thema seit Jahren abgeschlossen war. Nach dem Verschwinden von Hellens Vater hatte sie lange gebraucht, um wieder ein normales Leben zu führen. Sie hatte gehofft, dass Hellen niemals in die Fußstapfen ihres Vaters treten würde. Ihre schlimmsten Befürchtungen waren nun aber wahr geworden.

## 13

ÖSTERREICHISCHE BOTSCHAFT, WASHINGTON D.C.

Der Wagen raste die Connecticut Avenue in Richtung Norden entlang. Toms Gedanken liefen auf Hochtouren. Wo war Noah, was hatten sie mit ihm gemacht? Wie konnte das passieren? Wo hält man ihn gefangen?

Nachdem Ossana ihm ihre Bedingungen sowie Anweisungen unterbreitet hatte und gegangen war, war Tom noch einige Zeit im Konferenzraum zurückgeblieben. Er hatte das erst einmal verdauen müssen. Vor ihm auf dem Tisch hatte Ossana eine Akte mit allen Details zu seinem Auftrag, sowie ein Wegwerftelefon zurückgelassen. Die eine Nummer, die darin eingespeichert war, sollte er nach getaner Arbeit kontaktieren, um die Details der Übergabe zu besprechen. Es war ihm wie eine Ewigkeit vorgekommen, doch er hatte nicht länger als fünf Minuten alleine in dem großen Raum gesessen. Dann war er aufgesprungen, in sein Zimmer gegangen, hatte seinen Seesack gepackt und aus dem Hotel ausgecheckt. Es war ihm gar nicht aufgefallen, dass Jennifer nicht mehr in seinem Zimmer gewesen war. Er hatte sie schlichtweg vergessen gehabt. Er hatte seinen Mietwagen vorfahren lassen, ein Mustang verstand sich und sich auf den Weg zur Botschaft gemacht. Sie lag in Van Ness, gleich hinter der Columbia Universität in einem kleinen Botschaftsviertel. Von Österreich bis Ägypten und Äthiopien waren noch dreizehn weitere Länder mit ihren Vertretungen in dem Viertel angesiedelt.

Tom bog in den Van Ness Drive und danach in den International Drive ein. Es war eine Sackgasse, an deren Ende sich die österreichische Botschaft befand. Clever, wie Sackgassen in Amerika meist in einem runden Platz endeten, der das Wenden mit dem Auto zu einem Kinderspiel machte, ging es Tom durch den Kopf und es verwunderte ihn, dass ihm genau jetzt so eine Banalität auffiel. Er fuhr die Einfahrt entlang und ließ den Wagen vor dem Haupteingang der Botschaft stehen. Der schmucklose Betonklotz, der eher dem Hauptquartier eines Bond-Bösewichts glich, als einer einladenden Botschaft, war gesäumt von zahlreichen Bäumen und Büschen. Im Zentrum der kreisförmigen Einfahrt prangte ein drei Meter langes Schild aus rotem Marmor, mit der Aufschrift: Embassy of Austria und auf der nördlichen Zinne der Betonburg wehten die österreichische sowie die blaue Fahne der EU.

Nachdem er dem Botschaftsmitarbeiter im Erdgeschoss klar gemacht hatte, wer er war und wen er sprechen wollte, holte ihn Jakob Leitner wenige Minuten später im Foyer ab und begleitete ihn nach oben zu den Büros.

„Was ist so dringend, dass du hier wie von der Biene gestochen hereinstürmst?", fragte Jakob seinen ehemaligen Kollegen.

„Noah ist entführt worden. Er hat mir auf die Mailbox gesprochen. Von einer unbekannten Nummer. Kannst du herausfinden, woher der Anruf kam?", gab Tom in kurzen knappen Salven von sich.

„Was, entführt? Wer würde denn so was tun?", fragte Leitner mit gespielter Anteilnahme, innerlich lächelnd.

„Ja klar, gib mir die Nummer, ich lass das gleich überprüfen."

Tom kritzelte die Nummer auf ein Blatt Papier und Jakob verschwand damit im Nachbarbüro. „Bin gleich zurück, mach's dir bequem."

Tom tigerte durch den kleinen Pausenraum. Er nahm sein Telefon zur Hand und wählte die Nummer seines Onkels. Mailbox. Wahrscheinlich hatte er gerade wieder eines seiner, wie er immer erzählte, langweiligen Meetings im Pentagon. Er steckte das Handy wieder weg und machte sich an der gigantischen Espressomaschine einen schwarzen Kaffee.

Nach etwa zwanzig Minuten kam Leitner zurück. In seiner Hand hatte er einen Computerausdruck. Er deutete Tom, sich zu setzten und nahm neben ihm Platz.

„Was hast du herausgefunden?", fragte Tom.

„Also die Nummer, die du mir gegeben hast, gehörte zu einem Mobiltelefon, das seit gestern nicht mehr aktiv ist. Sie konnten es leider nicht weiter eingrenzen, aber die Kollegen vom Nachrichtendienst vergewisserten mir, dass sich das Telefon zum Zeitpunkt des Anrufs, in Kairo befand."

Toms Augen wurden groß. In Kairo? Hier sollte er auch diese Sache für Ossana erledigen. Leitner fuhr fort.

„Das ist noch nicht alles. Ich habe bei unseren Kollegen in Israel nachgefragt und die sagten mir, dass Noah vor zwei Monaten gekündigt hat, weil ihn angeblich eine Softwarefirma abgeworben hatte. Die haben also seit dem nichts mehr von ihm gehört."

Toms Verwunderung wurde immer größer. Noah hatte beim Mossad gekündigt? Geht das denn überhaupt? Er musste schmunzeln. Das war also die große Überraschung, die Noah ihm bei ihrem letzten Telefonat angekündigt hatte.

„Das ist alles, mehr konnte ich in so kurzer Zeit nicht herausfinden."

„Das mit dem Job wusste ich gar nicht", sagte Tom ein wenig traurig. Sie hatten sich tatsächlich entzweit, in nur sechs Monaten.

„Aber wie kommst du darauf, dass Noah entführt wurde und nicht einfach nur normale Probleme und einen schlechten Empfang hatte?"

„Ich weiß es einfach." Tom hatte soeben eine Entscheidung getroffen. Er stand auf und verließ den Pausenraum. Jakob folgte ihm verwundert.

„Wo willst du hin? Du kannst hier nicht mehr einfach so herumlaufen."

„Ist er da? Ich muss mit ihm sprechen", sagte Tom zu Leitner, der ihm hinterher hetzte.

Als Tom vor das Büro trat, dass dem Bundeskanzler während seines Aufenthaltes zur Verfügung stand, klopfte er und betrat ohne eine Antwort abzuwarten, das Zimmer. Schnell drückte er die Tür hinter sich zu, um zu verhindern, dass Leitner ebenfalls hereinkam.

„Ok, ich bin dabei, ich begleite dich nach Ägypten!"

Konstantin Lang sah von seinem Schreibtisch auf und als er Tom erkannte, sagte er kopfschüttelnd: „Kannst du denn nichts wie ein normaler Mensch machen? Ein Anruf hätte gereicht."

Nach einer halben Stunde, nachdem sie die Details für den Trip besprochen hatten, kam Tom wieder aus dem Büro heraus und ging zu Leitners Schreibtisch.

„Ich brauch einen Anzug, eine Dienstwaffe und ein abhörsicheres Handy", bellte er Leitner entgegen, der, ob der Tatsache, dass er soeben auf die Ersatzbank verwiesen wurde, fassungslos an seinem Schreibtisch saß.

Tom machte sofort wieder kehrt und ging in den Pausenraum. Er hatte noch ein wichtiges Telefonat zu führen. Er brauchte in Ägypten Unterstützung. Nicht nur mit der Suche nach Noah, sondern vor allem bei dem Auftrag, den ihm Ossana gegeben hatte. Noahs Leben stand auf dem Spiel und da gab es nur einen Menschen, der ihm dabei helfen konnte und dem er, nachdem was sie gemeinsam durchgemacht hatten, blind vertraute.

# 14

ALEXANDRIA DESERT ROAD, ROUTE 75 IN RICHTUNG KAIRO

„Jetzt spanne mich nicht so auf die Folter", sagte Hellen und boxte Arno in die Seite. Er saß am Steuer ihres Toyota Landcruiser, den sie in Alexandria gemietet hatten, und lächelte gewinnend.

„Erzähle mir endlich, was du vorhast."

Arno legte seine Hand auf Hellens Oberschenkel. Er strahlte so viel Ruhe und Wärme aus, dass Hellen sofort ein wenig ruhiger wurde.

„Wie du weißt, ist mein Vater nicht nur ein sehr wohlhabender, sondern auch einflussreicher Mann. Wir haben durch unsere Geschäfte viele Bekannte, in vielen Ländern, die uns viele Gefallen schuldig sind."

„Ja, das weiß ich. Aber was hat das mit den Amphoren zu tun?" Hellen wurde wieder ungeduldig.

„Reicht es dir, wenn ich dir versichere, dass wir in ein paar Stunden die Amphoren in unseren Händen halten werden und du sie in aller Ruhe analysieren kannst?"

Hellen war zerrissen. Einerseits wollte sie das unbedingt und es war ihr um ehrlich zu sein völlig egal, wie Arno das anstellen würde. Und andererseits, war sie neugierig ohne Ende und musste unbedingt wissen, was er vorhatte.

„Sag mir zuerst, warum dir die Amphoren so wichtig sind." Arno sagte es dermaßen bestimmend, das Hellen nicht widersprechen wollte.

„Ich war noch ein Kind, ich glaube, ich war sechs Jahre alt, als mir mein Vater zum ersten Mal von der Bibliothek von Alexandria erzählte. Er erklärte mir, dass das Wissen der gesamten antiken Welt dort gesammelt wurde und man davon ausgehen konnte, dass vieles davon uns auch heute noch helfen könnte. Alte Rezepte für Medikamente, Berechnungen und Formeln, die zum Bau der Pyramiden eingesetzt wurden, Geheimnisse der Antike - wie zum Beispiel Atlantis - die bis heute ungeklärt sind."

Arno sah sie fasziniert an.

„Und das sind nur die Dinge, von denen wir wissen. Es können sich in der Bibliothek Schätze aufhalten, von denen wir nicht zu träumen wagen und die viele Mythen aus den letzten vier Jahrtausenden erklären könnten."

„Ok, und dein Vater wollte die Bibliothek finden."

„Meine ganze Familie ist seit Generationen fasziniert von mystischen Artefakten. Aber die Bibliothek von Alexandria war für meinen Vater die Krönung. Er sagte immer, dass der Heilige Gral, der Stein der Weisen oder Excalibur nur kleine Fische seien im Vergleich zur Bibliothek von Alexandria."

„Jetzt verstehe ich, dass dich das so fasziniert, aber warum hat deine Mutter so ein Problem damit?"

Hellen wandte sich ab und sah aus dem Fenster. Sekunden vergingen, während die karge Wüstenlandschaft an ihr vorbeizog und sie schwieg. Arno spürte förmlich, wie schwer es ihr fiel, weiter zu sprechen.

„Weil mein Vater auf seiner Suche nach der Bibliothek plötzlich verschwunden ist. Ich war erst 8 Jahre alt, als wir die Nachricht bekamen, dass er vermisst wird."

Arno nickte.

„Mein Vater war förmlich besessen von der Bibliothek. Alles andere musste in seinem Leben hinten angereiht werden. Selbst meine Mutter und ich. Deswegen war meine Mutter so verletzt und deswegen will sie über das Thema einfach nichts mehr hören."

„Und du? Warum willst du die Bibliothek finden?", fragte Arno.

„Weil ich glaube, dass sie mich meinem Vater näher bringt. Wenn ich verstehe und erkenne, was ihn daran so fasziniert hat, fühle ich mich ihm näher." Sie stockte und wandte sich abermals ab. „Ich konnte mich nicht einmal verabschieden."

Urplötzlich bremste Arno und fuhr rechts ran. Er nahm Hellens Hand und sah sie an. Hellen hatte das Gefühl, dass er ihr eine schiere Ewigkeit in die Augen sah, bevor er fortfuhr.

„Durch unsere Geschäfte kennen wir in Kairo wie gesagt viele Menschen, die uns einen Gefallen schuldig sind. Ich habe ein wenig herumtelefoniert. Heute Abend wird uns ein Mitarbeiter des Ägyptischen Museums empfangen und dir die Möglichkeit geben, die Amphoren und deren Inhalt zu untersuchen."

Hellen riss die Augen auf. „Wie?"

„Er wird uns nachts ins Museum einschleusen und die Alarmanlage für einige Zeit deaktivieren. Dann wird er uns den Weg zeigen, wo die Amphoren aufbewahrt werden und du wirst genug Zeit bekommen den Inhalt zu untersuchen."

„Und das ist legal?"

„Nein, natürlich nicht. Aber niemand wird davon erfahren. Mach dir keine Sorgen. Wir gehen da rein, du prüfst die Amphoren und wir gehen einfach wieder raus."

Hellen umarmte Arno und drückte ihn an sich.

„Du musst das nicht tun. Du musst dich nicht für mich in Gefahren stürzen. Wir finden einen anderen Weg, der weniger gefährlich ist", sagte sie.

„Es gibt keinen anderen Weg. Und die Gefahr ist überschaubar. Der Mann ist vertrauenswürdig. Laut seiner Information ist durch die Bauarbeiten des neuen Museums in der Nähe von Giseh das Hauptaugenmerk auf dem Neubau. Die Sicherheitsvorkehrungen sind lockerer geworden. Ein großer Teil des Personals wurde für einige Zeit abgezogen. Wir werden das problemlos schaffen."

Hellen küsste Arnos Gesicht stürmisch ab.

„Du musst das nicht für mich tun."

„Ich weiß. Ich will es aber."

Hellen war unendlich dankbar, aber es meldete sich auch ein wenig ihr schlechtes Gewissen, dass sie Arno da mit reinziehen würde.

## 15

CURITIBA, BRASILIEN

Der Mann hatte den ganzen Flug hinweg über den Auftrag seines Präsidenten nachgedacht. Er konnte die ganze Sache noch nicht recht glauben. Natürlich wusste er, dass die CIA eine spezielle Abteilung für besondere Projekte hatte, die Special Project Division. Für Projekte, die sich dem normalen Verstand entzogen. Und er wusste auch, dass Area 51 zwar eine große Lüge war, aber diese Lüge nur ins Leben gerufen worden war, um von der eigentlichen Wahrheit abzulenken. Nämlich, dass die CIA tatsächlich unterirdische Bunker betrieb, wo die absurdesten Dinge gesammelt und erforscht wurden. Eigentlich waren es drei von diesen Bunkern, die über die ganze USA verstreut waren. Er hatte das, was dort erforscht wurde, bis jetzt immer für Hirngespinste gehalten. Aber seit der Präsident persönlich ihm den Auftrag gegeben hatte, dieses besondere Artefakt zu beschaffen, gab es einen neuen Status Quo.

Während des Fluges hatte er die geheime Akte gelesen, die ihm Langley nach der Beauftragung durch den Präsidenten zugestellt hatte. Vor Kurzem hatte die CIA die lange verschollenen Capri-Akten wieder gefunden. Die Firma *Capri* war in Brasilien nach dem zweiten Weltkrieg gegründet worden. Und zwar ausschließlich von ehemaligen Nazi-Größen, die in Argentinien und Brasilien Unterschlupf gefunden hatten. Details über die Firma Capri waren bis jetzt nicht bekannt, außer dass sogar der Kriegsverbrecher Adolf Eichmann ein Firmenmitglied gewesen war.

Der Mann durchschritt die Ankunftshalle und erkannte im Augenwinkel seinen CIA Kontaktmann. Er ging auf ihn zu.

„Haben Sie ein Streichholz?"

Der Mann sah ihn an und antwortete: „Verzeihung Señor, aber auch auf südamerikanischen Flughäfen herrscht Rauchverbot."

„Wo kann ich rauchen?"

„Draußen bei den Taxis. Ich kann Ihnen leider kein Streichholz geben. Ich verwende immer mein Feuerzeug."

Der Mann machte eine Pause. „Und zwar, bis es kaputt geht. Welche Marke rauchen Sie denn?"

„Schon immer Lucky Strike. Ich hasse den Marlboro Mann."

Das Gespräch klang unverfänglich, aber es enthielt die notwendigen Code-Wörter, die für die beiden besser waren, als jeder CIA-Dienstausweis.

Die beiden Männer verließen das Flughafengebäude, setzten sich in einen Wagen, der wie ein gewöhnliches Taxi aussah, und fuhren in Richtung Stadtzentrum.

Als die Autotür geschlossen wurde, fiel der Vorhang.

„Mein Name ist Will Jimenez, ich bin Ihr Verbindungsmann hier. Wir können ruhig reden, am Steuer sitzt Jerry, er ist Mitarbeiter der Botschaft."

„Ich muss immer den Taxifahrer mimen. Scheiß Job, aber verdammt gut bezahlt", witzelte der Mann. Will kam sofort zur Sache.

„Wir sind zufällig über die Akten gestolpert. Wir haben gemeinsam mit der DEA ein Hauptquartier eines Drogenbosses ausgehoben, der sich El Azul nannte. Im Safe dieses Typen waren auch eine Menge Akten, darunter auch die verschwunden geglaubten Capri-Akten."

„Wissen die Deutschen davon? Die wird das sicher brennend interessieren?"

„Wir sind doch nicht bekloppt? Die Deutschen haben keine Ahnung. Warum sollen wir sie informieren? Seitdem sie wissen, dass die NSA, und natürlich auch wir, sie von früh bis spät abhören, sind die Kontakte ein wenig frostig geworden. Sie erzählen uns nichts mehr. Wir sind zwar nicht im Krieg, aber es ist definitiv kalt. Daher erfahren sie von uns rein gar nichts."

„OK, wann kann ich die Akten sehen?"

„Wir fahren in unser Safe House in Santa Felicidada, am anderen Ende der Stadt. Das wird ein wenig dauern, die Verkehrsstaus sind die Hölle. Was genau, hoffen Sie in den Akten zu finden?", fragte Jimenez und war sich im selben Augenblick klar, dass er über das Ziel hinausgeschossen war. Der Mann verzog das Gesicht und sah ihn vorwurfsvoll an.

Jimenez gab sich die Antwort selbst: „Lassen Sie mich raten. Streng geheim. Nationale Sicherheit. Oberhalb meiner Sicherheitsstufe."

„Bingo", sagte der Mann und der Rest der Fahrt wurde geschwiegen.

Sie hielten vor einem Geschäft, an dem „Multiciclo Bike" zu lesen war, ein Fachgeschäft für Fahrradzubehör. Sie stiegen aus, betraten das Geschäft, gingen durch den Laden und durchschritten die Werkstatt. Am Ende befand sich eine Tür, die Treppen dahinter führten in einen schäbigen Keller, der sich aber, nachdem sie eine weitere Tür durchschritten hatten, schnell als CIA-Quartier herausstellte. Der Fingerabdruckscanner am Eingang hatte schon klar gemacht, dass hier keine alten Fahrradschläuche gelagert wurden. Jimenez übergab dem Mann die *Capri-Akte*.

„Wo kann ich das ungestört durchgehen?", kam als einzige Reaktion.

Jimenez öffnete die Tür eines kleinen Besprechungszimmers ohne Fenster. Der Mann nickte dankend, nahm sich einen Stuhl und begann die Unterlagen durchzugehen.

Die ersten 15 Minuten brachten keine nennenswerten Ergebnisse. Die Nazis hatten mit dem Geld, das sie retten konnten mit *Capri* eine Baufirma gegründet, in der de facto jeder Nazi-Kriegsverbrecher, der es aus Deutschland raus geschafft hatte, untergekommen war. Es war einiges über die Projekte der Firma *Capri* zu lesen. Die Deutschen hatten es offenbar geschafft, hier ein legales Business aufzuziehen. Mit der sprichwörtlichen deutschen Wertarbeit. Er dachte schon, dass es sich nur um Zahlen und Fakten einer Baufirma handeln würde, die von Ex-Nazis geführt wurde und war kurz davor die Akte resigniert zu schließen, als er auf ein paar Blätter stieß, die zwar Teil der Akte waren, aber offensichtlich nicht zu den übrigen Unterlagen dazugehörten. Bei dem Namen Jörg Lanz von Liebenfels wurde der Mann hellhörig. Die Nazis hatten einen Neutempler-Orden in Argentinien gegründet und wollten die Ariosophie, die gnostisch-dualistische Religion auf rassistischer Grundlage wieder beleben. Liebenfels war vor den beiden Weltkriegen federführend bei der Etablierung dieser sogenannten Religion gewesen und hatte nicht nur Himmler, sondern auch Hitler grundlegend in ihrer Weltanschauung geprägt. Die Faszination, die für Heinrich Himmler vom Okkultismus ausging, war auch darauf zurückzuführen. In den Schriften befand sich viel wirres Zeug über den Gral, Atlantis, die Bundeslade, Kabbalismus und schwarze Magie. Nichts davon brachte ihn weiter, außer ein paar Notizen, eines anonymen Verfassers. Ihnen war ein Vernehmungsprotokoll angehängt, in dem er das eine Stichwort fand, das er suchte. Er griff zu seinem Handy und buchte ein Flugticket nach Wien.

## 16

EIN KRANKENHAUS, BEZIRK AL-QAHIRA, KAIRO

Farid Shaham verließ das Krankenhaus und auf seinen Schultern lag ein tonnenschweres Gewicht. Seine Frau Armeen sah ihn verzweifelt an und er hätte alles dafür gegeben, sie trösten zu können. Aber er wusste nicht im entferntesten, wie er das hätte anstellen sollen.

„Farid, was sollen wir jetzt tun? Shamira ist dem Tode geweiht. Allah wird sie zu sich holen und ich weiß nicht, wie ich dann weiterleben soll."

„Ich werde eine Lösung finden", sagte Farid.

Seine Frau sah ihn entgeistert an.

„Wie? Wir haben kein Geld für die Behandlung! Und dein Stolz, was das Geld deines Vaters betrifft, hat uns da nur noch mehr Probleme gebracht. Wir kommen gerade noch so über die Runden, was Essen und Wohnung betrifft. Wie sollen wir da die Krebsbehandlung für Shamira bezahlen?"

Farid wusste, dass sie recht hatte. Der Tod seines Vaters hatte ihr Leben von Grund auf geändert. Farid hatte die Machenschaften seines Vaters nie sonderlich gutgeheißen und stets versucht, seine Familie mit legalen Mitteln durchzubringen. Sein Vater hatte ihn dafür immer belächelt. Farid hatte sich immer geweigert, in die Geschäfte seines Vaters mit einzusteigen. Er hatte auch niemals Geld von ihm angenommen. Jetzt wäre aber der Zeitpunkt gekommen, wo Farid seine Meinung geändert hätte. Um das Leben seiner Tochter zu retten, würde er jede Art von Geld nehmen, so schmutzig könne es gar nicht sein. Aber diese Quelle war versiegt, als sein Vater ermordet wurde.

„Ich werde eine Lösung finden", sagte Farid abermals.

„Wie willst du das anstellen?"

„Ich werde mir holen, was uns zusteht. Nicht für mich, sondern für Shamira!"

Armeen umarmte Farid, hatte aber eine böse Vorahnung. Sie wusste bereits, was ihr Mann vorhatte. Auch wenn sie davon nicht begeistert war, sah auch sie darin den einzigen Weg, ihre Tochter zu retten.

„Vaters ehemaliger Boss, François Cloutard ist an allem schuld. Er allein ist für den Tod meines Vaters verantwortlich."

Farid wusste keine näheren Details. Beim Begräbnis seines Vaters hatte er erfahren, dass er von einer Auftragsmörderin getötet worden war, die für irgendeine Terrororganisation arbeitete. Und die sich als Cloutards

Geliebte herausgestellt hatte. Cloutard hatte seinen Vater in diese Sache reingeritten. Er war noch am Leben und hatte seine Schäfchen mit Sicherheit ins Trockene gebracht. Farids Vater war tot.

Seine Frau Armeen war stehen geblieben und sah ihren Mann mit verzweifelten Augen an. Farid wusste, dass sie den Tod ihrer Tochter nicht verkraften würde. Er hatte Angst, sie könnte sich das Leben nehmen. Farid lief Gefahr, die beiden wichtigsten Menschen in seinem Leben zu verlieren.

„Farid, ich will nicht, dass du dich in Gefahr bringst. Nicht umsonst sind wir diesem Teil deiner Familie immer fern geblieben. Wir wollten mit dieser Welt nichts zu tun haben."

Die Stimme seiner Frau wechselte zwischen anklagend und verzweifelt hin und her.

„Nur jetzt bleibt mir nichts anderes mehr übrig. Wenn es um Shamira geht, muss ich dieses Risiko eingehen."

Farid kannte natürlich einige ehemalige Freunde seines Vaters, die auch ihr Geld nicht auf legale Weise verdienten. Er würde über seinen Schatten springen und sie um Rat fragen. Armeen schüttelte ängstlich den Kopf.

„Und wie willst du dir das Geld von Cloutard holen? Willst du ihn suchen, ihm eine Pistole an den Kopf halten und so das Geld von ihm erpressen?"

Farid nickte unmerklich. Ja. Genau das war es, was er vor hatte.

# 17

13. JAHRHUNDERT VOR CHRISTUS, OSTJORDANLAND

Der Stein krachte mit voller Wucht gegen die Schläfe des Moses. Das markerschütternde Geräusch des brechenden Schädelknochens erschreckte sogar Josua, obwohl er den Schlag selbst ausgeführt hatte. Moses fiel zu Boden und war auf der Stelle tot. Der Stein hatte seinen Schädel zertrümmert. Josua wandte sich sofort ab. Nicht, dass er seine Tat bereute. Denn er wusste, dass es um etwas ging, das wichtiger war, wichtiger als Moses, wichtiger als er selbst, wichtiger als das Volk der Israeliten. Hastig verließ er Moses' Zelt und wusste, was er als Nächstes zu tun hatte. Moses war zu vertrauensselig gewesen. Er hatte Josua alles erzählt. Hatte ihm erzählt, dass es nicht nur die zehn Gesetze des Jahwe gab, sondern auch noch eine weitere Steintafel. Eine, die nicht durch Gebote das Handeln des Volkes einschränkte und sie wiederum versklavte. Sondern eine, die Macht gab. Macht, alles zu vervollkommnen, das verdient hatte, vollkommen zu sein und alles zu zerstören, das verdient hatte, zerstört zu werden. Als Josua dies aus dem Munde des Moses hörte, wusste er sofort, dass das seine Bestimmung war. Gott hatte Moses die Tafeln nicht grundlos überantwortet. Und Josua wusste, dass er es war, der die Steintafeln besitzen musste. Moses war nicht der Richtige dafür. Er war gotteshörig und schwach. Josua machte sich auf den Weg zum Tempelzelt. Die beiden Wachen waren ihm bekannt. Hatten sie doch unter seinem Befehl im Krieg gegen Amalek gestanden. Josua wusste, dass sie ihm gehorchen würden.

„Moses ist tot. Er wurde von Abtrünnigen verraten und ermordet."

Die beiden Wachen sahen Josua entsetzt an. In beiden kam aber nicht der leiseste Verdacht auf.

„Vor seinem Tod hat mich Moses beauftragt, das Allerheiligste in Sicherheit zu bringen. Und ihr werdet mir dabei helfen."

Die beiden Wachen sahen sich zuerst unschlüssig an. Josuas Blick war unerbittlich. Er fixierte beide und ließ keinerlei Zweifel aufkommen, wer der neue Führer des jüdischen Volkes sein würde. Nach ein paar Sekunden des Nachdenkens war ihre Entscheidung gefallen. Sie würden getreu zu Josua stehen.

Josua ging an den beiden vorbei und betrat das Tempelzelt in dessen Inneren die Bundeslade stand. Bis jetzt hatte es noch niemand gewagt, in das Innere zu blicken. Außer Moses wusste niemand, was die Lade beherbergte. Josua nahm abermals all seinen Mut zusammen und schob den Deckel der Bundeslade zur Seite. Er nahm die Fackel, die in der Ecke des Zeltes die Szenerie beleuchtete und hielt sie über die Öffnung. Josua erblickte eine Reihe von Steinbrocken, auf denen er verschiedene Worte und Satzteile entzifferte. Die Gebote waren ihm nur allzu bekannt. Es waren die Gebote, die Moses dem Volk offenbart hatte, nachdem er vom Berg Sinai herabgestiegen war. Die zerbrochenen Tafeln enthielten das Wort des Allmächtigen. Aber es war noch mehr in der Bundeslade. Es lag darin eine weitere Steintafel, die unversehrt schien. Es musste sich um die Tafel handeln, die Vervollkommnung und Zerstörung bringen würde. Josua erschauderte bei dem Gedanken, diese Tafel sein Eigen nennen zu können. Er zögerte, fasste sich aber dann doch ein Herz und entnahm die Tafel der Bundeslade. Er schob sie unter sein Gewand und verließ hastig das Zelt.

„Folgt mir!", befahl er den beiden Wachen. „Wir müssen die Getreuen zusammenrotten und den Tod des Moses rächen. Ich bin euer neuer Führer."

## 18

ÖSTERREICHISCHE BOTSCHAFT, WASHINGTON D.C.

Die drei schwarzen SUVs warteten vor dem Botschaftsgebäude in der gebogenen Einfahrt. Tom Wagner und sein Kollege Jakob Leitner standen jeweils vor einem der Wagen und warteten auf ihre Passagiere. Tom war ungeduldig und sah mehrmals auf seine Uhr. Er konnte nicht schnell genug nach Kairo kommen. Er hatte den ganzen Nachmittag darauf verwendet, sich auf diesen Trip vorzubereiten. Nicht etwa auf den Auftrag des Kanzlers. Nein, Tom hatte sich jede freie Minute damit beschäftigt, Noah zu retten. Er hatte genauestens das Dossier studiert, das ihm Ossana gegeben hatte und auch eine Kopie an seinen Kontakt in Ägypten übermittelt.

Den Kanzler benutzte er nur als Mittel zum Zweck, um so schnell und so unkompliziert wie möglich nach Kairo zu gelangen. Und er hatte nicht einmal ein schlechtes Gewissen dabei. Schließlich war es der Einsatz gewesen, der dem Kanzler das Leben gerettet und Noah ein Leben im Rollstuhl beschert hatte. Der Kanzler schuldete ihm das, sagte sich Tom. Er war sich nicht sicher, ob der

Kanzler noch in seiner Schuld stand. Hatte er ihn doch schon aus so mancher Patsche geholfen. Jeder andere wäre schon mehrmals gefeuert worden, bei all den Vorkommnissen, die er sich im Laufe seiner Karriere bei der Cobra geleistet hatte. Aber bei Noah musste er sich definitiv noch revanchieren.

Als der österreichische Bundeskanzler Konstantin Lang aus dem Gebäude kam, öffnete Tom die Tür des Wagens und ließ ihn einsteigen. Er stieg zu ihm in den Wagen und schloss hinter sich die Tür. Sein Bein zuckte nervös auf und ab und er blickte wieder auf die Uhr.

„Alles klar mit dir?", fragte ihn der Bundeskanzler.

„Ja - alles OK - können wir dann los?", wandte er sich ungeduldig an den Fahrer.

Im zweiten und dritten Wagen hatte der Rest der Wirtschaftsdelegation Platz genommen, die zu den Gesprächen nach Kairo mitflogen. Der Bau der neuen Hauptstadt, 45 Kilometer außerhalb Kairos war eine große Chance für internationale Aufträge. Und da wollte auch Österreich Anteil nehmen. Die drei Wagen fuhren los und machten sich auf den Weg zum Dulles International Airport. Dort wartete ein luxuriöser Privatjet eines österreichischen Großindustriellen, der die Wirtschaftsgespräche eingefädelt hatte und wenn alles so lief, wie Konstantin Lang sich das vorstellte, einen enormen wirtschaftlichen Vorteil für Österreich bringen würde. Nach umfangreichen Reformen war der Wirtschaftsaufschwung in Ägypten deutlich spürbar. Internationale Geldgeber investierten Hunderte Milliarden in das neue, aber sehr umstrittene Bauprojekt. Und von diesem Kuchen wollte sich Herr Lang ein Stückchen für Österreich abschneiden.

Der Flug verlief größtenteils ereignislos. Nur einmal gab es ein paar Turbulenzen. Aber nicht nur wetterbedingt, sondern auch innerhalb der Kabine sollten sich die Gemüter erhitzen. Aber der Großteil der Delegation hatte ihren Spaß. Der Jet des Magnaten wartete mit allem nur erdenklichen Luxus auf. Eine Bar, Speisen à la carte wie in einem 3-Sterne-Restaurant, Wohnzimmeratmosphäre und ein eigener Kinoraum waren die Highlights des Luxusflugzeuges. Doch Tom interessierte das alles nicht. Er saß abseits von den anderen und las in Ossanas Akte, als Konstantin Lang zu ihm kam und sich mit einem Glas Wein in der Hand in einen der riesigen Polstersessel, Tom gegenüber, niederließ. Er krempelte seine Ärmel nach oben und lockerte seine Krawatte.

„Tom, komm schon, leg das weg und entspann dich ein wenig. Das ist eine Geschäftsreise, keine Bildungsreise", sagte Lang, der heute schon entspannter wirkte als noch vor zwei Tagen, als er Tom um seine Hilfe gebeten hatte.

„Wenn die Gefahr schon gebannt ist, dann brauchst du mich ja nicht mehr", witzelte Tom etwas schnippisch.

„Was soll mir denn hier schon passieren? Wir sind doch hier unter Freunden", sagte Lang und sah sich mit ausgebreiteten Armen um. So wie es aussah, hatte der Wein schon ein wenig seine Wirkung entfaltet, ging es Tom durch den Kopf.

„Konstantin, ich will ehrlich zu dir sein", sagte Tom nach einer längeren Pause und klappte die Akte zu.

„Ich bin nur hier, weil Noah meine Hilfe braucht, er ist in großen Schwierigkeiten und ich bin der Einzige, der ihm helfen kann."

„Was soll das heißen?"

„Das soll heißen, dass ich einen schnellen und unkomplizierten Flug nach Kairo gebraucht habe und da hast du dich angeboten. Es tut mir leid."

„Aber Tom, das kannst du nicht machen. Wir hatten einen Deal und ich erwarte von dir, dass du ihn einhältst." Der Bundeskanzler war plötzlich wieder sehr förmlich.

„Ist dir Noah denn egal? Denk nur mal daran, warum er im Rollstuhl sitzt."

„Das mag schon sein. Es tut mir außerordentlich leid für ihn und ich werde ihm ewig dankbar sein, aber ich brauche dich dort. Ein Deal ist ein Deal. Du machst deinen Dienst und wenn ich wieder in der Botschaft bin, kannst du dann machen, was du willst." Etwas verärgert stand der Kanzler auf und ging zurück zu seinen Kollegen.

Tom wollte noch etwas nachschießen, entschied sich aber dafür, fürs Erste den Mund zu halten und das Beste aus der Situation zu machen. Es würde morgen nur ein paar Stunden dauern und in der Zwischenzeit konnte Toms Verbündeter, der in Kairo zu ihm stoßen würde, alle Vorbereitungen treffen. Am Abend, wenn der

Kanzler wieder in der Botschaft war, würde er sich Ossanas Auftrag widmen.

Nach einiger Zeit legte Tom die Akte zur Seite und nutzte den Rest des Fluges um eine Mütze Schlaf zu bekommen. Morgen würde ein langer Tag werden. Er streckte sich in dem luxuriösen Liegesessel aus und löschte das Licht. Im vorderen Bereich der Maschine war die Party noch immer im vollen Gang, als Tom seine Augen schloss.

Nachdem die Maschine, früh am nächsten Morgen in Kairo gelandet war, sie die diplomatischen Formalitäten hinter sich gebracht hatten und zu ihren Limousinen gebracht wurden, entschuldigte sich Tom für einen Moment und ging auf einen Mann zu, der außerhalb des VIP-Parkplatzes auf ihn wartete.

Es war niemand geringerer als sein Freund François Cloutard.

## 19

CAFE CORNICHE, IN DER NÄHE DES NILS, KAIRO

„Tom stellt sich das so leicht vor. Was glaubt er, dass ich mit den Fingern schnippe und alle Kriminellen Kairos versammeln sich und stehen mir Rede und Antwort?", murmelte Cloutard vor sich hin, als er durch die Gassen Kairos wanderte. François Cloutard war auf den ersten Blick ein sehr eleganter und weltmännischer Franzose. Er trug einen hellen, etwas zerknautschten Anzug aus Seersucker, ein zerknittertes weißes Leinenhemd und einen Panamahut. Das darunter schon leicht ergraute Haar war streng nach hinten gekämmt und hinterließ einen gepflegten, aber nicht gelackten Eindruck. Stetig stieg Rauch von der Zigarre in seinem Mundwinkel auf. Was man ihm aber nicht ansah und was die Freundschaft zu Tom so außergewöhnlich machte, war die Tatsache, dass er bis vor einem halben Jahr den größten illegalen Kunstschmugglerring der Welt betrieben hatte. Die beiden hatten sich unter ganz besonderen Bedingungen kennengelernt und hatten seitdem einen gemeinsamen Nemesis: Ossana Ibori. Sie war Cloutards Geliebte gewesen und die Frau, die sein Imperium zu Fall gebracht und auch seine rechte Hand und Vertrauten, Karim getötet hatte. Cloutard wurde seitdem nicht unbedingt vom Glück verfolgt. Wenn man einmal entmachtet war, dann war es nicht mehr so leicht, seinen Status zurückzugewinnen. Das war in kriminellen Organisationen genauso wie in der Politik. Du brauchst Jahre, um dir Vertrauen aufzubauen, hast aber alles im Handumdrehen wieder verloren, sobald du dir einen Fehler leistest. Aber vielleicht würde die Zusammenarbeit mit Tom ihn wieder auf die Sonnenseite des Lebens bringen? Als Tom angerufen und ihm um Hilfe gebeten hatte, war ihm das gerade recht gekommen. Nach dem letzten Abenteuer mit Tom konnte man nie wissen, was alles passieren würde. Kurz nach der Ankunft am Flughafen hatten sie gemeinsam die nächsten Schritte besprochen.

Cloutard war schon einige Jahre nicht in Kairo gewesen, er hatte noch eine Menge Kontakte hier, wusste aber nicht, wie kooperativ diese nach seinem Machtverlust waren. Kairo war einer seiner früheren Dreh-und Angelpunkte, viele Grabräuber und Schmuggler wurden hier rekrutiert. Daher wusste Cloutard genau, wo er mit der Suche anfangen musste.

Das Cafe Corniche lag direkt am Ufer des Nils, in der mit Abstand besten Gegend Kairos. In unmittelbarer Nähe befanden sich das Hotel Ritz-Carlton, die US-Botschaft und auch das Ägyptische Museum. In dieser Gegend tummelten sich die Reichen und Schönen der ägyptischen Hauptstadt. Mit vielem würde man hier rechnen, aber nicht mit den Drahtziehern der internationalen

Grabräuber-Mafia. Und einen davon wollte Cloutard hier finden. Er betrat das Café, das auf den ersten Blick aussah, wie ein Alt-Wiener Kaffeehaus. Er musste unwillkürlich an Tom denken, der sich hier zweifellos zu Hause fühlen würde. Cloutard durchschritt siegessicher das Café, ging Richtung Toilette und öffnete eine unbeschriftete Tür. Dahinter stand ein Mann. Rund zwei Meter groß, muskulös und eine Kalashnikov über die Schulter gehängt. Er sah Cloutard und erkannte ihn sofort. Der Mann nickte, gab den Weg frei und Cloutard ging die Stufen nach unten.

Es war wie ein Tor in eine andere Welt und eine andere Zeit. Die Bar, die hinter der Tür zum Vorschein kam, war nicht nur herunter gewirtschaftet. Es war ein Drecksloch. Der Putz bröckelte stellenweise von den Wänden und das Mobiliar bestand aus wild zusammengewürfelten alten Holzstühlen und Tischen. Retro-Shabby-Chic würde man in unseren Breitengraden dazu sagen. Nur war es hier wirklich die Zeit gewesen, die diesen Look gezeichnet hatte. Aus der alten Jukebox ertönte leise Musik. An der Bar saß ein betrunkener Mann, der den Barkeeper zu überzeugen versuchte, ihm noch einen Drink zu geben. Eine Handvoll weitere Gäste saßen an den wenigen Tischen. Der Deckenventilator drehte sich langsam und gab ein leises, kratziges Quietschgeräusch von sich. Seine Wirkung war aber gleich null.

Als Cloutard die Treppe herunter kam, zog er alle Blicke auf sich. Er ging langsam zur Bar hinüber. Ein paar der Gäste steckten die Köpfe zusammen und begannen zu tuscheln, der Großteil widmete sich aber wieder recht schnell ihren eigenen Angelegenheiten. Cloutard war noch nicht an der Bar angekommen, als der Barkeeper bereits ein Glas Cognac eingeschenkt hatte. Cloutard nickte dankend, roch kurz am Bouquet und nippte. Es war doch noch vieles beim Alten geblieben. Cloutard reichte dem Barkeeper einen 50 Dollarschein.

„Wo ist der Waliser?"

Der Barkeeper nahm den Geldschein und deutete auf eine Tür mit einem Perlenvorhang auf der gegenüberliegenden Seite der Theke.

Cloutard dankte ihm, ging hinüber und trat durch den Vorhang. Zigarren- und Zigarettenrauch füllte den kleinen Raum gänzlich aus. Die Luft stand still. Eine große uralte Glühbirne baumelte über einem kleinen runden Pokertisch. Und da saß Berlin Brice, den alle nur den Waliser nannten, der alte Grandseigneur der ägyptischen Grabräubermafia.

„François Cloutard. Du hast mächtig Mut hier einfach aufzutauchen". Die Stimme kam einem Flüstern gleich und passte perfekt zu der kleinen, zerbrechlichen Gestalt, die gerade seine Karte hingelegt hatte und die gewonnenen Chips zu sich zog.

„Ich brauche deine Hilfe", sagte Cloutard, ohne weiter auf den vorherigen Satz einzugehen.

„Er braucht meine Hilfe", krächzte der Waliser und die restlichen Männer der Pokerrunde verfielen in schallendes Gelächter.

„Nicht für mich. Ein Freund von mir wurde entführt und wird irgendwo hier in Kairo gefangen gehalten."

„Und da dachtest du, du kreuzt einfach hier auf, nach all dem, was passiert ist, und fragst mal, ob ich etwas darüber weiß."

Der alte Mann war vom Tisch aufgestanden und langsam auf Cloutard zugegangen. Im Raum wurde es plötzlich still. Alle starrten gebannt auf den Waliser, der Cloutard unverwandt ansah. Sekunden später wechselte der strenge Blick zu freundschaftlicher Herzlichkeit. Der Waliser umarmte Cloutard für eine Sekunde und bat ihn dann Platz zu nehmen.

„Es ist schön, dich wieder zu sehen, mein alter Freund", sagte der Waliser und tätschelte Cloutards Hand.

„Tatsächlich sind mir so einige Dinge zu Ohren gekommen. Jemand rekrutiert Grabungshelfer und Grabräuber als wäre ein neuer Tut-Ench-Amun gefunden worden. Jeder der in Ägypten eine Schaufel oder eine Hacke besitzt, wurde eingestellt. Wo der Ausgrabungsort sein soll, weiß niemand. Ob das allerdings etwas mit deinem Problem zu tun hat, kann ich nicht sagen. Aber ich denke, das AF dahinter steckt und sie etwas wirklich Großes suchen. Und bezüglich der Entführung deines Freundes, werden wir uns so schnell wie möglich umhören."

Der Waliser blickte die Männer an, die mit ihm am Pokertisch saßen. Alle nickten.

„Ich werde in ein paar Stunden mehr wissen. Kairo ist zwar eine Millionenstadt, aber für uns ist sie nach wie vor ein Dorf."

Cloutard bedankte sich, wechselte noch ein paar freundliche Worte mit dem alten Mann und verabschiedete sich danach herzlich. Der Waliser wartete, bis Cloutard das Café verlassen hatte.

„Ruf Farid an. Es wird ihn freuen, dass er Cloutard nicht mehr länger suchen muss", sagte er ruhig zu dem kahlköpfigen Mann, der neben ihm am Pokertisch saß. „Und schickt einen unserer Männer nach, damit uns Cloutard nicht entwischt."

## 20

IN DEN STRASSEN VON KAIRO, NAHE DEM RESTAURANT
SARAYA GALLERY

Cloutard war nun bereits ein paar Stunden unterwegs und hatte sämtliche Bars und Cafés abgeklappert. Keiner seiner früheren Kontakte hatte ihm weiterhelfen können. Er war weitestgehend auf Ablehnung gestoßen. Er beschloss, sich auf den Waliser zu verlassen und ein wenig abzuwarten. Bis dahin wollte er sich noch ein frühes Abendessen gönnen, bevor er sich wieder mit Tom traf und die gemeinsame Abendgestaltung beginnen konnte. Cloutard freute sich auf den Coup. Es war zwar Jahre her, aber er war ein Profi, daran hatte sich nichts geändert.

„Haben Sie reserviert?", fragte ihn der Mann beim Eingang der Saraya Gallery, einem der Top-Restaurants von Kairo. Sekunden später erkannte er jedoch Cloutard.

„Excusez-moi, Monsieur Cloutard, natürlich haben wir einen Tisch für Sie bereit gestellt."

Der Mann führte ihn durch das Restaurant und Cloutard nahm an seinem üblichen Tisch Platz. *Wenigstens das hat sich nicht geändert*, dachte er.

Als der erste Gang serviert wurde, ein „Escalope de For Gras de Canard a la Mangue" und sich Cloutard die Ente auf der Zunge zergehen ließ, war er im siebten Himmel. Das hatte ihm die letzten Monate gefehlt. Er prostete sich selbst zu und beschloss feierlich, sich seinen alten Lebensstil wieder zurückzuholen. Er musste wieder die Zügel in die Hand nehmen und das Leben führen, für das er bestimmt war. Dafür brauchte er aber das nötige Kapital. Eine Menge davon. Noch war ihm nicht klar, wie er das anstellen sollte, aber er wäre nicht François Cloutard, wenn ihm nicht etwas einfallen würde. Er ärgerte sich über sich selbst, dass er sich die letzten Monate so hatte gehen lassen.

„Du solltest dein Geld für wichtigere Dinge ausgeben, als dir hier den Wanst mit Ente vollzustopfen."

Cloutard erstarrte und blickte von seinem Tisch auf. Er blickte in die Augen von Farid Shaham, dem Sohn von Karim. Der Karim Shaham, der in den letzten Jahren für die Finanzen seines Schmugglerimperiums zuständig und im Zuge dessen, ermordet worden war.

Farid setzte sich an den Tisch und lehnte sich zu Cloutard hinüber.

„Du hast meinen Vater auf dem Gewissen. Deine Unfähigkeit hat dazu geführt, dass man dir die Macht entrissen und meinen Vater ermordet hat. Und dafür wirst du bezahlen."

Farid öffnete seinen Kaftan und Cloutard konnte darunter eine Pistole erkennen.

„Geld wird meinen Vater zwar nicht mehr lebendig machen, aber meiner Tochter das Leben retten. Ich würde sagen, eine halbe Million Dollar ist ein fairer Preis, um dein Gewissen zu erleichtern und du damit gleichzeitig einem jungen Mädchen das Leben retten kannst. Du hast 72 Stunden und wenn du nicht lieferst, wirst du meinem kleinen Engel Gesellschaft leisten."

Cloutard sah ihn ungläubig an und wollte etwas erwidern. Farid schnitt ihm aber das Wort ab.

„Du hast gesehen, wie schnell ich dich gefunden habe. Ich werde dich überall finden." Er stand auf und schickte sich zum Gehen an. „Wenn du mich nicht bezahlst, bist du ein toter Mann."

## 21
ÄGYPTISCHES MUSEUM, KAIRO

Den Wagen mussten sie in einer nahegelegenen Seitengasse parken, denn hinter dem Museum befand sich lediglich ein riesiges Autobahnkreuz. Auf den mehrspurigen Straßen wälzten sich die Verkehrsmassen durch die Hauptstadt des einstigen Pharaonenreichs. Ägypten, die Hochkultur der Antike, versank heute in Armut, Überbevölkerung und Smog. Hellen und Arno zwängten sich durch die Autokolonnen, die auf der Meret Basha langsam durch die Stadt krochen. Genau gegenüber des Hintereinganges warteten sie auf die nächste Gelegenheit, den großen Kreuzungsbereich zu überqueren. Es war spät abends und dennoch herrschte ein reges Treiben in dieser heruntergekommen und stinkenden Stadt. Sie liefen über die Straße und hämmerten an das große Tor auf der Rückseite des Museums. Wenige Augenblicke später öffnete ihnen ein kleiner, bärtiger Mann mit einem herzlichen, und gleichzeitig zahnlosen Lächeln das Tor, sah sich verstohlen um, winkte die beiden hastig herein und führte sie über den kleinen staubigen Hof.

Ihnen war natürlich nicht bewusst, dass sie von der gegenüberliegenden Straßenseite, vom Balkon des Hotels Tahrir Plaza Suites aus, beobachtet wurden.

„Ich habe Sie schon erwartet, Sidi, kommen Sie, kommen Sie", sagte er in einem starken Akzent und mit einer einladenden Handbewegung. Er trug eine graue Hose, ein schmuddeliges Button-down Hemd und abgetragene schwarze Schuhe.

„Sie haben Glück, heute niemand mehr da, alle schon weg." Er hielt ihnen die Tür auf und Hellen und Arno schlüpften in das Museumsgebäude.

Als sie die Sicherheitszentrale des 120 Jahre alten Museums betraten, offenbarte sich ihnen eine andere Welt. Das antiquierte Sicherheitssystem und die Handvoll schwarz-weiß Bildschirme zeigten, dass der Bau des neuen Museums bei Giseh nicht früh genug fertig werden konnte. Die unsagbaren Schätze, die das weltweit größte Museum für ägyptische Kunst beherbergte, brauchten dringend ein neues, modernes Zuhause.

Arno legte fast beiläufig ein Kuvert auf den Schreibtisch des Mannes, der das aus dem Augenwinkel wahrnahm und lächelte. Dieses Geld würde seiner Familie mehr als gut tun und er konnte seinen Kindern und auch seiner Frau endlich wieder einmal eine Freude bereiten.

Er ging zu einer Wand, auf der Pläne jeder Etage des Museums dargestellt waren, und fing an zu erklären.

„Wir hier." Er tippte mit dem Finger auf sein Büro in der nordöstlichen Ecke des Gebäudes und fuhr fort. „Sie gehen so, so, dann so, dann hinunter - nicht da - auf keinen Fall da - dann so und so."

Hellen und Arno versuchten, so gut es ging sich die Anweisungen des Mannes einzuprägen. Hellen nahm ihr Handy aus der Tasche ihrer Cargohose und machte damit ein Foto der Wand. Sicher ist sicher, dachte sie.

Der Nachtwächter tippte jetzt aufgeregt auf ein Zimmer im Untergeschoß.

„Hier, hier Amphore von Anfushi, erst heute bringen."

Er drückte Arno eine alte, abgewetzte Keycard in die Hand.

„Tür damit auf - Sie haben eine Stunde - nachher bringen Karte."

Plötzlich vernahmen die drei ein lautes metallisches Klopfen. Es war das Eingangstor.

„Alarm für eine Stunde aus. Nicht vergessen, eine Stunde! - Gehen Sie, gehen Sie."

Er scheuchte Hellen und Arno förmlich aus seinem Büro, lächelte die beiden freundlich mit seiner riesigen Zahnlücke an. Er wartete, bis die beiden um die Ecke verschwunden waren und vernahm ein weiteres Hämmern. Er lief nach draußen.

Hellen wandte sich um und sah dem Mann zweifelnd hinterher. Konnten sie diesem alten, zugegeben sehr liebenswerten Wächter wirklich trauen? Oder stand schon die Polizei vor der Tür, um sie zu verhaften, und sie würden sich das Geld teilen, dass Arno auf dem Tisch zurückgelassen hatte?

„Na los, worauf warten wir, die Uhr tickt", sagte Arno und zog Hellen am Arm, die anfangs noch zögerlich, aber ihrem Freund schließlich folgte. Sie hielten sich haarklein an die Anweisung des Mannes und achteten darauf nur genau den Weg zu nehmen, den er ihnen auf dem Plan gezeigt hatte. Hellen hatte zwar schon mehrmals das Museum besucht, doch solche Orte verzauberten sie buchstäblich. Der Geruch in solchen Museen rief bei immer ein wohliges Gefühl hervor. Und einmal nachts und ganz alleine diese mächtigen Hallen zu begehen, war für sie ein aufregendes Erlebnis. Ihr kam das berühmteste Artefakt des Museums in den Sinn. Es war neben dem Porträt der Mona Lisa von Leonardo da Vinci wahrscheinlich eines der berühmtesten Kunstwerke der Welt. Die goldene Totenmaske des vor 3343 Jahren verstorbenen Pharaos Tutanchamun. Er hatte nur dadurch Berühmtheit erlangt, dass sein Grab nahezu unversehrt von Howard Carter 1922 im Tal der Könige entdeckt worden war. Er war kein sehr bedeutender Pharao gewesen. Wenn man sich also überlegte, welche Schätze ein unwichtiger König in seinem eher kleinen Grab gehabt hatte, welche Schätze waren dann über die Jahrtausende verloren gegangen, weil sie von Grabräubern geplündert worden waren. Hellen dachte an Cloutard und ob er sich etwas davon ergattert hatte. Der Inhalt dieses Grabs galt bis heute als einer der spektakulärsten Funde der Archäologie. Es befanden sich aber auch bedeutendere Persönlichkeiten in diesen Mauern. Unter anderem die

Mumie von Ramses II. So hatte auch der einst mächtigste Pharao und das selbst bis heute am längsten regierende Staatsoberhaupt der Welt, in einem der Kühlschränke des Kairoer Museums seine letzte Ruhestätte gefunden. Hellen erinnerte sich, wie ihr Vater sie als Kind einmal hierher mitgenommen hatte, und ihr die Ehre zu Teil wurde, die Mumie von Ramses II persönlich sehen zu können. Sie hatten damals Glück gehabt, dass ein amerikanisches Filmteam eine Dokumentation gedreht hatte und er dafür aus seiner voll klimatisierten Ruhestätte geholt worden war. Das war einer der Momente mit ihrem Vater gewesen, an den sich Hellen noch heute gerne zurückerinnerte.

Als sie und Arno im Keller vor der Tür standen, für die ihnen der Nachtwächter die Keycard mitgegeben hatte, atmete Hellen freudig ein und steckte die Karte in das alte Lesegerät. Ein Summen, dann ein Klicken, und die Tür ließ sich aufziehen. Sie betraten das kühle Labor und Hellen schaltete das Licht an. In der Mitte des sterilen Laborraums stand ein großer, stählerner Tisch und auf ihm befand sich eine dunkle Holzkiste. Hellen und Arno gingen darauf zu und sahen sich mit Spannung geladen und großen Augen an. Hellen gab Arno einen Kuss.

„Ich danke dir, dass du das für mich getan hast."

Sie nahm das Brecheisen, das neben der Holzkiste lag, knackte den Deckel auf und legte ihn zur Seite. Da waren sie. Auf Holzwolle gebettet lagen die beiden 50 Zentimeter großen Amphoren endlich vor ihr. Die sandigen Tongefäße waren in einem nahezu perfekten Zustand. Die zwei Minuten, die sie dem Meerwasser ausgesetzt waren, als Hellen und Arno sie an die Oberfläche getaucht hatten, schienen ihnen nichts ausgemacht zu haben. Der Hohlraum, aus dem sie Hellen entnommen hatte, war wahrscheinlich luftdicht verschlossen gewesen. Das würde die Luftblasen erklären, die aufgestiegen waren, als der Stein aus der Wand gefahren war und auch, warum sich anfänglich die Steine nicht hatten bewegen lassen. Das Geheimfach war versiegelt worden. Hellen hob eine Amphore aus der Kiste und bewunderte die Textur des schlichten Gefäßes, aber vor allem interessierte sie das Symbol, das in den Ton gepresst war. Hellen entnahm auch die zweite Amphore und begann ihre Untersuchung.

## 22

NAHEZU ZUR GLEICHEN ZEIT, TAHRIR PLAZA SUITES HOTEL, KAIRO

Der Mann saß auf dem kleinen überdachten Balkon des einfachen Drei-Sterne-Hotels und genoss seinen Cognac, einen Hennessy Louis XIII. Er war andere Hotels gewohnt, doch es hatte ihn angenehm überrascht, dass sie hier seinen Lieblingscognac im Sortiment hatten. Aber im Moment war Luxus nicht wichtig, sondern die Location an sich. Von seinem Zimmer aus hatte er einen wunderbaren Blick über die gesamte Gegend. Hin und wieder warf er einen Blick durch das Fernglas und beobachtete den Hintereingang des Gebäudes und auch die Menschen, die durch die überfüllten Straßen hetzten. Er wartete darauf, dass es finster wurde, alle Mitarbeiter den Komplex verlassen hatten und nur mehr der kleine alte Nachtwächter zurückblieb, den er seit ein paar Stunden beobachtete. Aber im Moment erfreute sich Cloutard erst einmal an dem Sonnenuntergang über der ägyptischen Metropole und nahm einen genussvollen Schluck von seinem teuren Getränk. Die unerwartete und sehr unangenehme Sache mit Farid, der ihn bei seinem frühen

Abendessen überraschend aufgesucht und bedroht hatte, wollte er für den Moment aus seinem Kopf verbannen. Dafür musste er sich später Zeit nehmen.

Er sah auf die Uhr. Sein Freund sollte jetzt jeden Moment auftauchen. Es war schon sehr spät. Offensichtlich hatten seine Verpflichtungen länger gedauert als angenommen. Doch die Sache hier war sehr wichtig. Es ging buchstäblich um Leben und Tod. Endlich klopfte es an der Zimmertür. Er stand auf und durchschritt das kleine, aber durchaus ansehnliche und saubere Zimmer. Er öffnete die Tür. Vor ihm stand ein sportlicher Mann im dunkelgrauen Anzug, gelockerter Krawatte und einem erschöpften Gesichtsausdruck. Es war Tom Wagner. Die beiden umarmten sich zur Begrüßung sehr herzlich und Tom sagte: „Danke François, dass du das für Noah und mich tust."

„Das ist doch selbstverständlich, komm rein", sagte Cloutard, schloss die Tür hinter Tom und sie gingen auf den Balkon.

„Drink?"

„Nein danke, ich muss einen klaren Kopf behalten", antwortete Tom. Er nahm das Fernglas, das neben dem Glas Louis XIII auf dem kleinen Tisch stand.

„An der nordöstlichen Ecke ist die Sicherheitszentrale und es gibt nur einen alten Nachtwächter", erklärte François. Tom schwenkte nach links und sah das Fenster.

„Ich kann es nicht fassen, dass wir für dieses Miststück arbeiten müssen. Diese feige Schlampe, vergreift sich an einem Mann im Rollstuhl. Sie schreckt vor nichts zurück. So etwas wie Gaunerehre kennt sie offenbar nicht", sagte Cloutard verärgert.

„Aber ihr Dossier war sehr hilfreich, die ganze Sache sollte ein Spaziergang werden." Tom sah sich mit dem Feldstecher ein wenig um.

„Da kommt jemand." Tom hatte jetzt das Eisentor voll im Blick. Er konnte noch nicht erkennen, um wen es sich handelte, er sah das Pärchen nur von hinten. Als sich das Tor öffnete, blickte die Frau für einen Moment über ihre Schulter und Tom erkannte sie augenblicklich.

„Hellen?" Tom war verwirrt. Was machte Hellen hier in Ägypten, genau zur selben Zeit und am selben Ort wie er?

„Hellen? Deine Ex-Freundin Hellen?" Cloutard war ebenfalls fassungslos.

Toms Gehirn lief auf Hochtouren. War es wirklich nur ein Zufall? Schließlich war sie Archäologin und das hier war ein Museum. Aber warum um alles in der Welt schlich sie sich, gemeinsam mit einem Mann, mitten in der Nacht über den Hintereingang hinein? Es konnte kein Zufall sein. Sie mussten wegen derselben Sache hier sein. Wofür konnte Hellen sich interessieren, das Ossana so verzweifelt wollte und deswegen Noah entführt hatte?

„Los, pack deine Sachen, wir machen das jetzt", sagte er zu Cloutard, der völlig überrumpelt von seinem Sessel aufsprang und den letzten Tropfen seines Cognac leerte.

Sie verließen das Hotel und liefen über die noch immer überfüllte Kreuzung zu dem Hintereingang. Tom klopfte an das Eisentor.

„Tom, was hast du vor? Wir hatten einen detaillierten Plan", flüsterte Cloutard.

„Improvisieren!"

Tom hämmerte ein weiteres Mal gegen das Tor und zog seine Waffe.

„Merde, das ist nicht gut. Wenn es um diese Frau geht, ist dein Urteilsvermögen, sagen wir mal, beeinträchtigt. Bitte, Tom, wir sollten …"

Plötzlich öffnete sich das Tor einen Spalt und ein kleiner freundlicher Mann streckte seinen Kopf heraus.

„Nem min fadlik?", fragte er sehr freundlich auf Arabisch. Dann sah er die Waffe, die Tom sehr beiläufig in Hüfthöhe auf ihn gerichtet hatte.

„Was wollen Sie?", fragte er erschrocken und in gebrochenen Englisch. Er wich angsterfüllt zurück als Tom und hinter ihm Cloutard, in den Hof drängten. Sie gingen schnell ins Innere des Museums.

„Bring uns zu deinem Büro", befahl Tom. Dort angelangt, sagte Tom dem alten Mann, sich zu setzen.

„Warum haben Sie diese beiden Leute vor fünf Minuten hier hereingelassen, was wollen die hier?"

Der Mann konnte nicht anders und sein Blick wanderte zu dem Kuvert auf seinem Tisch und sagte: „Nicht verstehen." Tom war dem Blick des Mannes gefolgt, ergriff das Kuvert und öffnete es. Darin befanden sich fünftausend Dollar. Der Mann sah Tom verzweifelt an.

„Ah, du machst also des Nächtens private Führungen oder wie?" Er legte das Kuvert wieder auf den Tisch zurück. Die Erleichterung war dem Mann anzusehen.

„Madha yurid alrajul walmar'at hna - Was wollen der Mann und die Frau hier?", fragte Cloutard. Für Tom klang es wie astreines Hocharabisch und er nickte François erfreut zu.

„Respekt ..."

„Entschuldigung", sagte der Mann zögerlich, deutete zu den Plänen an der Wand und wollte aufstehen. Tom nickte ihm zustimmend. Er tippte auf ein Zimmer im Untergeschoß.

„Amphore von Anfushi, hier, hier, Mann und Frau gehen."

„Danke, setzen Sie sich wieder", sagte Tom und deutete auf den Sessel.

„Shukraan, waljuluws", übersetzte Cloutard und der Wächter setzte sich wieder hin.

„Was suchst du?" Tom kramte in den Schubläden und Schränken herum.

„Sorry", sagte er zu dem Mann und fesselte ihn mit einem Klebeband, das er dem Serviceschrank entnommen hatte, an seinen Stuhl und klebte ihm auch den Mund zu.

„Eadhar, eadhar", sagte Cloutard.

Tom nahm das Kuvert und legte es demonstrativ in eine Schublade.

„Damit es keiner stiehlt, wenn sie dich später finden!"

Der Mann nickte dankbar. Tom verließ das Büro. Cloutard folgte ihm ein paar Augenblicke später. Vorher hatte er aber noch das Kuvert aus der Schublade genommen, dem Hausmeister gegenüber entschuldigend mit den Schultern gezuckt und das Kuvert in seiner Jacketttasche verschwinden lassen.

## 23

CAFE CENTRAL, WIEN, ÖSTERREICH

Der Amerikaner betrat das berühmteste Café Wiens, das sich im ehemaligen Bank- und Börsengebäude befand. Das Café Central mondän zu nennen, wäre eine fürchterliche Untertreibung. Die Säulenhalle im toskanischen Neorenaissance-Stil suchte seines Gleichen. Vor vielen Jahren hatte er einmal eine sehr treffende Beschreibung für die Alt-Wiener Institution gelesen.

„Das Central ist nämlich kein Caféhaus wie andere Caféhäuser, sondern eine Weltanschauung. Seine Bewohner sind größtenteils Leute, deren Menschenfeindlichkeit so heftig ist, wie ihr Verlangen nach Menschen, die allein sein wollen, aber dazu Gesellschaft brauchen. Die Gäste des Centrals kennen, lieben und geringschätzen einander. Es gibt Schaffende, denen nur im Central nichts einfällt, überall anderswo weit weniger."

Der Amerikaner erkannte Ruben Steinberg sofort, der in der rechten hinteren Ecke des Caféhauses Platz genommen hatte. Er kämpfte sich durch die üblichen Menschenansammlungen, die das Café tagtäglich frequentierten. Drängte vorbei an den Kellnern, in Wien *Ober* genannt, die wie zu Kaisers Zeiten noch immer den Smoking als einzig mögliche Kellneruniform akzeptierten und setzte sich Steinberg gegenüber hin. Steinberg war ein Spion. Das war das Einzige, was der Amerikaner wusste. Und Steinberg war schon sehr lange Spion. Vermutlich hatte er in seiner Karriere unzählige Male die Seiten gewechselt. Für wen er jetzt arbeitete, wusste der Amerikaner nicht. Die Agency hatte ihn als beste Informationsquelle in Wien genannt. Besonders, wenn es um die Zeit des Zweiten Weltkriegs ging.

Der Amerikaner hielt sich nicht lange mit Formalitäten auf. Er informierte Steinberg über das, was er in Brasilien gefunden hatte. Natürlich ohne zu erwähnen, wonach er eigentlich suchte und dass es sich um eine Mission handelte, die er vom Präsidenten der Vereinigten Staaten persönlich erhalten hatte.

„Die Nazis haben unzählige Verhöre geführt. Der österreichische Widerstand erstarkte bereits recht früh, daher wird es schwierig sein, den Mann zu finden nach dem sie suchen. Vielleicht kann uns das Dokumentationsarchiv des österreichischen Widerstandes helfen. Oder auch das österreichische Archäologische Institut."

„Das Archäologische Institut? Was soll das damit zu tun haben?" Das Interesse des Amerikaners war geweckt.

Steinberg hob die Hand, der *Herr Ober* nickte und fast Sekunden später standen zwei Melange auf dem Tisch.

Standesgemäß auf einem Silbertablett und mit einem Glas Wasser, wie das in Wien so üblich war.

Der Amerikaner war erstaunt. Steinberg lächelte milde.

„Von Peter Altenberg wurde gesagt, wenn er nicht im Central ist, ist er auf dem Weg dorthin. Er hat das Café auch als seine Wohnadresse angegeben. Ich halte es fast genauso."

Der Amerikaner blickte ungeduldig auf die Uhr. Steinberg verstand die Botschaft: „Aber zurück zum Thema. Sie sagten doch, dass es in der Capri-Akte um allerlei okkulte und mystische Artefakte ging. Die Nazis, allen voran Himmler und Hitler waren fasziniert von diesem Zeug.

Steinberg beugte sich zu dem Amerikaner und sprach ein wenig leiser: „Man sagt, dass das Österreichische Archäologische Institut deswegen 1938 in die Abteilung Wien des Deutschen Archäologischen Instituts umgewandelt und annektiert wurde, weil es im Besitz von vielen Gegenständen war, die die Nazis faszinierten. Ich werde mich darum kümmern, dass wir die beiden Institutionen ungestört besuchen können." Er zwinkerte dem Amerikaner zu, trank seine Melange aus und stand auf.

„Ich melde mich bei Ihnen, sobald ich mehr weiß. Ich gehe davon aus, dass ich von der Agency das übliche Honorar zu erwarten habe?"

Der Amerikaner nickte, obwohl er keine Ahnung hatte, was Steinbergs übliches Honorar war. Er bezahlte die

Rechnung und schlenderte in Richtung Michaelerplatz. Was er nicht wusste, war, dass er beim Verlassen des Cafés von jemandem beobachtet wurde, dem er nur allzu bekannt war.

## 24
ÄGYPTISCHES MUSEUM, KAIRO

Der Tondeckel war vermutlich mit Pinienharz versiegelt worden. Ging das Öffnen der ersten Amphore recht schnell, so war die zweite ein wenig widerspenstiger. War hier die wirklich große Überraschung drin? Hellens Anspannung wuchs.

Diese Behälter wurden schon vor Tausenden Jahren für alle möglichen Dinge eingesetzt. Öle, Wein und anderen Flüssigkeiten sowie Fleisch, Salzfische oder Hülsenfrüchte wurden darin aufbewahrt und transportiert. Mit Tierhäuten, Kork oder Tondeckeln konnten sie verschlossen und mit Harzen luftdicht versiegelt werden. Um sie absolut wasserdicht zu machen, wurden sie mit Pinienharz bestrichen. Mit dem Einprägen von Symbolen, die als eine Art Etikett dienten, wurden der Inhalt, die Herkunft, der Hersteller oder der Jahrgang gekennzeichnet. Doch das Symbol, das diese beiden Tongefäße trugen, war nichts, was man sonst so auf Amphoren gefunden hätte: Das Anch.

„In dem Symbol des Anch, sahen alle immer nur das *Lebenskreuz*, das Symbol für das ewige Leben. Doch es hatte noch andere Bedeutungen. *Schlüssel zur Reife des Geistes und der Seele* oder *Schlüssel zu Weisheit und Erkenntnis der Geheimnisse des Lebens.* Mein Vater glaubte, dass es buchstäblich der Schlüssel zum Geheimnis der Bibliothek war. Und als ich es auf diesem Schreiben gesehen habe, war mir klar, dass es irgendwie die Lösung sein musste", erklärte Hellen, während sie sanft mit dem Daumen über das eingeprägte Zeichen strich und war zuversichtlich, dass sie hier endlich den Hinweis gefunden hatte. Vielleicht konnte sie in weiterer Folge auch das Verschwinden ihres Vaters aufklären. Aber im Moment traute sie sich nicht, davon zu träumen. Vorsichtig kratzte Hellen die Versiegelung der zweiten Amphore aus dem Spalt zwischen Deckel und Gefäß.

„Vorsichtig!"

Arno stand hinter Hellen und sah ihr völlig aufgelöst über die Schulter. Hellen hingegen war in ihrem Element. Mit behandschuhten Händen berührte sie die zerbrechlichen Artefakte wie ein rohes Ei. Sie gab Arno mit der Hüfte einen Schubs, da er ihr ein wenig zu nahe kam und ihr buchstäblich in den Nacken atmete.

„Bitte Arno, lass mir ein wenig Platz. Versuche lieber, eine Dokumentenrolle zu finden, in der wir die Schriftrollen transportieren können."

„Was meinst du mit transportieren? Wir können die Sachen doch nicht mitnehmen?"

„Wir müssen sie mitnehmen, ich kann diese Schriftrollen hier nicht einfach so ausrollen und analysieren. Die würden sofort zerfallen. Dazu fehlen uns hier die Zeit und das Equipment. Die muss man erst mal für ein paar Tage hydrieren, bevor man in einem geeigneten Labor den Versuch starten kann, sie auszurollen."

„Aber ...", widersprach Arno kurz, gab sich aber sofort geschlagen und durchsuchte einen Schrank nach dem anderen.

„Es geht nicht anders", ergänzte Hellen.

„Ich bin so nah dran, wie noch nie, ich werde sicher nicht ohne diese Schriftrollen hier weggehen."

„Habs gefunden." Arno hielt stolz die Kartonrolle hoch.

„Geschafft", platzte es freudig aus Hellen heraus. Hoffentlich war der Gefühlsausbruch nicht zu laut gewesen, dachte sie.

Plötzlich hörten beide ein Geräusch und verstummten. Keiner wagte es, sich auch nur einen Millimeter zu bewegen.

„Das kam von draußen", flüsterte Arno.

„Sieh nach, was das war", bat Hellen ihren Freund.

Kaum war Arno nach draußen geschlichen, wandte sich Hellen wieder ihrer Arbeit zu. Sie hob vorsichtig den Deckel der zweiten Amphore ab, legte ihn behutsam zur Seite und zog die Lupenlampe zu sich, um ins Innere zu blicken. Verwundert sah sie auf und erneut hinein. Sie versuchte, mit der Lampe einen anderen Sichtwinkel zu bekommen, doch nichts änderte sich. Auf den ersten Blick schien die Amphore leer zu sein, auch auf den zweiten. Aber irgendetwas war merkwürdig. Sie krempelte den Ärmel ihrer Bluse hoch und griff vorsichtig in die Öffnung. Ja, sie hatte sich nicht getäuscht. Die Amphore schien von außen wesentlich tiefer als von innen. Als hätte sie einen doppelten Boden. Sie tastete den Grund des Keramikgefäßes ab und spürte unregelmäßige Löcher und am Rand des Bodens fühlte sie eine weitere Einkerbung. Sie blickte erneut hinein und dann sah sie es - das Anch-Symbol war klein am Rande des Bodens eingekerbt.

Plötzlich, ein lauter Knall, so laut, dass Hellen vor Schreck die Amphore aus der Hand glitt und diese auf dem Boden zerschellte. Das war ein Schuss, dachte sie und wusste gerade nicht, wie ihr geschah.

„Arno!", entfuhr es ihr. Sie ignorierte sogar, dass sie gerade ein uraltes, unbezahlbares Artefakt zerstört hatte. Sie lief aus dem Labor, raus auf den Gang. Plötzlich hörte sie Stimmen. Sie lief in deren Richtung und die Stimmen wurden lauter.

„Lassen Sie fallen und Hände hoch", schrie ein Mann. „Sofort!"

Sie kannte diese Stimme, aber es war nicht Arno gewesen. Dann fiel ein weiterer Schuss, genau in jenem Moment, als Hellen um die Ecke bog.

Sie brauchte einen Augenblick, um die Situation zu erfassen. Ihr den Rücken zukehrend stand Arno. Er schien völlig regungslos dazustehen. Aus seiner Hand glitt eine

Pistole und fiel zu Boden, dann kippte er vorne über und blieb regungslos liegen.

Hellen entfuhr ein Schrei, der durch Mark und Bein drang. Dann sah sie weiter hinten Tom, der seine Waffe senkte.

„Arno!", rief sie entsetzt, lief zu Arno und rutschte den letzten Meter auf ihren Knien zu ihm hin. Tränen schossen ihr in die Augen.

„Arno, Arno", schluchzte sie, drehte ihren Liebsten herum und konnte nur mehr in seine toten Augen blicken. Sie riss seinen Körper hoch und bettete ihn in ihren Schoß.

„Was hast du getan, warum?", schrie sie Tom weinend an.

„Ich - ich - er hatte eine Waffe - ich habe ihn gewarnt", stotterte Tom und fuhr sich nervös mit beiden Händen durch die Haare. Cloutard schob Tom ein wenig zur Seite und gab ihm zu verstehen, dass es besser wäre, wenn er Hellen beruhigte.

„Es tut mir leid, Hellen, es tut mir leid." Er drehte sich weg und knallte mit der Faust gegen die Wand.

Cloutard kniete sich neben Hellen und versuchte, sie zu beruhigen. Er wusste, dass es hoffnungslos war. Trotzdem kontrollierte er den Puls von Hellens Freund. Nichts, Arno war tot.

Cloutard versuchte, Hellen hochzuziehen und sie von ihrem Freund zu trennen. Er nahm sie in den Arm und ging mit ihr ein paar Schritte zur Seite. Tom, der sich bis jetzt zurückgehalten hatte, ging zu dem Leichnam, kniete nieder und durchsuchte ihn.

Hatte er sich getäuscht? Dieser Mann war kurz davor gewesen ihn zu erschießen. Wenn Cloutard zuvor nicht so schnell geschaltet hätte und ihn aus der Schussbahn gestoßen hätte, wäre die erste Kugel ins Ziel gegangen. Und dann war da noch die Tatsache – der Mann hatte nicht auf seine Warnungen reagiert, er war im Begriff gewesen erneut zu schießen. Tom hatte keine andere Wahl gehabt, als abzudrücken, als sie sich wie in einem Duell gegenüber gestanden haben.

Arno Kruger, südafrikanischer Staatsbürger, las Tom auf dem Ausweis des Mannes. Sonst hatte er nur eine Geldspange mit ein paar Geldscheinen, seine Visitenkarten einer Firma, die allem Anschein nach mit Diamanten handelte und Autoschlüssel eines Leihwagens in seinen Taschen.

„Lass ihn in Ruhe, nimm deine Finger von ihm – warum hast du das getan?"

Hellen schrie Tom hysterisch an. Cloutard drehte sanft ihren Kopf zur Seite und sie grub ihr Gesicht in seine Brust. Nach ein paar Augenblicken gingen sie langsam Richtung Labor. Tom folgte in einigem Sicherheitsabstand.

Cloutard setzte Hellen auf einen Hocker und reichte ihr ein Taschentuch. Sie trocknete ihre Tränen und gab es wie ferngesteuert an Cloutard zurück. Tom sah sich in dem Labor um und erspähte die Papyri, die auf dem Tisch lagen. Er ging zum Tisch und stieg dabei über die

Scherben der zweiten Amphore, die Hellen entglitten war und kickte ein paar Trümmer zur Seite. Er nahm das kleine Tablett, auf dem die filigranen Papyrus-Rollen lagen und wandte sich an Hellen.

„War es das, was du gefunden hast?"

Sie hob ihren Kopf und nickte teilnahmslos. Tom drehte sich wieder um, nahm die Kartonrolle, die auf dem Tisch stand, ließ die Papyri vorsichtig hineingleiten und verschloss die Rolle. Hellen, die die ganze Zeit auf den Boden gestarrt und vor sich hin geschluchzt hatte, war plötzlich wieder voll da. Sie hatte etwas in den Scherben am Boden entdeckt. Der doppelte Boden.

Auf einmal schrillte eine ohrenbetäubende Sirene los und Tom und Cloutard schreckten wie vom Affen gebissen hoch. Der Alarm war ausgelöst worden.

## 25

ÄGYPTISCHES MUSEUM, KAIRO

„Eine Stunde, nicht länger, er hatte uns gewarnt", sagte Hellen geistesabwesend und blickte auf die Uhr.

„Wir sollten auf keinen Fall den gleichen Weg zurückgehen", sagte Tom. „Los, wir müssen hier raus!"

Er schnappte sich die Dokumentenrolle, öffnete die Tür des Labors, warf einen Blick auf den Gang, um die Lage zu checken, und ging dann schnellen Schrittes nach links. Cloutard war direkt hinter ihm. Hellen bückte sich schnell, ergriff die runde Steindisk, die Tom durch sein Verschieben der Scherben in ihr Blickfeld geschoben hatte und ließ sie in die Seitentasche ihre Cargohose gleiten. Dann verließ auch sie den Raum. Vor der Tür verharrte sie für einen Augenblick und warf einen Blick nach rechts, in die Richtung in der Arno lag. Für einen Moment schien es absolut still. Eine einzelne Träne quoll aus ihrem Auge. Sie wischte sie weg und machte kehrt, um Tom und Cloutard zu folgen. Bei einer Abzweigung hielt Tom an. „Wohin jetzt?" Cloutard nahm seinen Rucksack von der Schulter. In Ossanas Dossier sollten Pläne des Museums sein. „Ich habs gleich", sagte Cloutard und kramte in seinen Taschen herum.

Tom verzog ein wenig sein Gesicht. „Könnte man sagen, dass der Herr Meisterdieb ein wenig aus der Übung ist? Falls es dir nicht aufgefallen ist: Der Alarm ist an. Wir müssen hier raus!"

„Nach rechts, dann links die Treppe nach oben und gleich wieder rechts", sagte plötzlich Hellen hinter dem Rücken der beiden. Tom und Cloutard drehten sich erstaunt um. Hellens Gesicht war durch das Display ihres Telefons hell erleuchtet. Sie sah auf und hielt den beiden das iPhone vor die Nase. Die beiden starrten auf den Bildschirm und erkannten auf dem Foto die Wand mit den Plänen aus dem Büro des Nachtwächters. Sie sahen sich nickend an und liefen nach rechts. Als sie um die Ecke bogen, standen zwei Sicherheitsbeamte vor ihnen. Beide hatten zwar ihre Waffen im Anschlag, waren aber genauso überrascht, wie Tom, Hellen und Cloutard. Im Unterschied zu Cloutard war Tom keineswegs eingerostet. Er zögerte nicht den Bruchteil einer Sekunde. Er warf sich auf den linken Mann, rammte ihm seinen Ellenbogen gegen dessen Kinn und kickte mit seinem rechten Fuß den anderen Sicherheitsmann in die Magengrube. Dieser ächzte, klappte zusammen und ließ seine Waffe fallen. Tom platzierte einen weiteren Faustschlag gegen die Schläfe des ersten Mannes, der nun außer Gefecht war. Der andere hielt sich noch immer seinen Bauch, robbte aber in Richtung seiner Waffe, die einen halben Meter vor ihm zum Liegen gekommen war. Tom hatte das

Ziel des Mannes erkannt. Er schnappte dessen Bein und zog daran. Tom drehte so den Mann herum, ließ sich auf ihn fallen und knallte dem überraschten Wächter seine Faust mitten ins Gesicht. Das Geräusch war unverkennbar, seine Nase brach. Der Schmerz durchfuhr den Mann und schickte ihn in die Bewusstlosigkeit. Die beiden Sicherheitsmänner stellten kein Problem mehr dar. Das Ganze war so schnell abgelaufen, das weder Hellen noch Cloutard die Chance bekommen hatten, Tom zu helfen. Cloutard verzog nur beim Krachen des Nasenbeins angewidert das Gesicht.

„Bien fait", sagte Cloutard, stieg über die beiden Männer und machte sich auf den Weg zum nordwestlichen Notausgang. Dort konnten die drei das Ägyptische Museum ungesehen verlassen.

## 26

CHAN EL-CHALILI BAZAR, KAIRO

Der Mietwagen, ein alter Mitsubishi Lancer parkte in einer dunklen Seitengasse, abseits des Trubels. Cloutard saß hinter dem Steuer, neben ihm Tom und auf der Rückbank Hellen. Teilnahmslos und immer noch unter Schock starrte sie aus dem Fenster. Ihre Finger krallten sich um die runde Disk, die sie im Scherbenhaufen der Amphore entdeckt hatte.

Tom nahm das Klapphandy, das ihm Ossana gegeben hatte, und wählte den einzigen darin gespeicherten Kontakt. Nach wenigen Augenblicken kam die Verbindung zustande.

„Das ging ja schnell. Sie müssen ja wirklich Sehnsucht nach Ihrem verkrüppelten Freund haben. Vertrauen Sie mir etwa nicht, dass ich gut auf ihn aufpasse?"

„Wo machen wir die Übergabe?" Tom ignorierte ihren gehässigen Kommentar und kam gleich zur Sache.

„Ok, all Business, das kann ich akzeptieren", gab Ossana retour.

„Seien Sie in einer Stunde beim El-Ghuri-Tor im Chan el-Chalili Bazar. Und kommen Sie alleine." Ossana hatte aufgelegt.

„Na, da hat sie sich ein schönes, öffentliches Plätzchen ausgesucht, perfekt um unterzutauchen", gab Cloutard zu bedenken, nachdem ihm Tom den Ort der Übergabe genannt hatte.

„Wovon redet ihr da? Welche Übergabe? Was macht ihr eigentlich hier in Kairo?", fragte Hellen mit leiser Stimme. Tom und Cloutard sahen sich an.

„Noah wurde entführt und die Amphoren sind quasi das Lösegeld", sagte Tom geradeheraus. Jetzt richtete Hellen sich auf.

„Was, Noah wurde entführt? Von wem?" Hellens Lebensgeister kehrten allmählich zurück.

„Sagt schon, was ist hier los?", forderte Hellen ungeduldig.

Tom kramte sein iPhone hervor und spielte Hellen die Nachricht von Noahs Notruf vor.

„Ich hab diese Nachricht erst am nächsten Tag abgehört, da ich die Nummer nicht kannte. Eine Stunde später tauchte Ossana in meinem Hotel auf und offenbarte mir, dass sie Noah in ihrer Gewalt hätte und was ich zu tun habe, um ihn freizubekommen - und here we are."

„Ossana? Was will dieses Miststück mit der Bibliothek von Alexandria?"

„Wieso Bibliothek von Alexandria? Die ist doch zerstört worden!", fragte Cloutard erstaunt.

„Diese Amphoren habe ich vor zwei Tagen in Alexandria in der Nekropole von Anfushi gefunden", begann Hellen ihre Geschichte, erzählte Tom und Cloutard alles und endete mit: „Arno hat den Nachtwächter bestochen und ..." Es schnürte ihr beim Gedanken an Arno die Kehle zu.

„... und dann kamen wir!", beendete Cloutard Hellens Satz.

„Ich muss ..." Tom sah auf die Uhr „... in weniger als fünfzig Minuten in diesem Bazar sein und Ossana diese Rolle übergeben, sonst sehen wir Noah nie wieder."

„Aber ..." Hellen wollte protestieren, doch dann fiel ihr die Disk ein, die sie in ihrer Hosentasche verbarg und hielt inne. Konnte sie riskieren, den beiden nichts davon zu erzählen? Würde sie dadurch Noahs Leben aufs Spiel setzen? Nein, unmöglich! Niemand konnte wissen, was in den Amphoren zu finden war. Sie entschied sich, den Fund vorerst für sich zu behalten.

„Na, dann los", sagte Tom und Cloutard gab Gas.

## 27

MIDAN HUSSEIN, KAIRO

Wenig später trafen sie auf dem Platz Midan Hussein ein. Hier standen sich zwei riesige Moscheen gegenüber. Die kleinere und modernere Saijidna el-Hussein-Moschee befand sich gleich beim Eingang zum Bazar und auf der gegenüberliegenden Seite des Platzes, die über tausend Jahre alte al-Azhar-Moschee. Sie war die zweite Moschee, die in Kairo errichtet worden war und seitdem der Stadt den Spitznamen *Stadt der Tausend Minarette* bescherte. Sie gilt auch bis heute als zweitälteste, durchgehend betriebene Universität der Welt.

Cloutard fuhr rechts ran und ließ Tom aussteigen. Es war zwar schon spät, aber es tummelten sich immer noch viele Menschen auf dem Platz rund um die Moscheen. Auch zahlreiche Touristen spazierten umher und bewunderten die alten Gebäude. Die Moschee erstrahlte in weißem und gelbem Licht, welches die beeindruckende Architektur wunderbar zur Geltung brachte. Tom lief über den Platz zum östlichen Eingang des Bazars, beim großen Minarett-Turm der Hussein-Moschee. Ihm blieben nur noch wenige Minuten bis zu Ossanas Deadline.

„Check, Check", sagte Tom, um das Earpiece zu testen, dass er sich vor dem Aussteigen ins Ohr gesteckt hatte. Der Zugang zu professioneller Ausrüstung, die ihm die kurzzeitige Rückkehr in seinen alten Job bot, kam ihnen jetzt sehr gelegen. Nachdem er Kanzler Lang wieder in der Botschaft abgeliefert hatte, hatte er einen kleinen Abstecher in das Equipmentlager gemacht.

„Wir verstehen dich gut", erwiderte Cloutard.

Tom wühlte sich währenddessen durch die schmale Gasse Sekat Al Badstan. Sie war gesäumt von kleinen Geschäften und offenen Ständen, die unter anderem Gewürze anboten. Kunstvolle Lampen, Gefäße oder Schmuckstücke schimmerten im goldenen Licht der Gassenbeleuchtung. Touristen kauften Souvenirs, Schmuck oder T-Shirts für ihre Liebsten. Einheimische Männer saßen in ihren Kaftans vor Lokalen, tranken Tee oder Kaffee und rauchten ihre aromatischen Shishapfeifen.

Tom sah Ossana schon aus der Ferne. Die einsachtziggroße Schönheit stand in einem langen Umhang und mit einem prachtvollen Kopftuch verhüllt, an dem vereinbarten Treffpunkt, unter dem kunstvollen Torbogen des Bazars.

„Wo ist Noah?", knirschte Tom Ossana mit ernster Stimme an.

„Immer schön langsam, Mr. Wagner. Haben Sie, was ich wollte?", fragte sie etwas misstrauisch und Tom musternd.

„Man spricht meinen Namen anders aus, aber egal. Die Amphoren waren zu unhandlich. Das war darin!" Er zeigte ihr die Dokumentenrolle.

„Mr. Wagner, wollen Sie mir etwa weismachen, dass Sie zweitausend Jahre alte Vasen zerstört haben, nur um nicht so viel tragen zu müssen?" Sie schüttelte mit einem gehässigen Lächeln auf den Lippen ihren Kopf.

„Wo ist Noah?", wiederholte Tom zunehmend verärgert.

Ossana holte ein Handy unter ihrem Umhang hervor und hielt es Tom hin. Zu sehen war ein Live-Video, das Noah in einem Van zeigte.

„Geben Sie mir die Dokumente und meine Männer lassen Noah gehen."

„Wo lassen Sie ihn frei?"

„Wir liefern frei Haus", scherzte Ossana „Wir haben dich und deine Freunde seit dem Museum nicht mehr aus den Augen gelassen. Gib mir die Rolle und meine Männer werden Noah an deine Freunde übergeben."

Tom zögerte, überreichte die Schriftrollen aber schlussendlich an Ossana. Sie murmelte auf Afrikaans einen kurzen Befehl in das Handy und legte auf.

Dann beugte sie sich nach vorne und hauchte Tom in das Ohr, in dem er sein Earpiece trug.

„Und lass mir meinen Ex-Liebsten François grüßen, ich werde unsere schöne Zeit nie vergessen. Und dass unser gemeinsames Schäferstündchen damals so rüde unterbrochen wurde, ist wirklich schade."

Sie zwinkerte ihm zu, dann gab sie Tom einen Kuss auf die Wange, wandte sich schnell ab und verschwand in westlicher Richtung in der Menschenmenge.

„Pute stupide", schimpfte Cloutard, als er Ossanas Nachricht über Funk vernahm. Er hatte den Wagen in der Hasan El-Adawy unter einer Gruppe Bäume geparkt, gegenüber dem Eingang des Bazars. Plötzlich tauchte neben ihnen ein Van auf und zwei schwarze Männer stießen Noah in seinem Rollstuhl einfach aus dem Wagen, der nicht einmal für eine Sekunde hielt.

Noah knallte vornüber auf die Straße und der Van raste mit quietschenden Reifen davon. Als Hellen und Cloutard den ziemlich mitgenommenen und verletzten Noah wieder aufrichteten, kam Tom gelaufen und fiel seinem alten Freund etwas zu stürmisch um den Hals.

Noah ächzte, erwiderte aber die Umarmung seines Freundes.

„Ich danke euch, ihr habt mir wirklich das Leben gerettet."

Tom hob seinen Freund vorsichtig in den Wagen und Cloutard klappte den Rollstuhl zusammen, verstaute ihn im Kofferraum und sie machten sich auf den Weg zur österreichischen Botschaft.

Am westlichen Ausgang des Bazars stieg Ossana in den Van und nahm ihr Mobiltelefon zur Hand. Ein kleiner roter Punkt bewegte sich langsam über das Display, das eine Karte von Kairo zeigte. Sie lächelte zufrieden, denn niemand hatte den kleinen GPS-Dot bemerkt, den ihre Jungs auf der Unterseite des Rollstuhls versteckt hatten.

## 28

ÖSTERREICHISCHE BOTSCHAFT, KAIRO

„Bist du sicher, dass wir dich nicht in ein Krankenhaus bringen sollen?", fragte Tom. Er saß seinem Freund auf einem kleinen Drehhocker gegenüber, während Noah von einer Mitarbeiterin der Botschaft, einer ehemaligen Krankenschwester, notdürftig versorgt wurde.

„Ja, es ist nicht so schlimm", zischte er, als die junge Frau die Wunde über seinem Auge mit Alkohol reinigte.

„Ich bin mir da nicht so sicher. Er könnte gebrochene Rippen haben oder Schlimmeres. Er wurde ganz schön zugerichtet", gab die Krankenschwester zu verstehen.

„Ich würde merken, wenn ich gebrochene Rippen hätte. Danke Schwester." Er zwinkerte ihr mit einem schmerzverzerrten Lächeln zu.

Als die Frau fertig war und alle sichtbaren Wunden von Noah gereinigt, verbunden und auch die heftige Platzwunde über dem Auge, mit dem Gewebekleber aus dem

Erste-Hilfe-Kasten geschlossen hatte, ging sie aus dem Behandlungsraum.

„Glaub mir, es geht mir gut", versicherte Noah seinem Freund.

„Bist du dir da ganz sicher?"

„Ja, ihr habt mich gerettet, bevor der schlimme Part begonnen hat." Er winkte ab und wollte die Sache nicht weiter bereden. „Lass uns zu den anderen gehen, ich habe euch viel zu erzählen."

Tom schob seinen Freund aus dem Zimmer und sie trafen sich mit Hellen und Cloutard im Besprechungsraum der Botschaft. Direkt am Nil und gleich hinter dem berühmten Botanischen Garten *Orman Garden* gelegen, bot das Botschaftsgebäude einen schönen Blick auf den längsten Fluss der Erde. Hellen starrte teilnahmslos aus dem Fenster.

In knappen Worten erklärte Noah, wie Ossanas Leute ihm vor ein paar Tagen in Tel Aviv auf offener Straße aufgelauert und ihn in einen Van gezerrt hatten und er Stunden oder Tage später in einem Keller wieder aufgewacht war. In Ägypten, wie sich heute herausgestellt hatte.

„Einer der Wachen hatte einmal sein Mobiltelefon unbeaufsichtigt liegen gelassen und da habe ich versucht, dich zu erreichen. Aber die Verbindung war so schlecht, dass ich mir keine große Hoffnung gemacht habe. Danach haben sie mir eine kleine Lektion verpasst." Er fasste mit seiner Hand vorsichtig auf die Wunde über seinem Auge.

„Was genau musstet ihr machen, um mich freizubekommen?", wechselte er das Thema.

„Und Danke euch allen, ich bin unendlich froh, dass ihr mich da raus geholt habt." Sogar Hellen warf ihm ein kurzes Lächeln zu, blickte aber sofort wieder aus dem Fenster.

„Ossana wollte nur zwei alte Vasen", sagte Tom schulterzuckend.

„Zwei Amphoren", besserte Cloutard aus.

„Und was war darin?", fragte Noah.

„Ein paar Papyri. Die Amphoren gingen zu Bruch, deshalb haben wir Ossana nur die Rollen gebracht. Das schien ihr gereicht zu haben, denn sie hat erstaunlicherweise ihr Wort gehalten", sagte Tom.

„Ja, mir schien die ganze Sache auch viel zu leicht zu laufen. Sie hätte diese Schriftrollen auch einfacher haben können, als Noah zu entführen und Tom zu beauftragen, sie zu klauen", sagte Cloutard.

„Na ja, einfach ist das nicht gelaufen", sagte Hellen bitter.

„Was meinst du damit?"

Noah sah ihr an, dass sie sehr verletzt war.

„Darüber möchte ich jetzt nicht sprechen. Ändert auch nichts mehr. Ich habe diese beiden Amphoren durch einen anonymen Tipp gefunden", sagte Hellen. Sie hatte sich abgewandt und starrte weiter aus dem Fenster.

„In der Nekropole von Anfushi in Alexandria. Sie wurden mir aber wieder abgenommen. Lange Geschichte. Es waren nur drei Schriftrollen darin. Nichts weiter. Das Einzige was ich aber mit absoluter Sicherheit sagen kann, ist, dass sich diese beiden Amphoren in der Bibliothek von Alexandria - der sogenannten Bibliothek der Könige – befunden hatten. Sie trugen das Siegel der Bibliothek."

„Ah und da haben wir die Verbindung. Jetzt macht auch Sinn, was ich gestern belauscht habe", sagte Noah. „Ossana hat in einem Telefonat etwas über die Bibliothek von Alexandria gefaselt. Ich habe nur Bruchstücke mitbekommen."

Mit ganz großen Augen, wie zwei kleine Kinder, denen eine spannende Geschichte erzählt wurde, saßen Tom und Cloutard an dem Konferenztisch und sahen Noah gespannt an.

„Wir sind dem Ziel einen Schritt näher - das waren ihre letzten Worte, dann hat sie aufgelegt", schloss Noah.

„Bis jetzt habe ich das immer für einen Mythos gehalten, aber wenn Ossana auch danach sucht, dann ist da vielleicht doch was dran. Der Inhalt der Bibliothek ist sicher von unschätzbarem Wert", sagte Cloutard nachdenklich.

„Nur wie geht's jetzt weiter?", fragte Tom.

Hellen sah ihn nicht an, antwortete aber doch auf seine Frage.

„Mein Vater kann uns da vielleicht weiterhelfen", sagte Hellen.

„Ich dachte, dein Vater ist verschwunden", stellte Tom fest. Hellen ignorierte Tom weiterhin. Ihr Blick wanderte lediglich zwischen Noah und Cloutard hin und her.

„Ok, die Unterlagen im Haus meines Vaters könnten uns vielleicht weiterhelfen. Er hat sein Leben lang nach der Bibliothek gesucht", sagte Hellen genervt und rollte mit den Augen.

„Wo ist das Haus deines Vaters?", fragte Noah.

„Belgien", sagten Tom und Hellen gleichzeitig. Ihre Blicke trafen sich und Tom lächelte verlegen, aber Hellens Mine blieb unverändert.

„Dann sollten wir so schnell wie möglich nach Belgien", rief Noah begeistert.

„François und ich können das erledigen. Muss Rambo hier nicht den Bundeskanzler nach Wien bringen oder so was?", sagte Hellen schnell. Sie schnappte Cloutard bei der Hand und riss ihn mit sich und beide verließen den Konferenzraum.

„Was ist denn zwischen euch beiden passiert", fragte Noah und rollte auf Tom zu.

„Nichts, ich fragte sie damals in Rom, ob sie mich in die Staaten begleitet, aber sie hatte eigene Pläne. Ich habe sie seit dem nicht mehr gesehen. Und ausgerechnet heute treffe ich im Ägyptischen Museum auf sie und ihren, wie sich herausgestellt hat, Lover."

„Und?"

„Und was?"

„Warum ist Hellen so sauer auf dich? Sie flieht buchstäblich in ein anderes Land."

„Ich hab Hellens Freund im Museum erschossen", sagte Tom kleinlaut.

„Du hast was?"

„Er hat zuerst geschossen. Wenn ich nicht reagiert hätte, würde ich jetzt tot im Museum liegen."

„Trotzdem hast du ihren Lover gekillt. Ich glaube, dass mit euch beiden, kannst du jetzt endgültig vergessen."

Tom schwieg, nickte aber unmerklich und in Gedanken versunken.

Hellen entschuldigte sich für einen Moment bei Cloutard als sie aus dem Konferenzraum kamen, und ging auf die Damentoilette. Sie kontrollierte, ob niemand weiter im Raum war, setzte sich dann auf einen heruntergeklappten Klodeckel und brach in Tränen aus. Jedes aufgestaute Gefühl der letzten Stunden kam auf einmal aus ihr heraus. Ihr Freund war tot. Und ihr Ex-Freund hatte ihn getötet. Das alles machte keinen Sinn. Sie kannte Tom. Sie kannte ihn gut. Tom war zwar ein übermütiger, gedankenloser und manchmal leichtsinniger Adrenalinjunkie, aber er war trotzdem ein Profi. Er ballerte gern in der Gegend herum, aber es passierte ihm nicht solch ein Fehler. Sie war verwirrt und ihre Emotionen spielten verrückt. Tom hätte niemals einfach so drauflosgeschossen, ohne einen Grund dafür zu haben. Aber was - in Gottes Namen - sollte der Grund dafür gewesen sein? Tom behauptete, Arno hätte zuerst geschossen, aber das machte einfach keinen Sinn. Warum sollte Arno das tun? Sie wurde jäh aus ihren Gedanken gerissen, als es plötzlich an der Tür zu ihrer Kabine klopfte.

„Hellen bist du OK? Kann ich dir irgendwie helfen?"

„Ja, du könntest mir meinen Freund zurückbringen."

„Tom hatte keine andere Wahl. Aron ..."

„A R N O", korrigierte Hellen. „Und Tom hat immer die Ausrede, dass er keine Wahl hatte. Natürlich hatte er eine Wahl. Er denkt nur immer zuerst mit seinen Fäusten oder seiner Knarre."

Sie wischte sich mit dem Toilettenpapier die Tränen ab, stand auf, warf eine Menge vollgeheultes Toilettenpapier in die Schüssel und drückte die Spülung. Trauer, Wut und Zweifel kämpften in ihrem Kopf gerade und es schien für längere Zeit keinen Sieger zu geben. Es fiel ihr unglaublich schwer, aber sie musste sich jetzt auf ihre Aufgabe fokussieren. In dieser Situation die Nerven zu verlieren, würde niemandem helfen. Die rationale Wissenschaftlerin in ihr hatte mit einem Mal die Oberhand gewonnen. Während sie sich die Hände und das Gesicht wusch, wandte sie sich mit neuer Kraft an Cloutard.

„Wie dem auch sei, im Moment kann ich Toms Gegenwart nicht ertragen. Ich habe beschlossen, dass wir beide alleine nach Belgien fliegen und sehen, was wir in den Unterlagen meines Vaters finden können."

## 29

ARCHÄOLOGISCHES INSTITUT, WIEN

Nahezu einen ganzen Tag hatten der Amerikaner und sein Kontaktmann Steinberg das Archiv des Archäologischen Instituts durchforstet. Steinberg hatte seine Beziehungen spielen lassen und so war der Bibliotheksleiter äußerst kooperativ gewesen. Leider war die Suche erfolglos. Über einen Italiener, der von den Nazis bezüglich des Verbleibs von okkulten Artefakten befragt worden war, fand sich rein gar nichts. Die beiden verließen das prächtige Palais, das ursprünglich die Hochschule für Welthandel beherbergte und seit 1975 Sitz des Archäologischen Instituts war.

„Vielleicht sind wir im Dokumentationsarchiv erfolgreicher", sagte Steinberg.

Der Amerikaner blickte auf die Uhr. „Es ist fast acht Uhr Abends, haben die dort noch geöffnet?"

Steinberg zog einen Schlüsselbund aus seiner Tasche und zeigte ihn dem Amerikaner triumphierend.

„Die haben dort für mich immer geöffnet."

Steinberg hielt ein Taxi an, die beiden Männer nahmen Platz und Steinberg bellte grußlos „Altes Rathaus, Wipplingerstraße" und der Taxifahrer fuhr los.

Das Dokumentationsarchiv des österreichischen Widerstandes war eine Stiftung, die sich der Sammlung von Quellen und Schriften rund um Widerstand, Verfolgung und Exil während der Zeit des Nationalsozialismus, NS-Verbrechen, Nachkriegsjustiz, Rechtsextremismus in Österreich und Deutschland nach 1945 und Restitution und Wiedergutmachung von NS-Unrecht gewidmet hatte. Es war bereits später Abend geworden, als die beiden Männer dort ankamen.

„Am wahrscheinlichsten ist, dass wir bei den O5 Unterlagen fündig werden", sagte Steinberg, als er die Tür aufschloss und die beiden das Archiv betraten. Steinberg tippte ein paar Zahlen in die Alarmanlage und machte sich dann auf den Weg nach unten.

„O5?", fragte der Amerikaner.

„O5 war eine Art österreichische Widerstandsgruppe gegen die Nazis, die ab 1944 in Erscheinung getreten ist. Vermutlich existierte sie auch schon viel früher. Als eine Art ideologische Überorganisation verschiedener Widerstandsgruppen stand ihr Markenzeichen O5 über Parteigrenzen und Ideologien hinweg für den gemeinsamen Kampf für ein freies Österreich. O5 ist eine Abkürzung. Das E ist der fünfte Buchstabe im Alphabet und O+E ergibt Ö, also eine Abkürzung für Österreich. Noch heute gibt es ein O5-Zeichen an einer Wand des Stephansdoms."

Steinberg loggte sich in das Computersystem ein und tippte ein paar Stichworte in die Suchmaske. Während der nächsten 15 Minuten murmelte er verständnisloses Zeug, jammerte, fluchte und schimpfte. Recherchearbeit gehörte nicht zu seinen Lieblingsbeschäftigungen, mutmaßte der Amerikaner, der still neben ihm stand und sich in den Prozess nicht einmischte.

„Na endlich."

Der Ausruf Steinbergs kam so plötzlich, dass der Amerikaner aufschrak. Die hohe Stimme Steinbergs hallte durch das leere Archiv.

„Kommen Sie mit, wir müssen in den Keller."

Steinberg kritzelte ein Aktenzeichen auf ein Blatt Papier.

Meterlange Regale mit Aktenordnern und Kartons reihten sich aneinander. Siegessicher steuerte Steinberg auf eines der Regale zu und fingerte einen Papierordner heraus. Es handelte sich um handschriftliche Notizen von diversen O5 Mitgliedern. Es ging um die unzähligen Kontakte zu diversen Widerstandsgruppen in ganz Europa. Einer der Berichte war der Lichtblick.

„Sehen Sie, sehen Sie!"

Steinberg tippte auf einen Namen. „Hier ist die Rede davon, dass dieser Mann Kontakt zu O5 aufgenommen hat. Er gab an, für die Amerikaner ein wichtiges Paket zu haben, das vor den Nazis in Sicherheit gebracht werden sollte. Laut diesem Bericht hier, legte O5 den Kontakt zu den Amerikanern und das Paket wurde übergeben. Danach aber wurde der Mann von den Nazis gefangen genommen, verhört und in ein KZ nach Polen verschleppt. Sein Name ist ..."

Steinberg stutzte.

„Das ist jetzt aber interessant. Sein Name ist Giuseppe Negozi." Verwundert dachte Steinberg nach.

„Negozi?, Negozi? Aber natürlich. Er ist der Bruder von Alfredo Negozi, der von 1925 bis 1955 Präfekt des Vatikanischen Archivs war."

Der Amerikaner zog die Augenbrauen hoch. Das passte ins Bild.

## 30

HELLENS ELTERNHAUS, ANTWERPEN, BELGIEN

Zögerlich drückte Hellen auf die Klingel und trat nervös von einem Bein auf das andere. Der Gedanke, jetzt mit ihrer Mutter persönlich konfrontiert zu werden, kostete sie sehr viel Kraft. Vor allem nach dem tragischen Tod ihres Freundes wollte sie keinen Streit mit ihr. Doch leider endeten Gespräche mit ihr meist in einer Meinungsverschiedenheit und gipfelten fast immer in Streit. Cloutard, der ihr in den letzten Stunden ein wahrer Freund gewesen war, legte sanft seine Hand auf ihre Schulter und augenblicklich breitete sich ein Gefühl der Ruhe in ihr aus. Hellen und Cloutard waren sich auf ihrer gemeinsamen Reise ein großes Stück näher gekommen. Der Kunstdieb und die Kuratorin. Ein sehr gegensätzliches Gespann, aber immerhin konnte man sagen, dass sie gemeinsame Interessen hatten. Natürlich waren sie sich nur freundschaftlich näher gekommen, Cloutard war schließlich alt genug, um ihr Vater zu sein. Aber genau das gefiel Hellen daran. Sie sah in ihm eine Art Vaterfigur.

„Hallo Mutter!"

Da war es wieder. Hellens Stimme schlug wieder zu überkorrekt und respektvoll um, als ihre Mutter die Eingangstür geöffnet hatte. Hellen ging sofort ins Innere.

„Bonjour, Madame", sagte Cloutard in seinem unverkennbaren Akzent, nahm seinen Hut ab und deutete bei Hellens Mutter einen Handkuss an. Etwas überrumpelt ob des charmanten Gentlemans, entkam ihr ein verlegenes Lächeln.

„Oh Hallo, kommen Sie nur. Also ich muss sagen, irgendwie kommen Sie mir bekannt vor."

„Mutter, du kennst doch sicher Monsieur François Cloutard."

„François Cloutard - der - der Kunstschmuggler?"

Theresia de Mey fühlte sich ein wenig überrumpelt und ihre ernste Miene kam sofort wieder zurück, als sie sich an Hellen wandte.

„Bitte sag mir, dass du nicht wegen der Hirngespinste deines Vaters hier bist." Sie packte Hellen am Arm und zog sie zur Seite. „Und warum bringst du einen international gesuchten Verbrecher in mein Haus?"

„Mutter, du solltest ihm ein wenig dankbarer sein. Du weißt doch, was er für Blue Shield getan hat und dass ohne ihn ...", fuhr Hellen ihre Mutter an und befreite sich wütend von dem groben Griff ihrer Mutter.

„Ja, ich weiß. Trotzdem ..." Sie verkniff sich den Rest.

„Also, was willst du hier - Tochter?"

Hellen zögerte.

„Ja, es geht ..."

„Ich wusste es! Warum musst du immer noch diesen absurden Märchen deines Vaters nachjagen? Willst du etwa das gleiche Schicksal wie ..." Sie verstummte, als ihr Hellen plötzlich eine circa 20 Zentimeter große Steinscheibe unter die Nase hielt und Frau de Mey wie hypnotisiert danach griff.

„Das ist das Symbol der ..."

„Ja."

Hellen lächelte zufrieden, sie hatte ihre Mutter in ihren Bann gezogen.

„Und diese Markierungen ..." Sie drehte die Scheibe im Kreis und untersuchte die kleinen Löcher, die an unregelmäßigen Stellen, ohne erkenntliches Muster, angeordnet waren.

Plötzlich kam eine sportliche, sehr attraktive, junge Frau aus dem Wohnzimmer heraus.

„Mrs. de Mey, entschuldigen Sie die Unterbrechung, aber ich habe die Direktorin der UNESCO am Telefon. Es geht um einen Termin für die Budgetverhandlungen."

Sie hatte ein schnurloses Telefon in der Hand. Sie nickte den beiden Gästen nur kurz zu und wartete auf eine Antwort ihrer neuen Chefin.

„Nicht jetzt, Vittoria. Sagen Sie ihr, ich rufe sie in Kürze zurück", wimmelte sie die junge Frau ab und diese verschwand wieder im Wohnzimmer.

Cloutard war ebenfalls hellhörig geworden und trat neben Hellen und sah Theresia de Mey dabei zu, wie sie das Artefakt untersuchte.

„So wie es aussieht, hast du uns eine Kleinigkeit vorenthalten", flüsterte Cloutard und stupste sie mit der Schulter an.

„Sei einfach nur froh, dass Ossana dieses Artefakt nicht in die Finger bekommen hat", antwortete Hellen leise genug, damit ihre Mutter es nicht hören konnte. Dann nahm sie die Disk wieder an sich.

„Genau wegen diesen Markierungen sind wir hier. Vater hatte mir einmal als Kind, soweit ich mich erinnern kann, Dokumente gezeigt, die ebenfalls das Symbol der Bibliothek trugen. Nur konnte er damals nichts damit anfangen, der Inhalt brachte ihn nicht weiter und so hatte er sie irgendwo versteckt und dann ist er verschwunden."

„Na wenn ich schon einmal hier bin, können wir auch gemeinsam nachschauen", sagte Hellens Mutter, als würde sie jetzt Hellen einen großen Gefallen tun.

Hellen grinste nur, schüttelte den Kopf und ging voraus in das Kellerbüro ihres seit Jahren verschwundenen Vaters.

Es war kein richtiger Keller, da das Haus an einem Hügel gebaut war und der Haupteingang einen Stock über der Gartenebene auf Straßenhöhe lag. Das Elternhaus von

Hellen würde man in unseren Breitengraden wahrscheinlich eher als alte Villa bezeichnen. Das Haus hatte drei Etagen und einen ausgebauten Dachboden, auf dem ebenfalls Unterlagen ihres Vaters gelagert wurden. Doch Hellen beschloss, in seinem Büro zu beginnen. Das rundum mit Nussholz vertäfelte Zimmer hatte an drei der vier Wände Bücherregale vom Boden bis zur Decke. In zwei riesigen Glasvitrinen befanden sich Artefakte und Kunstgegenstände aus unterschiedlichen Epochen und von unterschiedlichen Orten. Afrikanische Masken, ägyptische Statuen, eine Miniatur des David, kleine und große Fundstücke lagen wild verstreut herum. In einer Ecke lehnten in einem Regenschirmständer ein paar Schwerter und Lanzen aus dem Mittelalter. Ein riesiger, abgetretener Perserteppich lag in der Mitte des Zimmers. Der alte Schreibtisch war übersät mit Schriftstücken, offenen Büchern, und Landkarten. Das Zimmer war, seit dem Verschwinden von Hellens Vater, nicht mehr verändert worden. Zwischen dem ganzen Chaos erspähte Hellen ein Foto mit ihr und ihrem Vater vor den Pyramiden von Gizeh. Sie war damals acht Jahre alt gewesen. Hellens Augen füllten sich mit Tränen, sie riss sich aber zusammen, als sie das Foto für einen Moment in Händen hielt und sich an diese Reise, kurz vor seinem Verschwinden zurückerinnerte. Schnell stellte sie das Foto zurück auf den Schreibtisch.

„Ich habe nichts berührt. Alles ist immer noch so wie an dem Tag, an dem er verschwand", sagte Hellens Mutter, die selbst ein wenig mit ihren Emotionen rang, als sie langsam durch den Raum schritt. Hellen durchstöberte oberflächlich die Unterlagen auf dem Tisch. Gab aber recht schnell wieder auf.

„Das Dokument kann nicht einfach so irgendwo zwischen anderem Zeug herumliegen. Es war einer seiner bedeutendsten Funde, dementsprechend muss er es auch sicher verwahrt haben."

Cloutard war fasziniert von der Sammlung alter Schriften und Büchern, die in den Regalen und teilweise am Boden gestapelt, herum standen.

„Das alles hier ist ein Vermögen wert", sagte er eher leise, in Gedanken versunken. Doch Hellens Mutter hatte ihn gehört.

„Ja bestimmt, ich hatte im Laufe der Jahre schon mehrere Angebote von Museen bekommen, die seine Sammlung unbedingt haben wollten, doch ich konnte mich bis heute nicht durchringen, sie zu veräußern."

Sie sah Cloutard mit einer gewissen Skepsis an, als er, fast schon zärtlich, über die Buchrücken strich.

„Gibt es hier keinen Safe?", fragte Cloutard.

Hellens Mutter schüttelte den Kopf. „Nein, hatte er nie."

Völlig in Gedanken versunken saß Hellen in dem großen Ledersessel ihres Vaters, drehte sich langsam im Kreis und scannte jeden Zentimeter des Büros.

„Wo hast du es versteckt? Sag schon Daddy, wo?"

Wie eine Eingebung von oben schoss es in ihren Kopf. Die Unterlagen waren nicht hier. Sie standen auf seinem Nachttischschrank.

„Steht der Proust noch immer im Schlafzimmer?"

Hellen sah ihre Mutter erwartungsvoll an.

„Du meinst den dicken Wälzer, den dein Vater so oft gelesen hat?"

„Ja! *Die Suche nach der verlorenen Zeit* von Marcel Proust."

Hellen rannte förmlich die Treppen nach oben und stand Sekunden später vor der deutschen Erstausgabe von Prousts Monumentalwerk. Ihr Vater hatte einen edlen Schuber aus Holz anfertigen lassen, in dem er die sieben Bände aufbewahrte. Hellen zog die Bücher aus dem Holzrahmen und untersuchte den nach einer Seite offenen Schuber. *Déjà-vu*, dachte Hellen. Genau wie die Amphore im Ägyptischen Museum hatte der Schuber einen doppelten Boden. Die Rückwand schien hohl zu sein. Sie nahm den leeren Schuber und lief zurück in das Arbeitszimmer ihres Vaters. Mithilfe eines Brieföffners konnte sie in wenigen Sekunden die Rückwand nach vorne kippen. Einige Papyri kamen darunter zum Vorschein. Hellen legte die vier Dokumente auf den Tisch. Selbst jetzt, wo sie die Disk hatte, wusste sie nicht so recht, was sie damit anfangen sollte. Die Papyri waren insofern etwas Besonderes, da sie sowohl Hieroglyphen als auch eine lateinische Textpassage enthielten. Klar war, dass sie ein gewisser Ganymedes verfasst und unterschrieben hatte. Warum oder wer der Empfänger dieses

Briefes gewesen war, hatte selbst ihr Vater nie in Erfahrung bringen können.

„Die Papyri hatte seinerzeit mein Urgroßvater gefunden. Vater war ein bisschen vage über die genaue Herkunft. Ich hatte immer das Gefühl, dass sein Großvater sie gestohlen hatte", erklärte Hellen.

Sie drehte die Blätter nach links, nach rechts, hielt sie gegen das Licht. Nichts. Cloutard und auch Hellens Mutter hatten ebenfalls jeder eines der Blätter in der Hand und taten es Hellen gleich. Sie zuckten ratlos mit den Schultern.

Dann sah Hellen etwas. Sie nahm die restlichen drei Blätter an sich und sah sie sich ebenfalls genau an.

„Hast du ein Kopiergerät?", wandte sich Hellen aufgeregt an ihre Mutter.

„Ja, oben in meinem Büro."

Hellen sprang auf, lief mit den Dokumenten nach oben und kam wenige Minuten später wieder.

Sie legte die uralten Dokumente zur Seite und arbeitete mit den Kopien weiter und erklärte.

„Auf jedem der Blätter", die fein säuberlich per Hand verfasst worden waren, „ist an unterschiedlichen Stellen im Text ein Viertel der Scheibe mit dem Symbol zu sehen. Seht ihr?"

Sie faltete jede der vier Kopien so, dass jedes Viertel des Symbols genau eine Ecke bildete. Dann legte sie die vier Ecken aneinander und siehe da, sie passten perfekt.

Schnell klebte sie sie mit Klebeband zusammen. Danach legte sie die Steinscheibe so über das Dokument, dass das Loch in der Mitte genau über dem Symbol lag. Dann drehte sie die Disk vorsichtig, bis das Anch in der richtigen Position stand und in allen Löchern ein Buchstabe zu sehen war. Dann hielt Hellen inne.

„Es ist wahrlich der Schlüssel."

Alle drei starrten auf die Löcher in der Scheibe.

Hellen sah auf und danach beiden aufgeregt in die Augen.

„Ich weiß, wo wir als Nächstes hinmüssen!"

## 31

HOTEL GRAN MELIÁ, RUND 1 KILOMETER VOM VATIKAN
ENTFERNT, ROM, ITALIEN

„Wie kommt es eigentlich, dass wir so schnell eine Audienz beim Papst bekommen haben?", fragte Cloutard lächelnd Tom, während er in sein Biscotti biss und ein paar Krümel von seinem flauschigen Bademantel bürstete. Noah und Hellen saßen ebenfalls auf der Terrasse der Suite und genossen das für italienische Verhältnisse sehr opulente Frühstück.

„Und wie kommt es, dass dann gleich vom Vatikan diese Suite zur Verfügung gestellt wurde?"

Noah machte eine ausladende Geste und zeigte auf den Frühstückstisch und die Dachterrasse, die einen beeindruckenden Blick über die ewige Stadt preisgab.

„Der Papst mag mich eben", sagte Tom schnippisch. „Ich habe ihm aus Wien, nachdem wir Lang abgeliefert hatten, eine SMS geschickt. Er hat zwar sehr schnell zurückgerufen, aber da war ich gerade beschäftigt." Er räusperte sich verlegen. „Ich war auf dem Klo", sagte er etwas leiser und fuhr dann fort. „Aber schlussendlich haben wir es geschafft, wie ihr seht", sagte Tom, als ob es das Selbstverständlichste auf der Welt war.

Cloutard sah Noah an. Noah sah Hellen an. Hellen dann wieder Cloutard. Und dann sahen die drei Tom mit einem fragenden Blick an.

„Das meinst du nicht ernst, oder?"

Cloutard hatte fast ein wenig Angst vor der Antwort. Tom machte es spannend. Er fingerte sein Mobiltelefon aus der Tasche und zeigt es in die Runde. Er hatte die Liste der letzten Anrufe geöffnet und auf dem Display stand *Papst Sixtus VI*.

„Heilige Scheiße, du hast die Handynummer des Papstes?" Noah hatte sich gerade an seinem Prosciutto verschluckt.

„Die hat nicht mal der Mossad, verdammt. Woher hast du die?"

„Der Papst hat ein Handy?", wunderte sich Cloutard.

Tom lächelte triumphierend. „Als wir damals in den Katakomben waren und ihr mit historischer Fachsimpelei beschäftigt wart - er blickte auf Cloutard und Hellen - nahm mich der Papst zur Seite. Er bedankte sich noch mal persönlich und meinte, dass ich ihn immer anrufen könne, ganz egal, ob ich in Schwierigkeiten bin oder nur spirituellen Rat bräuchte. Seit dem chatten wir gelegentlich auf WhatsApp."

Noah war der Mutigste und traute sich die Frage zu stellen: „Und ... ähm ... du warst wirklich auf dem Klo, während der Papst anrief?"

Tom wollte antworten, aber die drei unterbrachen ihn sofort und winkten wild gestikulierend ab.

„Keine Details, bitte", sprach Hellen das aus, was sich alle dachten. Eine Sekunde war es still, dann prusteten alle los. Die Stimmung war für ein paar Augenblicke gelöst, obwohl so viel in den letzten Tagen passiert war. Cloutard hob das Glas Champagner „Auf uns! Und auf Tom, den der Papst auf dem Klo anruft."

Alle nahmen ihr Champagnerglas in die Hand und die Gläser klangen. Hellens Lächeln und ihre vermeintlich gute Laune waren gespielt, aber das merkte keiner. Sie war angespannter denn je. Ihre Gedanken waren zuerst bei Arno und dann bei ihrem Vater und all den Geheimnissen, die sie in der Bibliothek vermutete.

Eine Stunde später führte sie der indigniert dreinblickende Camerlengo in die Gemächer des Papstes. Er sah Tom missbilligend an. Toms gutes Verhältnis zum Heiligen Vater war ihm eindeutig ein Dorn im Auge. Niemand der Anwesenden hatte damit gerechnet, dass sie sobald wieder, in dieser Zusammensetzung hier sein würden. Der Papst begrüßte alle herzlich.

„Ich freue mich, dass ich euch alle wieder sehen darf. Der Herr sei mit Euch. Auch wenn der Grund für mich noch im Dunkeln liegt." Der Heilige Vater sah Tom fragend an. „Was ist es, dass so wichtig ist, dass wir persönlich sprechen müssen?"

Der Papst bat alle an dem kleinen, mit fünf einfachen Stühlen umgebenen, Besprechungstisch Platz zu nehmen. Erkennend, dass für ihn kein Sitzplatz übrig war, blieb der Camerlengo pikiert stehen.

Fast wie in einer Doppelmoderation schilderten Hellen und Tom dem Papst, was in den letzten Tagen geschehen war. Auch Noah und Cloutard beteiligten sich, sodass der Kopf des Papstes wie bei einem Tennismatch hin- und her ging.

Tom beendete das Update: „Wir vermuten, dass AF auf der Suche nach der Bibliothek von Alexandria ist. Und die Spur hat uns hierher geführt. Hierher zu Euch."

Der Papst hob erstaunt seine Augenbrauen.

„Mein Vater hat sein ganzes Leben nach der Bibliothek gesucht. Wir konnten in seinen Unterlagen einen Code entschlüsseln. Das Ergebnis war das Wort Pontifex Maximus."

Der Papst nickte. „Pontifex Maximus ist ein Titel, der nicht immer dem Oberhaupt der katholischen Kirche galt. Früher bezeichneten sich so die römischen Kaiser", sagte der Papst und Hellen nickte.

„So und so führt die Spur hier her", sagte sie.

„Und das sind also dieselben Leute, die den Vorfall im letzten Jahr zu verantworten hatten? Die sind jetzt auf der Suche nach der Bibliothek von Alexandria?", fragte der Papst mit einem Fünkchen Angst in seinen Augen. Er sah Tom prüfend an und erinnerte sich mit Schrecken an das, was vor rund einem Jahr passiert war. Tom nickte.

„Diese Menschen sind gefährlich und haben unsagbare Macht."

Tom nickte erneut.

„Wir können nur erahnen, wie weit ihr Einfluss wirklich geht", ergänzte Noah.

Der Papst schwieg für eine Weile. Er war aufgestanden und blickte aus dem Fenster hinunter auf den Petersplatz. Für einen langen Augenblick war es völlig still. Dann sagte der Papst im Flüsterton: „Sie ist hier."

Niemand rührte sich. Alle glaubten, sich verhört zu haben. Hellen war die Erste, die das Schweigen durchbrach. Sie war auf den Heiligen Vater zugegangen, um sicherzugehen, dass sie ihn richtig verstanden hatte.

„Eure Heiligkeit, was meint Ihr mit *Sie ist hier*?"

Der Papst war zu dem kleinen Besprechungstisch zurückgekehrt und nahm wieder Platz.

„Der Großteil der Schätze aus der Bibliothek von Alexandria ruhen hier in den Geheimarchiven des Vatikans."

Alle Anwesenden, einschließlich des Camerlengos rissen die Augen auf und hielten den Atem an. Hellen öffnete den Mund, um etwas zu sagen, bekam aber keinen Ton heraus. Stattdessen griff sie nach einem Glas Wasser und trank einen großen Schluck. Alle sahen, wie sehr ihre Hände zitterten. Der Papst machte eine Pause, um den nächsten Worten mehr Ausdruck zu verleihen.

„Ich meine damit die wahren Geheimarchive. Nicht die Archive, die in Filmen und Romanen vorkommen und die viele Wissenschaftler dieser Welt jederzeit besuchen können, um darin zu forschen. Ich spreche von einem Bereich der Vatikanarchive, zu dem nur zwei Menschen auf der Welt Zugang haben. Der Archivar und der amtierende Papst."

Hellen hatte sich gefangen.

„Eure Heiligkeit, die Bibliothek von Alexandria befindet sich hier? Im Vatikan?"

Der Papst nickte. „Ich brauche euch wohl nicht zu sagen, dass ihr damit eines der größten Geheimnisse erfahren habt, das der Vatikan bis in die heutige Zeit bewahrt. Ich glaube aber, dass es notwendig ist, euch einzuweihen, damit wir eine Gefahr für die ganze Welt abwenden können. Und ich vertraue darauf, dass ihr das Geheimnis der Kirche bewahren werdet."

Auf den Gesichtern machte sich Verständnislosigkeit breit.

„Gefahr für die ganze Welt?", fragte Cloutard. „Es geht AF also nicht um die Schätze, die in der Bibliothek sind? Das muss doch alles Millionen wert sein."

„Der Wert der Schriftrollen ist mit nichts auf dieser Welt aufzuwiegen."

Cloutard zog unmerklich eine Augenbraue hoch.

„Aber ich befürchte, dass es nicht um Geld geht", sagte der Papst abermals flüsternd.

„Ich befürchte, dass sie es auf das Allerheiligste abgesehen haben."

„Das Allerheiligste?", platzte es aus Hellen heraus. „Was ist das Allerheiligste?"

„Das möchte ich euch persönlich zeigen." Der Papst stand auf und ging zur Tür. „Wir gehen jetzt in die Bibliothek von Alexandria."

## 32

47 VOR CHRISTUS, HAFEN VON ALEXANDRIA

Gajus Julius Cäsar blickte ernst auf die lichterloh brennenden Schiffe. Als erfahrener Feldherr wusste er, dass er diese Schlacht gewonnen hatte, aber der Krieg gegen die Alexandriner noch lange nicht entschieden war.

„Ich habe eine Nachricht für Euch, Pontifex Maximus."

Cäsar wandte seinen Blick von der zerstörten alexandrinischen Flotte ab und sah den Boten fordernd an.

„Alle Bücher, Schriftrollen und Papyri sind in Sicherheit gebracht worden. Die halbe Armee war damit beschäftigt, die hunderttausenden Dokumente auf unsere Schiffe zu bringen. Genau wir Ihr befohlen habt. Die Bibliothek selber liegt in Schutt und Asche."

Cäsar nickte zufrieden.

„Leider haben wir dadurch viele Männer verloren. Der Eunuch Ganymedes ließ die Kanäle, die unterirdisch zu unserem Viertel führten, mit Meerwasser fluten. Viele unserer Männer sind dabei ertrunken, und das Trinkwasser wurde verunreinigt und untrinkbar. Viele leiden an Durst."

Cäsar schien unbeeindruckt.

„Lasst am Stadtrand neue Brunnen ausheben, wir werden dort genügend Trinkwasser finden."

Er wandte sich an einen der Feldherren, die ein paar Schritte hinter ihm standen.

„Ein Teil der Flotte soll die Schätze der Bibliothek in Sicherheit bringen. Sie sollen noch heute die Segel nach Rom setzen. Der Rest soll die Insel Pharos mit dem Leuchtturm einnehmen, ebenso wie den Heptastadion Staudamm. Ein für uns strategisch wichtiger Dreh- und Angelpunkt."

Der Feldherr zögerte.

„Aber Herr, wird unsere Flotte nicht stark geschwächt sein, wenn die Hälfte der Schiffe den Rückzug nach Rom beginnt?"

Cäsar schlug den Mann urplötzlich und völlig unvorhersehbar mit seinem Handrücken ins Gesicht.

„Das ist kein Rückzug. Wir sichern mit den Dokumenten aus Alexandria die Zukunft des römischen Imperiums. Das Wissen der gesamten Welt wurde hier gesammelt. Steh nicht so lange hier herum. Laufe zu den Männern und beginnt mit dem Angriff auf den Leuchtturm von Pharos."

# 33

AUF DEM PETERSPLATZ, ROM

Farid wartete seit nun mehr zwei Stunden auf dem Petersplatz. Er hatte beobachtet, wie Cloutard, sowie ein weiterer Mann, eine Frau und ein Mann im Rollstuhl, an der Schweizer Garde vorbei durch den Arco delle campagne an der linken Seite des Petersplatzes den Vatikan betraten. Mittlerweile hatte er sich auf eine längere Wartezeit eingestellt. Er nutze die Zeit, um ein wenig zu recherchieren, und war erstaunt, wie gut die Google-Bildsuche geworden war. Es hatte nicht allzu lange gedauert und Farid wusste ein wenig mehr, mit wem Cloutard im Vatikan war: Die Frau war eine Archäologin, die Hellen de Mey hieß. Über die beiden Männer hatte er jedoch nichts herausfinden können. Klar war ihm aber, dass das kein Freundschaftsbesuch war oder sie einfach nur die Vatikangärten bestaunen wollten. Cloutard war wegen etwas Großem hier, dessen war sich Farid sicher. Und er würde sich einen Teil von diesem großen Kuchen holen. Er würde Cloutard nicht entkommen lassen.

Es gab wenige Augenblicke, in denen Tom nicht einen flotten Spruch auf den Lippen hatte, aber als er die wahren Geheimarchive des Vatikans betrat, hatte es auch Tom die Sprache verschlagen. Seit der Papst den Archivar angewiesen hatte, sie in die Geheimarchive zu bringen, schwiegen alle. Erstaunen paarte sich mit Überraschung und Ehrfurcht vermischte sich mit Unglauben. Der Archivar hatte sie zu einem unscheinbaren alten Fahrstuhl geführt, der schier endlos in die Tiefe fiel. Unten angekommen bot sich ihnen ein völlig neues Bild. Die Sicherheitsvorkehrungen erinnerten Tom an Filme wie Mission Impossible: Retinascanner, Stimmerkennung, Handflächenscanner, Laserschranken und noch vieles mehr.

„Respekt", sagte Noah, der das Equipment staunend begutachtete. Es war ein wahrer Spießrutenlauf, bis eine große tresorartige Tür aus Titan aufschwang und den Blick auf einen weißen Gang freigab. Das erste Geräusch gab Hellen von sich, die scharf die Luft einsog und sich klarmachte, dass sie gerade das zu sehen bekam, das ihr Vater jahrzehntelang gesucht hatte. Auf den ersten Blick sah man nur einen sehr breiten, endlos strahlend weißen Gang. Es schien, als stünde man am Tor zum Himmel.

„Was ist nun dieses Allerheiligste?", fragte Cloutard sichtlich ungeduldig. Er hatte den Camerlengo zur Seite gedrängt und ging neben dem Heiligen Vater her. Der Archivar führte die Truppe an. Gefolgt von Papst Sixtus

VI, Cloutard, danach Tom, Hellen und als Letzter rollte Noah hinten nach.

Der Papst blieb stehen und trat an einen Abschnitt der nahtlos wirkenden Wand heran. Er wischte, fast wie ein Jedi über einen Bereich und in der Wand erschien ein Display. Er drückte auf einen Button und plötzlich wurde ein Teil der Wand durchsichtig. Zum Vorschein kam ein Raum, mit meterhohen Regalen aus einem transparenten Material. Sie waren mit Tausenden Schriftrollen gefüllt.

Hellen trat wie in Trance an die Wand heran und Noah konnte es sich nicht nehmen lassen, heimlich ein paar Fotos mit seinem Mobiltelefon zu machen, auch wenn die nie jemand zu sehen bekommen würde.

„Die Dokumente sind in diesen Räumen perfekt geschützt: Temperatur, Feuchtigkeit, Licht, Luft. Alles was den Dokumenten Schaden zufügen könnte, muss draußen bleiben", murmelte der Archivar mehr zu sich selbst, noch immer hochgradig erstaunt, dass er wie ein Museumsführer eine Reihe von überraschten Gästen hier unten herumführen musste. Sie gingen weiter und die Wand wurde automatisch wieder weiß und das Display erlosch.

Cloutard grinste. „Davon darfst du aber nichts mitnehmen, François", witzele Tom, der Cloutards geifernden Blick richtig gedeutet hatte.

„Merde..." kam sofort Cloutards Antwort. Sein Gesicht sah aus, als hätte er in eine Zitrone gebissen. Der Archivar sah ihn missbilligend an. Irgendwoher kannte er diesen Franzosen, hatte aber keine Ahnung woher.

„Gibt es ein Verzeichnis der Dokumente? Hat der Vatikan einen Überblick, welche Dokumente im Bestand sind und was sie beinhalten?"

„Ein paar Teams arbeiten seit Jahrzehnten daran, natürlich nicht wissend, dass sie an Dokumenten der Bibliothek von Alexandria arbeiten. Jeder Restaurator bekommt nur eine einzelne Schriftrolle zu sehen und weiß nicht, woher sie stammt. Wir versuchen, so wenig Informationen wie möglich herauszugeben. Die Dokumente werden datiert, gescannt und digital abgelegt. Aber aufgrund des Alters ist das Aufrollen ein sehr langwieriger Prozess. Erst dann kümmern sich wieder andere um die Erforschung des Inhalts", sagte der Papst.

„Aber wir sind noch lange nicht fertig. Wir haben gerade einmal 12 Prozent des Bestandes erfasst. Er ist schier unendlich", ergänzte der Archivar stolz.

Sie waren am Ende des Ganges angekommen. Diesmal wischte der Archivar mit seiner Hand über die Wand und deaktivierte das Magic Glas. Es kam jedoch kein ganzer Raum zum Vorschein, sondern nur eine Nische in der Wand. In ihr stand eine Holzschatulle, die etwa doppelt so groß wie ein Aktenkoffer war. Das antike Stück strahlte etwas ganz Besonderes in dieser sterilen Umgebung aus. Der Papst nickte dem Archivar zu und dieser drückte einen Button auf dem Display und das Glas glitt nach oben und der Boden, auf dem die Schatulle stand, fuhr heraus.

Papst und Archivar bekreuzigten sich, der Camerlengo tat es ihnen eine Sekunde später gleich. Das Team stand mit großer Erwartung daneben.

„Jeder kennt die Geschichte der beiden Steintafeln, die Moses vom Berg Sinai gebracht hat. Nicht wahr?"

„Die Zehn Gebote? Die in der Bundeslade aufbewahrt werden?", fragte Tom.

„Das weißt du aber auch nur, weil du als Kind zu oft Indiana Jones geschaut hast", ergänzte Hellen trocken.

„Und diese Steintafeln sind hier?" Cloutards Stimme bebte.

Der Papst sah den Archivar an und lächelte.

„Nein, sind sie nicht. Die sind an einem anderen Ort."

Tom wollte zu einer Antwort ansetzen.

„Nein Tom, die sind nicht in der Bundeslade in einer Lagerhalle der Area 51", schnitt ihm Hellen das Wort ab.

Noah und Cloutard grinsten. Die beiden mussten einfach immer aufeinander herumhacken.

„Wir haben hier in der Schatulle die dritte Steintafel, die Gott an Moses übergeben hat."

Außer dem Papst und dem Archivar sahen sich alle entgeistert an.

„Die ... die dritte Tafel?" Hellen schüttelte verständnislos den Kopf und fragte sich, ob ihr Vater davon gewusst hatte und das der Grund war, warum er so besessen gewesen war. Cloutard hielt den Atem an, und schien im Kopf den Wert einer dritten Steintafel abzuschätzen.

„Gibt's noch fünf weitere Gebote von denen niemand etwas weiß?", fragte Tom, mehr scherzhaft.

„Nein, aber jeder hat schon einmal von der dritten Steintafel gehört. Jeder kennt sie."

Hellens Gesicht erblasste. Sie sah den Papst entgeistert an. Ihr war mit einem Mal klar geworden, was die dritte Steintafel war.

„Hellen, ich denke, Sie wissen bereits, worum es sich handelt, klären Sie doch Ihre Freunde auf, was sie in Kürze zu Gesicht bekommen werden."

Alle Augen waren auf Hellen gerichtet.

„Ich bin mir ziemlich sicher, dass mit der dritten Tafel der *Stein der Weisen* gemeint ist."

Cloutards Blick verengte sich. „Der Stein der Weisen? Das Ding, das alles zu Gold macht?", fragte er.

„Das ist der meistverbreitete Mythos, der so nicht ganz stimmt", kamen schnell die gestrengen Worte des Archivars. „Der Stein der Weisen vervollkommnet zwar alles, aber ..." Er stutzte und seine Miene verfinsterte sich.

„Aber ...?", fragte Noah.

„Es ist kein Zufall, dass die Existenz des Steins über die Jahrtausende geheimgehalten wurde. Die Vervollkommnung ist nur die eine Seite der Medaille ...", fügte der Papst hinzu.

Der Archivar hatte das Schloss der Schatulle in der Zwischenzeit geöffnet und blickte ein letztes Mal zum Heiligen Vater, der abermals nickte. Der Archivar hob andächtig den Deckel und die Überraschung war allen ins Gesicht geschrieben. Die Schatulle war zwar nicht leer, aber es war auch nicht ganz das darin, was sie erwartet hatten.

## 34

EINE SUITE IM HILTON VIENNA PLAZA, WIEN

Der Amerikaner lag wach und wälzte sich von einer Seite zu anderen. In seinem Kopf ratterte es und er ging immer wieder die Informationen durch, mit denen er in den letzten Tagen konfrontiert worden war. Er musste nach Rom. Und zwar so schnell wie möglich. Morgen früh ging sein Flug und da würde man ihm auch seinen römischen Kontaktmann nennen. Er lag auf dem Rücken und starrte an die Decke seines edlen, aber sehr minimalistisch eingerichteten Hotelzimmers. Er hatte in seinem Leben schon in einigen Hilton Hotels auf der ganzen Welt gewohnt. Dieses hier hatte aber einen ganz besonderen Flair, war es doch im Art déco Stil eingerichtet und erinnerte an die goldenen Zeiten der Kaiserstadt. Im ganzen Hotel hingen Hunderte echte Meisterwerke an den Wänden und der Carrara-Marmorboden war bei jedem Mal, wenn man die Lobby betrat, immer wieder aufs Neue beeindruckend. Mitten in seinen Gedanken versunken, hätte er fast das leise Klicken überhört, dass aus dem Salon zu vernehmen war. Eine Sekunde später war der

Amerikaner in Alarmbereitschaft. Jemand hatte sein Zimmer betreten. Im nächsten Augenblick verfluchte er sich selbst.

Verdammt, die Waffe liegt draußen, schoss es ihm durch den Kopf. Er war schon lange nicht mehr im Außendiensteinsatz gewesen. Er war unvorsichtig geworden oder aber er wurde schlicht und ergreifend alt. Der Amerikaner hatte sein Bett verlassen und war auf Zehenspitzen zur Tür zum Salon geschlichen. Nicht ohne zwei Kissen im Bett aneinandergelegt und mit einem Laken zugedeckt zu haben. Bei genauerem Hinsehen würde man erkennen, dass hier niemand lag, aber der Amerikaner rechnete nicht damit, dass der Eindringling mit einem Nachtsichtgerät ausgestattet war. Die Tür öffnete sich langsam und eine Pistole mit aufgeschraubtem Schalldämpfer kam zum Vorschein, die auf das Bett zielte. Sekunden später wurde die Pistole abgefeuert und fünf Schuss durchfuhren das Bett. Zwei weitere folgten, nachdem der Mann die Pistole neu ausgerichtet hatte. Der Amerikaner stand hinter der Tür. Er hielt den Atem an. Alles schien in Zeitlupe abzulaufen. Er würde nichts unternehmen, wenn der Attentäter einfach jetzt das Zimmer wieder verließe. Insgeheim hoffte er das. Nahkampf war nicht mehr seine Stärke. Er war nicht mehr der Jüngste. Sein Wunsch wurde jedoch nicht erfüllt. Er hörte, wie die Hand des Attentäters nach dem Lichtschalter tastete. Der Amerikaner zögerte nicht länger. Er stieß die Tür zu, bevor der Mann das Licht einschalten konnte. Die Tür knallte auf den Unterarm des Attentäters und die Glock fiel zu Boden. Der Amerikaner packte den Arm des Angreifers, zerrte ihn in den

Raum und schlug zu. Dessen Reflexe waren aber blitzschnell. Die Faust verfehlte das Kinn. Beide Männer verloren dadurch ihr Gleichgewicht und knallten zu Boden, waren aber schnell wieder auf den Beinen. Der Attentäter ergriff einen schweren Kerzenständer, der auf dem Tisch im Salon stand. Der Amerikaner bewaffnete sich mit der vollen Flasche Champagner, die zur Begrüßung in einem Sekteimer auf dem Tisch platziert worden war. Der junge Mann stürzte sich auf den älteren, benutze den Kerzenständer wie ein Kurzschwert und traf die linke Schulter des Amerikaners, der vor Schmerz aufschrie. Eine alte Schulterverletzung aus Desert Storm meldete sich wieder. Der Amerikaner biss die Zähne zusammen. Der Kerzenständer schnellte ein zweites Mal auf ihn zu, doch dieses Mal war der Amerikaner vorbereitet. Er parierte mit der Champagnerflasche, die beim Zusammenprallen mit dem Ständer sofort explodierte. Der Amerikaner war darauf vorbereitet gewesen und hatte seine Augen geschlossen, doch der Attentäter bekam die volle Ladung ab. Splitter und Champagner spritzten in sein Gesicht. Der Amerikaner reagierte schnell. Der übrig gebliebene Flaschenhals, den der Amerikaner noch in der Hand hielt, war zu einer gefährlichen Waffe geworden. Seine Hand schoss nach vorne und die zerbrochene Flasche vergrub sich im Hals des Attentäters. Beide wussten, dass der Kampf vorbei war. Die Scherben hatten die Schlagader des Attentäters durchtrennt. Der Mann fiel zu Boden und hielt sich röchelnd die Wunde am Hals. Der Amerikaner sprang auf, atmete durch und schaltete das Licht an. Er erschrak. Die Verzweiflung darüber, dass sein Leben gleich zu

Ende sein würde, stand dem jungen Mann deutlich ins Gesicht geschrieben. Sein Blick war fast flehend. Der Amerikaner kannte den Mann und wollte ihm noch helfen. Doch wenige Augenblicke später erschlaffte der Körper des jungen Mannes. Er war tot.

Es war noch nicht so lange her, als er ihn kennengelernt hatte. Doch um darüber nachzudenken fehlte jetzt die Zeit. Er griff zu seinem Mobiltelefon. Er nannte seinen Authentifizierungscode und forderte einen Cleaner an. Dass die Agency auch in Wien Teams hatte, die Tatorte innerhalb von ein paar Stunden reinigen würden, war tatsächlich erstaunlich aber gleichzeitig sehr erfreulich. Danach zog er die blutüberströmten Kleidungsstücke aus, packte sie in einen Müllsack und ging unter die Dusche. Er packte seine übrigen Sachen, verließ das Hotelzimmer und hängte das Bitte-nicht-Stören Schild an den Türknauf. Sein Flug ging ohnehin schon in ein paar Stunden, daher machte er sich auf den Weg zum Flughafen.

## 35

DIE GEMÄCHER DES PAPSTES, VATIKAN

„Madonna mia."

Der Archivar bekreuzigte sich und sah entsetzt den Papst an. Der hatte seine Fassung noch immer nicht wieder gewonnen. Die Schatulle, in der seit Jahrhunderten der Stein der Weisen verwahrt wurde, enthielt nur noch einen Teil des Steins. Die Smaragdtafel war zerbrochen worden. Mehr als die Hälfte der Aussparung, in der der Stein gebettet gewesen war, war leer. Zwei Drittel des Steins waren verschwunden.

Als sie wieder in den Gemächern des Papstes am Tisch saßen, wandte Tom sich als erster an den Papst.

„Ich weiß, dass dieser Stein vermutlich sehr wertvoll ist und ich will da jetzt gar nicht die historische Bedeutung schmälern, aber was ist an dem Ding dran? Eure Heiligkeit hat von einer Gefahr für die ganze Welt gesprochen", sagte Tom.

„Der Mythos über den Stein der Weisen ist im Mittelalter zum ersten Mal aufgetaucht. Erzählt aber nicht die ganze Geschichte."

Hellen war hellhörig geworden. „Darüber hat mir mein Vater früher erzählt. Ich habe die Forschung über den Stein der Weisen immer für ein völliges Hirngespinst gehalten."

„So war das auch beabsichtigt", sagte der Papst. „Die Alchemie sollte in ein schräges Licht gerückt werden, damit die Menschen aufhören, nach dem Stein zu suchen."

„Aber ich dachte immer, der Stein der Weisen sei eine Art Rezept, mit dem man Gold herstellen könne", sagte Cloutard.

„Der Stein ist eine Smaragdtafel, auf dem das Rezept steht. Aber wie schon gesagt, der Stein macht nicht Gold, er vervollkommnet alles. Er macht Wertloses wertvoll, macht Kranke gesund, macht Alte jung. Er steht insgesamt für die Umwandlung des Niederen in eine hohe Substanz, welcher Art auch immer", erklärte der Papst.

„Das bedeutet die Gefahr besteht darin, dass man mit dem Stein reich, gesund und jung wird?" Die Ironie in Toms Stimme war nicht zu überhöhen.

„Leider nicht. Der Stein folgt wie alles auf der Welt dem Dualismus. Es gibt wie bei allem im Leben zwei Seiten einer Medaille."

Hellen nickte. „Wie mein Vater sagte. Der Stein heilt und zerstört gleichzeitig. Er macht arm und reich."

Der Papst vergrub das Gesicht in seinen Händen. Er war sichtlich erschüttert. „Es ist nicht abzusehen, was böse Menschen anrichten können, wenn sie den Stein zur Anwendung bringen."

„Zur Anwendung bringen?", fragte Cloutard. „Was bedeutet das?" Der Franzose sah den Papst neugierig an.

„Wie der Stein zur Anwendung gebracht wird, ist ein streng gehütetes Geheimnis, das auch ihr nicht zu wissen braucht.", sagte der heilige Vater mit Ehrfurcht.

Tom sah den Papst zweifelnd an. „Bei allem Respekt, Eure Heiligkeit, aber das ist mir ein wenig zu viel Hokuspokus. Die Sache mit Petrus letztes Jahr habe ich ja noch irgendwie verstanden, aber das wird mir jetzt zu viel. Der Stein der Weisen, der Gold macht und die Welt zerstören kann?"

Er sah zuerst den Papst und dann seinen Freund Noah an. Noah war der rationalste Mensch, den er kannte. Der ehemalige Mossad-Agent und jetzige IT-Freak hatte so gar nichts mit Übersinnlichem und Okkultem am Hut.

„Ich muss dich enttäuschen mein Freund. Bis jetzt habe ich die ganzen Conspiracy Seiten und absurden Stories im Web auch immer für lächerlich gehalten. Das Netz ist voll davon. Vieles ist haarsträubend und absurd. Einiges davon ist aber durchaus plausibel. Es gibt viele Quellen, die die großen Katastrophen, Krankheiten, Unwetter, Seuchen und vieles mehr mit dem Stein in Verbindung bringen."

„Noah hat recht. Der Stein wurde oftmals missbraucht, denn er wurde mehrere Male aus dem Vatikan gestohlen und wieder zurückgebracht."

„Wenn Ossana & Co auf der Suche danach sind, hat das vermutlich doch Hand und Fuß: Die biblischen Plagen und die Pest sind nur einige der Katastrophen, die dem Stein der Weisen zugeschrieben werden", sagte Noah.

Der Papst nickte bestätigend.

„Auch in Graf Pállfys Geheimunterlagen fanden sich Berichte über den Stein. Vermutlich ist das Ossanas Quelle. Und im Laufe der Geschichte haben viele namhafte Menschen versucht, das Rezept zu entschlüsseln. Allen voran Sir Isaac Newton und Franz Stephan von Lothringen, Ehemann von Kaiserin Maria Theresia, um nur zwei zu nennen. Es gab aber einen, dem es sogar nachgesagt wurde, er habe den Stein der Weisen tatsächlich gefunden und dadurch die Unsterblichkeit erlangt. Dem französischen Schriftsteller Nicolas Flamel, geboren im Jahr 1330, wurde diese Ehre postum zuteil. Viele bringen den Namen aber nicht mit einer realen Person in Verbindung, da J.K. Rowling ihn in ihren Harry Potter Büchern eingebaut hatte", ergänzte Hellen.

Tom war verblüfft. Als er abermals widersprechen wollte, ging die Tür auf und eine Nonne schob einen Servierwagen mit Tee und Kaffee herein. Tom erkannte sofort Schwester Lucrezia.

„Dio mio, Signore Tom! Was für eine Freude." Die Nonne drückte Tom eine Sekunde an sich, ließ aber sofort von ihm ab, als sie den verstörten Blick des Heiligen Vaters sah.

„Was machen Sie denn hier? Ach, bevor sie weiter sprechen, muss ich die anderen holen. Auch Schwester Alfonsina, Renata und Bartolomea sind da." Sie verschwand, bevor noch irgendjemand etwas sagen konnte.

Tom sah den Papst an.

„Nach der Sache in Barcelona wollte ich den Schwestern meinen Dank ausdrücken und ihnen einen Wunsch erfüllen. Ich war sehr erfreut, als sie sich einhellig wünschten, bei mir im Vatikan dienen zu wollen."

Der Papst wurde wieder ernst. „Aber zurück zu unserem Problem. Wo auch immer der andere Teil des Steins ist, AF darf ihn niemals bekommen." Er sah in die Runde. Sein strenger Blick wanderte zu Hellen, dann zu Noah, Cloutard und schließlich zu Tom.

„Ihr müsst den Stein zurückholen, damit er wieder in Sicherheit ist. Der Vatikan und ich würden für immer in eurer Schuld stehen."

„Dürfte ich dann die Bibliothek näher erforschen?", platzte es aus Hellen heraus und sofort war ihr klar, wie fehl am Platz dieser Einwurf gewesen war. Auch Cloutard schien sichtlich begeistert, als der Papst ihnen die volle Unterstützung und alle Ressourcen des Heiligen Stuhls versprach. Lediglich Noah sah Tom zweifelnd an und Tom bestätigte diese Bedenken.

„Aber wir wissen nicht, wo wir suchen müssen", sagte Tom und sah den Rest seines Teams an. „Wir sind zufällig in die Sache reingestolpert und haben keinerlei Anhaltspunkte, wo der Stein sein könnte."

„Vielleicht können wir dabei helfen." Schwester Lucrezia war soeben wieder in die Gemächer des Papstes getreten und hatte die anderen Schwestern im Schlepptau.

Der Papst sah die Nonnen vorwurfsvoll an: „Habt ihr etwa schon wieder an der Tür gelauscht?"

Schwester Lucrezia wurde ein wenig verlegen, fasste sich aber schnell wieder. „Ich hoffe, Eure Heiligkeit, ihr möget mir meine Schwäche verzeihen, aber es gibt da jemanden, der vielleicht mehr über den Verbleib des Steins wissen könnte."

## 36

AUF DEM PETERSPLATZ, ROM

Farid war die letzten Stunden unzählige Male den Petersplatz auf und abgegangen. Vor ein paar Minuten hatte er mit seiner Frau Armeen telefoniert. Sie klang verzweifelter denn je. Der Zustand von Shamira hatte sich verschlimmert und die Ärzte gaben ihr nur mehr ein paar Tage, wenn nicht so schnell wie möglich operiert werden würde. Eine Operation, für die das Geld fehlte. Farids Augen hatten sich mit Tränen gefüllt, als er seine Frau angelogen hatte.

„Mach dir keine Sorgen. Ich habe in Kürze das Geld zusammen, das wir brauchen. Alles wird gut. Shamira wird bald wieder gesund sein."

Armeen wusste, dass Farid log. Aber sie wusste, dass er sein Bestes gab, daher sagte sie nichts weiter dazu. Farids Hände zitterten, als er auflegte. Seine Verzweiflung stieg. Seine Wut ebenso. Er musste das Geld von Cloutard besorgen. Koste es, was es wolle. Farid war auch schon gespannt, welchen Gefallen der Waliser für seine Unterstützung bei der Verfolgung von Cloutard einfordern würde. Umsonst war in diesen Kreisen nichts. Davon hatte er Armeen noch nichts erzählt, und er würde sich auch hüten das zu tun. Ungeduldig blickte er auf seine Uhr.

„Wo ist dieser verdammte Franzose?", sagte er halblaut und sah sich sofort um, ob ihn jemand gehört hatte. Er stand aber weit genug von den anderen Touristengruppen entfernt, als dass sie ihn hätten hören können. Sein Blick wanderte fahrig über den großen Platz und da sah er sie. Er stand zwar Hunderte Meter entfernt, aber die Gruppe war unverkennbar. Der Rollstuhlfahrer, ein Mann, eine Frau und Cloutard. Drei Nonnen hatten sich auch noch zu der Gruppe gesellt. Sie blieben vor dem *Arco delle campagne* stehen und unterhielten sich. Farid hatte sich abgewendet, um nicht erkannt zu werden, sah aber immer wieder über seine Schulter. Die Gruppe trennte sich. Die Nonnen und der Rollstuhlfahrer steuerten in seine Richtung, der Mann und die Frau bogen in die Via delle Fornacci ein und Cloutard blieb ein wenig verloren alleine stehen. Das war seine Chance. Er griff in seine Jackentasche und fühlte die Pistole. Seine Hände zitterten noch immer, sein Mund war trocken. Er hatte Waffen immer verabscheut. Er wollte nie einer dieser Menschen werden, die ihre Ziele mit Gewalt erreichten. Sein Herz pochte, aber er war entschlossen, wie noch nie in seinem Leben. Es ging um Shamira. Er folgte Cloutard, der in Richtung Via della Stazione Vatticana schlenderte.

# 37

EINE SUITE IM ST. REGIS HOTEL, WASHINGTON D.C.

Ossana Ibori hatte selten Zeit für sich selbst. Sie legte auch keinen sonderlichen Wert darauf. In ihrem Leben regierte Gefahr, Action, Aufregung und Adrenalin. Sie konnte diese Menschen nicht verstehen, die Zeit zum Entspannen brauchten, die Ausgleich suchten, die mal Abschalten wollten. Sie liebte ihr Leben am Limit, sie liebte es, sich jeden Tag aufs Neue zu beweisen. Und ja, sie liebte es auch, die Macht über Leben und Tod zu haben. Sie glaubte fest an das Naturgesetz des Stärkeren. Fressen oder gefressen werden. Und sie hatte nicht vor, gefressen zu werden.

Daher waren Situationen wie diese selten. Sie lag in der riesigen Badewanne ihrer Suite, trank Champagner und hörte Musik. Georg Philipp Telemanns *Tafelmusik*. Sie wusste selbst nicht, wie sie darauf gekommen war, aber sie erinnerte sich mit einem Mal an dieses Stück, das Jacquinto Guerra immer gehört hatte. Um ihm war es schade. Er war ein guter Soldat gewesen. Er hatte wacker für ihre Sache gekämpft und hätte ihren damaligen gemeinsamen Plan in Barcelona fast zum Erfolg geführt. Wenn nicht dieser Tom Wagner dazwischen gepfuscht hätte. Eigentlich kannte Ossana so banale Gefühle wie Rache nicht. Aber irgendwann würde Tom Wagner für den Tod von Guerra bezahlen müssen. Vielleicht schon bald. Denn dieses Mal hatte sie selbst die Planung in die Hand genommen und ihr Plan war verteufelt gut. Sie wusste, dass Wagner niemals mit dem rechnete, was noch auf ihn zukommen würde. Sie lächelte, schloss die Augen, legte den Kopf in den Nacken, atmete die ätherischen Öle des Badesalzes ein und verstand zum ersten Mal, warum Guerra diese Musik so geliebt hatte. Das Brummen ihres Mobiltelefons zerriss die Ruhe. Sie sah verärgert auf das Display. In Sekundenbruchteilen hellte sich ihre Miene auf.

„Isaac", rief Ossana.

Einen Augenblick später trat ein nackter Mann in das Badezimmer und sah sie lächelnd an.

„Willst du wirklich nochmal? Du kannst tatsächlich nicht genug bekommen."

„Halt die Klappe!"

Ossana hielt ihm ihr Handy unter die Nase. Er las die Nachricht, die sie soeben erhalten hatte.

„Du buchst dir sofort einen Flug. Ich kümmere mich um den Rest. Alle Details zu deinem Auftrag bekommst du später."

Isaac Hagen nickte. Ein paar Minuten später kam er wieder ins Bad.

„Mein Flieger geht erst in zwei Stunden."

Ossana grinste hämisch. „Dann haben wir ja doch noch Zeit für einen Durchgang."

## 38

1904, EPHESOS, GRIECHENLAND

Louis de Mey war begeistert. Er hatte es geschafft und war Teil des Ausgrabungsteams des Österreichischen Archäologischen Instituts in Ephesos geworden. Auch wenn er nur ein einfacher Grabhelfer war und vermutlich niemals etwas wirklich Wertvolles finden würde. Er konnte hautnah miterleben, wie antike Geschichte wieder erweckt wurde. Erst vor ein paar Jahren hatte der britische Archäologe John Turtle Wood den Artemistempel in Ephesos entdeckt und seitdem waren hier die ersten Reste der Stadt ausgegraben worden. Die Österreicher arbeiteten seit einigen Jahren hier und sollten nun weitere Teile der Stadt, wie öffentliche Gebäude und Wohnhäuser ausgraben. Und Louis war mit dabei. Er hatte gestern seine Werkzeuge bekommen und bereits Freunde unter den Arbeitern gewonnen. Morgen ging es für ihn in aller Frühe los. Louis war so aufgeregt, dass er nicht schlafen konnte. Vielleicht waren auch die anderen Arbeiter daran schuld. Fast alle in seinem Schlafzelt schnarchten vor sich hin, dass sie Tote aufweckten. An Schlafen war so für Louis ohnehin nicht zu denken.

So spazierte er durch die Ausgrabungsstätte. Der Mond beleuchtete die Szenerie und tauchte die staubigen Hügel, Steinbrocken und Gruben in ein milchig, fast romantisch wirkendes Licht. Louis fühlte sich am Ziel seiner Träume. Schon als Kind hatten ihn die alten Griechen fasziniert und jetzt durfte er hautnah dabei sein. Er wanderte ziellos durch das Lager, als er plötzlich Stimmen vernahm. In dem größten Zelt brannte noch Licht. Vermutlich die Unterkunft der Ausgrabungsleitung. Louis wollte eigentlich nicht lauschen, aber dann war seine Neugierde größer. Er schlich sich an das Zelt heran, kauerte sich nahe an eine der Zeltwände und horchte.

„Kann das wirklich möglich sein? Es erscheint mir sehr unrealistisch", hörte Louis eine Stimme sagen.

„Natürlich ist das sehr schwer zu glauben, Herr Kollege, aber lassen Sie uns die Vorkommnisse zusammenfassen: Arsinoe wurde von ihrer Schwester Kleopatra ins Exil geschickt und floh nach Ephesos. Vielleicht haben wir im Oktogon tatsächlich ihr Grab gefunden", antwortete eine andere Stimme.

„Und ihr Eunuch Ganymedes hat Cäsar im alexandrinischen Krieg gehörig Probleme gemacht. Es könnte durchaus sein, dass Ganymedes Teile der Bibliothek in Sicherheit gebracht hat und diese dann mit Arsinoe den Weg nach Ephesos gefunden hat", ergänzte eine dritte Stimme.

„Können Sie sich vorstellen, was das bedeutet? Können Sie sich vorstellen, was passiert, wenn wir seiner kaiserlichen Hoheit Franz Joseph mitteilen, dass wir die Bibliothek von Alexandria gefunden haben? Weitab von Ägypten, mitten in Griechenland?"

Louis riss die Augen auf und hätte fast vor Begeisterung aufgeschrien, konnte sich aber gerade noch zusammenreißen. Er hielt sich selbst den Mund zu und lauschte weiter.

„Ja, das wäre zweifelsohne eine Sensation. Wir müssen nur absolut sicher sein, bevor wir mit dieser Nachricht an die Öffentlichkeit gehen."

„Da haben Sie absolut recht, Herr Kollege. Was schlagen Sie also vor?"

„Am besten wird sein, wenn die ganze Sache unter uns bleibt. Wir legen Nachtschichten ein, holen selbst die Dokumente aus der Fundstelle, verpacken sie in unscheinbare Kisten und verfrachten sie so schnell wie möglich nach Österreich. Dort analysieren wir alles in Ruhe und dann sehen wir weiter."

Louis de Mey traute seinen Ohren nicht. Wurden hier wirklich Dokumente aus der Bibliothek von Alexandria gefunden? Er musste mehr wissen. Die Ausgrabung hier, war für ihn mit einem Mal völlig uninteressant geworden. Er musste nach Wien und mehr über diesen Fund erfahren. Auch wenn er noch nicht wusste, wie er das anstellen würde.

## 39

IN DER NÄHE DES PETERSPLATZES, ROM

„Hellen, gib mir bitte eine Minute Zeit, um dir zu erklären, was in Kairo geschehen ist."

Nachdem sie den Vatikan verlassen hatten, konnte Tom Hellen überreden, unter vier Augen miteinander zu sprechen.

Hellen sah Tom auf eine Art und Weise an, die er nicht in Worte fassen konnte. Ablehnung gepaart mit Enttäuschung war in ihr Gesicht geschrieben. Sie seufzte. Hellen hatte von Tom schon so oft Erklärungen gehört, dass sie seiner Rechtfertigungen langsam überdrüssig geworden war.

„Ich weiß zwar nicht, was das ändern soll, aber bitte. Erkläre mir, warum du meinen Freund umgebracht hast. Erkläre mir, warum du wieder einmal ein Problem mit der Waffe gelöst hast und nicht wie ein zivilisierter Mensch."

Hellens Stimme war eisig. Der heiße Wind, der durch die Gassen von Rom fegte, änderte daran nichts, dass zwischen Tom und Hellen eine Art von Eiszeit herrschte, wie noch nie zuvor. Nicht mal als sie ihm nach der Habsburger Affäre in Wien gebeichtet hatte, dass sie einen Job bei der UNESCO annehmen würde und ihrer gemeinsamen Beziehung dadurch wenig Zukunft gab, waren sie so distanziert miteinander umgegangen wie jetzt. Tom beschloss, auf Hellens zynische Bemerkung nicht näher einzugehen. Er konnte dabei nur verlieren. Zum ersten Mal schaffte er es, im Umgang mit Hellen einen klaren Kopf zu bewahren und nicht Hals über Kopf in den Streit mit einzustimmen. Stattdessen konzentrierte er sich auf die Fakten.

„Wir durchsuchten das Museum nach dem Raum, in dem die Amphoren untergebracht waren. Wir wussten natürlich nicht, dass du oder dein Freund da waren."

Er wusste, dass er nicht die ganze Wahrheit sagte. Denn Cloutard und er hatten sie beim Betreten des Museums beobachtet. Tom ließ dieses Detail aber sicherheitshalber fürs Erste unter den Tisch fallen.

„Und ...?", fragte Hellen genervt. Sie hatte die Augen von Tom abgewandt und sah geistesabwesend in die Schaukästen des Teatro Ghione. Sie konnte und wollte Tom einfach nicht in die Augen sehen.

„Wir kamen um eine Ecke und liefen diesem Mann, also Arno, buchstäblich in die Arme. Er hatte eine Waffe und schoss auf uns. Cloutard hatte mich gerade noch aus der

Schusslinie gebracht. Als wir uns dann beide mit gezogenen Waffen gegenüber standen, hörte er nicht auf meine Warnungen. Dann habe ich abgedrückt, bevor er es ein zweites Mal tat."

Hellen blieb urplötzlich stehen. Zum ersten Mal seit dem Tod von Arno war ihr eines klar geworden. Sie hatte sich bis jetzt noch gar nicht gefragt, woher Arno die Waffe hatte. Alles war so schnell gegangen, die Gefühle und Ereignisse überschlugen sich, Noahs Befreiung und die Sache mit der Bibliothek und die Erinnerungen an ihren Vater.

„Arno hat als Erster geschossen?"

„Das versuche ich dir die ganze Zeit zu erklären."

Tom wäre jetzt noch mehr auf der Zunge gelegen. Das für die beiden übliche *Du hörst mir ja nie zu* zum Beispiel. Aber er biss sich auf die Lippen und verkniff es sich. Er wusste genau, wie sie aussah, wenn sie nachdachte. Und jetzt gerade schoben ihre kleinen grauen Zellen definitiv eine Sonderschicht.

„Das ist mir gerade alles zu viel. Ich muss darüber nachdenken. Lass uns das Thema vorerst auf Eis legen."

Tom war verblüfft. „Das war ja einfach", wollte er gerade sagen, als Hellens Zeigefinger nach oben schnellte. „Das heißt jetzt aber nicht, dass die Sache erledigt ist", blaffte sie ihn an. „Ich habe diesen Mann geliebt. Aber offenbar gibt es da noch ein paar Fragen, die zu beantworten sind."

Toms Handy piepste. Er blickte auf das Display und hob erstaunt die Augenbrauen.

„Lass mich raten", sagte Hellen. „Noah hat uns bereits einen Flug nach Salzburg organisiert."

„Ja und Nein. Der Papst stellt uns einen Privatjet des Vatikans zur Verfügung."

## 40

IN DER NÄHE DES VATIKANS, ROM

Cloutard war an der Mauer des Vatikans die Via della Stazione Vaticana entlang gewandert. Er liebte die Ewige Stadt. Früher hatten ihn seine Geschäfte des Öfteren hierher geführt und er hatte auch das eine oder andere Mal einen sehr lukrativen Deal mit dem Vatikan selbst ausgehandelt. Er lächelte bitter, als er an die Zeit zurückdachte. Aber nach der Durststrecke der letzten Monate bekam er jetzt wieder Oberwasser. Es musste schon mit dem Teufel zugehen, wenn aus dieser Situation nicht auch etwas zu seinem Vorteil herausspringen würde.

„Vous n'êtes pas un idiot, bon sang!", murmelte er und hielt plötzlich inne. Er war erst ein paar Schritte die Treppe, die nach der Sackgasse zur Via Aurelia führte hinuntergegangen, als er hinter sich Schritte hörte, und Sekunden später spürte er den Lauf einer Pistole im Nacken.

„François, die Uhr tickt. Du hast seit 48 Stunden nichts von dir hören lassen. Ich habe keine Lust, noch länger auf mein Geld zu warten."

Farid war von sich selbst überrascht. Er klang echt sauer und bedrohlich. Er ging um Cloutard herum, damit sie sich von Angesicht zu Angesicht gegenüberstanden. Die Waffe weiter auf Cloutards Kopf gerichtet.

„Farid, ich brauche ein bisschen mehr Zeit. Dafür wird es sich dann wirklich für dich lohnen", versuchte Cloutard ihn zu beschwichtigen.

„Wir ... ich habe keine paar Tage mehr", brüllte Farid plötzlich völlig unbeherrscht los. In der engen Gasse hallte seine Stimme bedrohlich wider.

„Wir?", fragte Cloutard erstaunt. „Was meinst du mit wir?"

„Es geht nicht um mich. Meine Tochter ist todkrank und wir brauchen das Geld für die OP. Aber das geht dich alles nichts an. Du warst gerade im Vatikan. Ich will wissen, was du dort getrieben hast. Ich hoffe, es bringt genug Geld ein. Ich will mein Geld haben, nicht irgendwann, nicht in ein paar Tagen, sondern wie vereinbart, morgen. Morgen!"

Farid trat an Cloutard heran und drückte ihm die Waffe ans Kinn.

„Calme-toi, ich erzähle dir alles", sagte Cloutard atemlos. Farid machte wieder einen Schritt zurück. Er behielt Cloutard dennoch im Visier. Eine alte Frau, die mit ihren Enkelkindern unterwegs war und lautstark mit ihnen auf italienisch schimpfte, ging ebenfalls die Treppe nach unten. Die Frau sah die beiden Männer und die Pistole und ging vorbei, als ob es das Selbstverständlichste auf der Welt wäre. Die beiden Kinder begannen darauf mit ihren Fingern Pistolen zu imitieren, peng, peng zu rufen und spielerisch aufeinander zu schießen, während sie die Treppe nach unten liefen. Sekunden später waren sie wieder alleine. Farid und Cloutard starrten sich noch immer an.

„Vermutlich wirst du mir kein Wort von dem glauben, was ich dir jetzt erzähle", sagte Cloutard.

„Lass doch einfach mal hören", erwiderte Farid.

Cloutard richtete sich auf, rückte seinen Hut zurecht, atmete ein und versuchte so seriös wie möglich zu klingen.

„Wir waren beim Papst, weil im Vatikan die Bibliothek von Alexandria versteckt ist. Ein Teil dieser Bibliothek ist der Stein der Weisen, das Ding, das aus allem Gold machen kann. Von diesem Stein fehlt aber ein Stück und wir haben jetzt vom Papst den Auftrag bekommen, den Rest wiederzubeschaffen."

Cloutard räusperte sich verlegen und sah Farid an, der keine Miene verzog.

„Ach so, wenn es weiter nichts ist. Warum hast du das denn nicht gleich gesagt?", antwortete Farid seelenruhig.

Cloutard verzog erstaunt das Gesicht. Eine Sekunde später war Farid auf ihn zu gesprungen und drückte die Pistole noch fester zwischen Cloutards Augen.

„Willst du mich verscheißern, du dummer Froschfresser? Hältst du mich wirklich für so dumm, dass ich dir diese Geschichte abkaufe?"

Cloutard riss die Hände nach oben. Blankes Entsetzen war in sein Gesicht geschrieben, als er Farid anschrie: „Warte, warte. Ich kann es beweisen."

Farid schien unbeeindruckt. Der Lauf seiner Pistole bohrte sich noch immer in Cloutards Stirn.

„Da bin ich aber sehr neugierig, wie du das anstellen willst." Farids Stimme war nun unbarmherzig geworden.

„In meiner linken Jacketttasche ist mein Handy. Nimm es raus."

Farid zog Cloutards Handy aus der Tasche und reichte es ihm. „Und was ist der Beweis?"

„Ich wusste, dass mir niemand diese Geschichte glauben wird. Denn niemand glaubt an diesen Hokuspokus. Der Papst aber offensichtlich schon."

Cloutard durchsuchte sein Mobiltelefon und fand die Videodatei.

„Sieh dir das Video an. Ich habe es vor ein paar Minuten in den Gemächern des Papstes aufgenommen. Ich verspreche dir, dass du deinen Anteil bekommen wirst. Und zwar in einer Höhe, von der du niemals zu träumen gewagt hast."

Cloutard drückte auf *Play* und hielt Farid das Mobiltelefon unter die Nase. Dieser sah sich das Video an und wurde noch wütender.

„Man kann ja kaum was erkennen. Glaubst du wirklich, dass mich das überzeugt? Die katholische Kirche hat in ihrer ganzen Geschichte nur gelogen, betrogen und gemordet." Farid schäumte vor Wut.

„Ich gebe dir einen Tag mehr Zeit. Wenn du nicht in aller spätestens 48 Stunden mein Geld hast, bist du ein toter Mann. Unterschätze mich nicht."

## 41

BENEDIKTINERINNENABTEI NONNBERG, SALZBURG, ÖSTERREICH

Das Kloster Nonnberg war das heute weltweit älteste christliche Frauenkloster mit ununterbrochener Tradition und gab auch den Festungsberg seinen Namen. Der Nonnberg war ein, dem Festungsberg in nordöstlicher Richtung vorgelagerter, kleiner Stadtberg im Bereich des historischen Zentrums der Stadt Salzburg.

„Die Gesamtanlage des Stifts Nonnberg mit allen Ummauerungen und archäologischen Funden steht unter Denkmalschutz und gehört zum UNESCO-Welterbe, wie das gesamte historische Zentrum der Stadt Salzburg", sagte Hellen, als sie den geschwungenen Weg nach oben gingen.

Die vier Nonnen gingen voran. Im Gänsemarsch schritten sie den Berg empor. Die Mutter Oberin Schwester Lucrezia als erste und dann folgten, wie Orgelpfeifen der Größe nach geordnet Schwester Alfonsina, Renata und Bartolomea. Wie immer waren die vier lustig anzusehen. Schwester Alfonsina überragte die beiden anderen mit ihren 1 Meter 90 merklich. Schwester Bartolomea maß nicht mehr als 1 Meter 50 und Renata war irgendwo dazwischen.

„Das Kloster beherbergt eine bedeutende Sammlung mittelalterlicher Handschriften, gotischer Figuren und Malerei. Spannend sind vor allem die spätgotischen Flügelaltäre", erzählte die Mutter Oberin.

„Das Elfenbeinpastorale, ein Krummstock der Äbtissin von 1242 ist auch äußerst wertvoll", ergänzte Hellen.

„Dann sind wir ja froh, dass François nicht mitgekommen ist. Der hätte das Ding vermutlich gut gebrauchen können", scherzte Tom.

Die vier Nonnen sahen Tom entsetzt an und nickten dann wissend. Obwohl die vier im letzten Abenteuer, das sie mit Tom erlebt hatten, bereits intensiv mit Terror und Gewalt in Berührung gekommen waren, war Diebstahl oder gar Mord für sie noch immer eine absonderliche Vorstellung.

„Lassen wir diese Themen jetzt, Signore Tom", sagte Lucrezia streng. „Wir befinden uns innerhalb heiliger Mauern."

„Und wie finden wir diese Schwester, die uns weiterhelfen soll?", fragte Tom ratlos, als sie an einer Gruppe von rund zehn Nonnen vorbeigingen.

Schwester Lucrezia schwieg. Man merkte, dass es etwas gab, über das sie nicht sprechen wollte. Die drei anderen Nonnen begannen zu tuscheln. Tom blieb stehen und sah Lucrezia an.

„Gibt's ein Problem?"

Schwester Lucrezia schwieg weiterhin, aber Alfonsina, die Größte der Schwestern, fasste sich ein Herz.

„Die Äbtissin Schwester Agnes ist nicht sonderlich gut auf Schwester Lucrezia zu sprechen."

Lucrezia verzog das Gesicht. Tom sah Hellen verwundert an und sie zuckte mit den Achseln. Zögerlich begann Lucrezia zu sprechen.

„Schwester Agnes ist die schlechteste Köchin der Welt."

Tom musste sich zusammenreißen, um nicht laut loszulachen.

„Wie bitte?", presste er heraus.

„Vor vielen Jahren haben wir gemeinsam in der Küche gearbeitet. Und da gab es das eine oder andere Mal ein paar Auffassungsunterschiede."

Bartolomea konnte sich nicht zusammenreißen.

„Auffassungsunterschiede? Ihr beide habt euch mit Töpfen voll mit Spaghetti beworfen."

Tom und Hellen mussten nun endgültig lachen. Die drei Nonnen stimmten ein und dann zeichnete sich sogar auf Schwester Lucrezias Gesicht ein Lächeln ab.

„Vielleicht hat sie es ja vergessen", sagte sie kleinlaut, aber keiner wollte ihr das glauben.

„Noch etwas", sagte Tom. „Damit ich da jetzt alles richtig verstanden habe. Wie genau, kann uns diese Schwester Simonetta weiter helfen?"

„Simonetta arbeitete jahrzehntelang für die verschiedenen Archivare des Vatikans. Sie war, glaube ich gerade mal 18 geworden, als sie im Vatikan zu dienen begann. Und sie ist unter uns Ordensfrauen für eines bekannt: Sie wusste immer alles, was in der heiligen Stadt vor sich ging."

„Ganz einfach gesagt, sie ist eine riesengroße Tratschtante." Damit sprach Renata aus, was die anderen dachten.

„Sie hat uns früher immer viele Geschichten erzählt, welche Schätze in den Geheimarchiven lagern und so weiter. Woher sie das alles wusste, war uns immer ein Rätsel. Sie muss den Archivaren immer sehr nahegestanden haben", sagte Alfonsina mit unschuldigem Gesicht.

Tom grinste schief und hob ein paar Mal die Augenbrauen. „Wie nahe denn?", fragte er und erntete von Schwester Lucrezia einen bösen Blick, während ihm Hellen in die Seite stieß. Das Gespräch wurde unterbrochen, als eine Nonne auf die Gruppe zukam. Es wurden ein paar Höflichkeitsfloskeln ausgetauscht und dann machten sie sich auf den Weg zur Äbtissin. Die Tür zum kleinen Büro von Schwester Agnes wurde geöffnet und das anfängliche Lächeln der Äbtissin gefror zu Eis, als sie Lucrezia sah.

„Wir sind im Auftrag des Heiligen Vaters hier", sagte Schwester Lucrezia, schritt auf die Äbtissin zu und übergab ihr das Schreiben des Papstes.

Schwester Agnes bekreuzigte sich, als sie das Siegel des Heiligen Stuhls sah und begann zu lesen. Während sie las, blickte sie immer wieder auf und warf Lucrezia vorwurfsvolle Blicke zu.

„Eigentlich ist das höchst unüblich", sagte sie streng.

„Unsere Abtei ist nicht öffentlich zugänglich und schon gar nicht kann man bei uns einfach reinspazieren und unsere Ordensschwestern befragen. Besonders wenn es sich um so jemand Besonderen wie Schwester Simonetta handelt. Sie steht kurz vor ihrem 99. Geburtstag und muss sich stets schonen und von jeder Art von Aufregung ferngehalten werden. Ihr Herz ist sehr schwach. Außerdem war heute schon jemand aus dem Vatikan bei ihr."

Toms Augen verengten sich. Hellen und die Nonnen sahen sich verwundert an.

„Wer?", fragte Tom.

„Nachdem uns heute Morgen ein Anruf aus dem Vatikan erreicht hat, dass ein gewisser Tom Wagner im Auftrag des Papstes kommen würde, haben wir ihn gleich zu Schwester Simonetta gebracht."

„Ich bin Tom Wagner", sagte Tom. Die Nonnen nickten geflissentlich.

Die Äbtissin sah Tom verwirrt an.

„Aber wer ist dann gerade in der Johanneskappelle bei Schwester Simonetta?"

## 42

FLUGHAFEN WOLFGANG AMADEUS MOZART, SALZBURG

„Très bien!"

Cloutard schwenkte und besah sich das goldbraune Getränk in seinem edlen Glas.

„Es ist zwar kein Louis XIII, aber gar nicht schlecht. Diese Kirchenoberhäupter wissen wie man lebt."

Er fühlte sich an sein altes Leben erinnert, als er noch in seinem noblen Privatjet um die Welt reiste. Ledersessel so groß wie eine Couch. Eine Minibar, die gar nicht so *mini* war und mit dem Besten und Feinsten ausgestattet war. Er trank noch einen weiteren Schluck und wandte sich an Noah.

„Du bist so ein Snob." Noah lächelte ihn an.

„Kann ich dir wirklich kein Glas einschenken?"

„Nein Danke, ich brauche einen klaren Kopf."

„Komm schon, lass ein bisschen locker. Du hast gerade eine Entführung überlebt und erfahren, dass uralte, absurde Mythen, die keiner glaubt, wirklich wahr sind. Tom und Hellen sind sicher ein paar Stunden weg. Für Sightseeing in Salzburg ist zu wenig Zeit, aber sicher nicht zu wenig, um alle viere von sich zu strecken und ein wenig zu entspannen."

Cloutard schenkte sich nach, füllte ein weiteres Glas und reichte es Noah. „Hier, keine Widerrede." Noah nahm es zögernd an.

„Auf uns und auf den Erfolg unserer göttlichen Mission." Er hob das Glas und forderte Noah auf, mit ihm anzustoßen.

„Wie ist das eigentlich so, wenn man seine ganze Macht über Nacht verliert?", fragte Noah ein wenig zu direkt.

Etwas verwundert über den Ton, den Noah an den Tag legte, antwortete Cloutard: „Zugegeben, es war nicht einfach, aber ich komme zurecht. Ich hab immer noch das Anwesen meines Vaters in der Toskana. Meine Stiefmutter lebt dort und ja, ich habe zwar keine Millionen mehr und noch weniger Macht, dafür bin ich wesentlich entspannter als früher und schlafe viel besser", log Cloutard, lächelte kurz und trank einen weiteren Schluck.

„Wie ist es dir so ergangen, nachdem wir uns das letzte Mal gesehen haben?"

„Als Tom die Cobra verlassen hatte, bin ich zurück zum Mossad, nur dort haben sie mich nicht ganz so mit offenen Armen willkommen geheißen, wie ich mir das erhofft habe. In meiner Situation", er deutete auf seinen Rollstuhl und seine Bitterkeit kam für einen Bruchteil einer Sekunde zum Vorschein, „war es nicht ganz so einfach wie in Wien und ein paar Monate später bekam ich ein Angebot, das ich nicht ablehnen konnte. Ich wurde von ...", Noah stockte, als Cloutards Telefon klingelte.

„Entschuldige mich für einen Moment."

Cloutard wurde sehr ernst, als er auf das Display blickte. Er stand auf, verließ das Flugzeug und nahm erst im Freien das Gespräch entgegen. Noah sah aus dem Fenster des Luxusjets und sah, wie Cloutard vor dem Flugzeug auf und ab tigerte. Etwas stimmte nicht.

„Was willst du schon wieder? Ich dachte, ich hätte 48 Stunden", zischte Cloutard in sein Telefon.

„Ja, hast du auch. Ich wollte dich nur daran erinnern, wie ernst mir die Sache ist. Aus diesem Grund habe ich mir einen weiteren Anreiz für dich überlegt. Es soll nicht nur für meine Tochter um Leben und Tod gehen. Ich melde mich wieder". Und die Leitung war tot. Cloutard starrte verstört auf sein Telefon. Noah beobachtete ihn durch das Flugzeugfenster. „Was ist nur mit Cloutard los?", fragte er sich.

## 43

BENEDIKTINERINNENABTEI NONNBERG, SALZBURG

Tom rannte nach draußen. Er betrat die Johanneskapelle und da sah er ihn: Hagen hielt den Hals der alten Nonne umklammert und ließ von ihr ab, als er Tom sah. Eine Sekunde später hielt er eine Pistole in der Hand und feuerte den ersten Schuss in Toms Richtung ab. Tom warf sich hinter eine Kirchenbank in Deckung. Hagen nutzte diesen kurzen Augenblick und spurtete auf der Stelle los. Er verließ die Kapelle und rannte zum westlichen Ausgang des Innenhofes.

Tom zögerte keine Sekunde und folgte ihm. Hagen schlug einen Haken nach links und rannte die kleine Gasse bergab. Tom erkannte sein Ziel sofort und schnaubte. Wenn ihm nicht schnell etwas einfiel, würde ihm Hagen durch die Lappen gehen. Denn der steuerte zielsicher auf ein Motorrad zu, das er in der schmalen Gasse nahe der Klostermauer abgestellt hatte. Hagen schwang sich auf das Motorrad, eine schwarze MV Agusta Brutale 800, und Tom legte noch einen Zahn zu. Vielleicht konnte er ihn erreichen, bevor er den Motor gestartet hatte. Hagen drückte auf den Startknopf, die Maschine sprang an, er legte den Gang ein und gab Gas. Tom war nur mehr zwei Meter von Hagen entfernt, schaffte es aber nicht zeitgerecht, ihn zu packen.

Mit qualmenden Reifen beschleunigte Hagen und fuhr die Nonngasse auf der südlichen Seite des Klosters nach unten. Tom hatte nicht vor, so schnell aufzugeben. Gerade kam ein Auto nach oben gefahren. Die Gasse war so schmal, dass selbst Hagen auf seinem Motorrad bremsen musste, um sich an diesem Auto vorbeizuschlängeln. Tom holte auf, seine Lungen und Oberschenkel brannten und er merkte, dass er ein wenig außer Training war. *Verdammt, die Schinderei bei der Cobra hatte doch seinen Sinn gehabt*, dachte er, als er Hagen wieder näher gekommen war. Doch dieser war fast am Auto vorbei und würde in Kürze wieder beschleunigen können.

Als ein weiteres Fahrzeug auftauchte, lächelte Tom. Er hatte plötzlich wieder eine echte Chance, Hagen zu schnappen. Denn Hagen fuhr gerade an einem anderen Motorrad vorbei, das auf Tom zukam. Sie hatten es bei der Cobra Hunderte Male geübt: Wie man einen Mann von einem Motorrad holte, ohne sich selbst oder den Fahrer zu verletzen. Tom stellte sich dem Fahrer in den Weg, der bremste, Tom sprang auf die Seite, ergriff den Lenker und schubste den überraschten Mann vom Sattel. Dieser fiel und fluchte, war aber unversehrt. Tom schwang sich auf das Motorrad, gab Vollgas und drehte die gebremste Maschine im Stand mit durchdrehendem Hinterrad um 180 Grad herum. Als er die Bremse losließ, bekam der Reifen Grip und das Motorrad machte mit erhobenen Vorderrad einen Satz nach vorne. Er war wieder im Spiel und nahm die Verfolgung auf. Tom erinnerte sich kurz daran, dass er diesem Mann vor Jahren in Amsterdam schon einmal auf den Fersen gewesen war. Dieses Mal musste es besser laufen.

## 44

BÜRO DES KARDINALPRÄFEKTEN DER KONGREGATION FÜR
DIE GLAUBENSLEHRE, VATIKAN

Er wusste seit vielen Jahren, wie weit der Arm der CIA reichen konnte. Bei jedem der vielen Aufträge, die er in den letzten Jahrzehnten bekommen hatte, wurde ihm das immer klarer. Aber, dass ihr Einfluss bis in den Vatikan reichte und auch dort einige CIA-Männer saßen, verblüffte sogar ihn. Kardinal Edmondo Baresi, streitbarer Jesuit und Kardinalpräfekt der Kongregation für die Glaubenslehre war einer von ihnen. Als der Amerikaner das erfahren hatte, musste er lachen. Die Kongregation für die Glaubenslehre war die Nachfolgeorganisation der Heiligen Inquisition. Also genau dieser Organisation in der katholischen Kirche, die Hexen hatte verbrennen lassen sowie Ketzer und Verräter des Glaubens auf den Scheiterhaufen gebracht hatte. Und heute war der Chef dieser Organisation ein CIA-Agent.

Eine wahre Fügung Gottes, dachte er bei sich, während er darauf wartete, zum Kardinal vorgelassen zu werden.

„Der Kardinal kann Sie jetzt empfangen", sagte die Nonne im schüchternen Flüsterton. Baresi erwartete ihn bereits an der Schwelle und schloss hastig die Tür.

„Was um alles in der Welt ist passiert, dass man direkt mit mir Kontakt aufnimmt?" Kardinal Baresi wirkte außer sich. „Ich bin jetzt seit fast 40 Jahren für die Agency tätig, aber es kam noch nie zu so einem offensichtlichen Kontakt."

„Es geht um den Stein", schnitt der Amerikaner dem Kardinal barsch das Wort ab.

Baresi sah ihn entgeistert an. „Um DEN Stein?"

„Richtig. Um DEN Stein. Er ist in Gefahr. Eine uns weitgehend unbekannte Terrororganisation ist auf der Jagd nach dem Stein und scheint nicht erfolglos zu sein."

„Was für eine Terrororganisation? Ich dachte, ihr hättet ISIS & Co im Griff."

„Es sind keine Islamisten. Sie nennen sich *Absolute Freedom*. Wir wissen wenig, aber es ist klar, dass die Organisation vom Westen aus geleitet wird. Erinnern Sie sich an letztes Jahr? Die verschwundene Dornenkrone? Die heilige Lanze? Die brennende Notre-Dame? Das geht alles auf deren Konto. Aber wir sollten keine Zeit verlieren. Ich habe den Auftrag des Präsidenten, den Stein in Sicherheit zu bringen."

„Er liegt in den geheimen Archiven. Sicherer als dort ist er nirgendwo auf der Welt. Es ist völlig undenkbar, dass wir den Stein von hier fortbringen lassen. Das wird seine Heiligkeit niemals erlauben."

„Seine Heiligkeit muss auch nichts davon erfahren. Ich sage Ihnen jetzt, wie das hier läuft. Sie bringen mich auf schnellstem Wege in das Archiv. Ich nehme den Stein in Gewahrsam und bringe ihn in die Staaten. Wie Sie wissen, haben wir dort Örtlichkeiten, wo wir solcherlei Dinge aufbewahren. Wäre nicht das erste Mal."

Der Amerikaner sah dem Kardinal in die Augen. Er ließ keinerlei Zweifel daran, wie ernst es ihm war. Der hagere Mann, der ohnehin ausgemergelt und kränklich aussah, erblasste nun noch mehr.

„Das ist völlig unmöglich. Ich wüsste nicht, wie ich das anstellen soll."

Seine Stimme bebte vor Entrüstung. Der Amerikaner schlug mit der flachen Hand auf den Tisch. Der Kardinal erschrak und fuhr von seinem Stuhl hoch.

„Dann wäre es angebracht, dass Sie sich schnell einfallen lassen, wie Sie das anstellen. Ich glaube nicht, dass ich Eure Eminenz darauf hinweisen muss, was die Agency alles über Sie in der Hand hat. Und die beiden Affären und die daraus entstandenen Kinder, sind Ihr kleinstes Problem."

Baresi schnaubte, seine Nasenflügel flatterten. Seit Jahrzehnten hatte niemand es gewagt, so mit ihm zu sprechen. Aber er wusste, dass er klein beigeben musste.

„Nun gut", sagte er. „Wir suchen den Archivar auf. Er ist mir noch einen Gefallen schuldig, aber ob das reicht, kann ich nicht versprechen."

Der Amerikaner lächelte. „Wenn nicht, haben wir auch über ihn eine einschlägige Akte. Ich kann gerne nachhelfen, wenn dies nötig sein sollte."

Die beiden Männer wollten gerade das Büro des Kardinalpräfekten verlassen und sich auf den Weg zu den Vatikanischen Apostolischen Archiven machen, als die Tür aufgestoßen wurde.

Zwei Schweizer Gardisten stürmten herein.

„Eure Eminenz, wir sind zu Ihrer Sicherheit hier. Eine unbekannte Anzahl an Terroristen ist soeben in die Vatikanischen Archive eingebrochen. Wir wissen noch nicht, wie sie es geschafft haben, in den Vatikan einzudringen. Ebenso wenig wissen wir, warum sie hier waren. Ich muss darauf bestehen, dass Sie zu Ihrer eigenen Sicherheit Ihr Büro nicht verlassen, bis wir die Situation wieder im Griff haben."

Der Amerikaner sah den Kardinal vorwurfsvoll an.

„Sicherer als in den geheimen Archiven ist es also nirgendwo auf der Welt?"

## 45

ALTSTADT VON SALZBURG

Tom folgte Hagen in einem Höllentempo. Beide rasten die schmale Festungsgasse nach unten. Das Kopfsteinpflaster der historischen Gasse rüttelte beide Motorräder gehörig durch. Links die Häuserflucht am nördlichen Hang der Festung Hohensalzburg, rechts die Mauer, über die man nach unten in die engen Gassen Salzburgs blicken konnte. Hier waren, Gott sei Dank, nur wenige Fußgänger, die entsetzt zur Seite sprangen, als die beiden durch die enge Gasse brausten. Hagen steuerte in Richtung des historischen Zentrums von Salzburg. Tom wusste, dass sich da zu jeder Saison ein Haufen Touristen durch die Stadt schoben. Ihm schwante Schlimmes. Er versuchte zu beschleunigen, sein Gashebel war aber bereits auf Anschlag. Hagen überquerte schräg den Kapitelplatz mit der berühmten goldenen Kugel in der Mitte des Hofes und steuerte auf die Kapitelgasse zu. Tom konnte den Weg abkürzen und schloss auf. Hagen hatte sich kurz umgewandt und griff mit einer Hand in seine

Jacke. Eine Sekunde später hielt er eine Pistole in der Hand. Während sie auf den belebten Mozartplatz zurasten, gab Hagen zwei Schüsse ab. Tom riss das Motorrad nach rechts und musste auf den Bürgersteig ausweichen. Er umfuhr ein Straßencafé mit Sonnenschirmen und konnte sogar dem Kellner ausweichen, der gerade eine Portion Salzburger Nockerln an eine neugierige Truppe Japaner servierte.

„Guten Appetit", rief Tom und hob entschuldigend seine Hand.

Hagen hatte sich wieder nach vorne gewandt. Die vielen Menschen auf dem Residenzplatz forderten seine volle Aufmerksamkeit. Die Menschenmassen stoben in alle Richtungen auseinander. Bis jetzt war niemand zu Schaden gekommen, weil die laut heulenden Motoren im autofreien Zentrum von Salzburg schon von Weitem zu hören waren. Was aber bedeutete, dass die Salzburger Polizei schnell auf sie aufmerksam wurde. Tom raste an einem Polizisten vorbei, der in Richtung Rathausplatz auf Streife ging. Sie befanden sich jetzt im Luxusviertel von Salzburg. Edle Juweliere, Designer-Läden und teure Restaurants reihten sich Tür an Tür.

„Ich brauche Verstärkung!", rief Tom dem ehemaligen Kollegen zu, als er am legendären Café Tomaselli vorbei fuhr und die Sonnenschirme davor alleine durch Toms Fahrtwind umgeworfen wurden.

„Ich bin Cobra-Offizier", setzte er nach. Das stimmte zwar nicht mehr, aber das würde den Polizisten definitiv auf den Plan holen. Hagen war inzwischen in die Getreidegasse abgebogen und musste nun sein Tempo abermals drosseln. Die Gasse war voll mit Touristen, die auf das Mozartgeburtshaus zusteuerten. Hagen nahm seine Pistole und schoss zweimal in die Luft. Tom zählte mit, er musste wissen, wie viel Schuss Hagen noch zur Verfügung hatte. Die Menschenmassen rannten entsetzt auseinander und Hagen raste durch den engen Durchgang Richtung Wiener-Philharmoniker-Gasse. In der schmalen Gasse mussten sie ihre Geschwindigkeit deutlich reduzieren. Tom hatte aufgeschlossen und sie waren nun gleichauf. Zentimeter trennten die beiden Männer voneinander. Urplötzlich tippte Hagen das Motorrad nur ein wenig nach links und zwang so Tom gegen die Mauer. Tom scheuerte die Mauer entlang. Er bremste, um nicht an der Wand hängen zu bleiben, denn das wäre in dieser Situation fatal gewesen. Trotzdem konnte Tom die Spur nicht mehr halten und die Maschine schlängelte und rutschte schließlich unter ihm weg. Er schlitterte den Boden entlang und hatte Glück, dass er noch vor der Menschenmenge, die am Ende der Gasse aufgetaucht war, liegen blieb. Er stand auf und sah Hagen nach. Tom lächelte. Hagen hatte keine Ahnung, wohin er fuhr. Er war mit Sicherheit noch nie in Salzburg gewesen. Bei seiner gewählten Route konnte er niemals wirklich Fahrt aufnehmen, zu eng, zu viele Menschen und keine lange Gerade, um ordentlich zu beschleunigen. Das war Toms Chance. Er bog vor der Kollegienkirche rechts ab und schoss den Universitätsplatz entlang. Er würde Hagen bei der nächsten Kreuzung wieder treffen. Hagen steuerte das große Festspielhaus an und von dort gab es nur eine Ausfahrt, nämlich Richtung Sigmundstor, der Tunnel, der durch den Mönchsberg führte. Toms Strecke war erheblich kürzer und so würde er Hagen abfangen können, wenn er auf den Herbert-von-Karajan-Platz einbog.

## 46

JOHANNESKAPELLE IN DER BENEDIKTINERINNENABTEI NONNBERG

Hellen hielt die sterbende Frau in den Armen und rief verzweifelt nach Hilfe. Sekunden später kamen die ersten Nonnen in die Kapelle und schlugen die Hände über den Köpfen zusammen. Zwei kümmerten sich sofort um Simonetta, die anderen holten Hilfe.

„Mein ... mein ...", flüsterte die alte Frau. Ihre Stimme war nicht mehr als ein Hauchen. Hellen beugte sich nach unten und vernahm ihre letzten Worte.

„Tagebuch ... 24. Mai 1942."

Die Äbtissin kam in die Kapelle und zwei Schwestern, die medizinisch geschult waren, wollten Schwester Simonetta erstversorgen, aber eine davon schüttelte bereits den Kopf und bekreuzigte sich. Sie waren zu spät. Es wurde plötzlich totenstill in der Kapelle. Die Nonnen sahen auf ihre tote Mitschwester. Fast simultan ergriffen sie alle ihren Rosenkranz, bekreuzigten sich und begannen zu beten. „Gegrüßet seist du Maria, voll der Gnade ..."

Hellen wusste, dass sie hier nicht mehr helfen konnte. Und wenn das Tagebuch der Schwester wichtige Informationen enthielt, dann musste sie wenigstens das in Sicherheit bringen. Was, wenn Hagen noch Komplizen mitgebracht hatte? Sie musste das Buch finden. Es war ihre einzige Chance zu erfahren, wo der Stein hingebracht worden war. Schwester Simonetta musste Hagen einen wichtigen Hinweis preisgegeben haben, sonst hätte er keinen Grund gehabt, sie zu töten. Hellen hoffte, dass sie den gleichen Hinweis im Tagebuch Simonettas finden würde. Sie sprang auf, rüttelte an der Schulter der betenden Äbtissin und fragte nach Schwester Simonettas Kammer. Zehn Sekunden später rannte Hellen zu den Unterkünften der Schwestern. Die Kammer von Simonetta befand sich im Erdgeschoß, nahe dem Eingang, damit sie nicht zu weit zu gehen hatte. Hellen fand das Zimmer und öffnete die Tür.

## 47

ALTSTADT VON SALZBURG

Hagen schoss an der Felsenreitschule vorbei und hatte Tom aus den Augen verloren. Er nahm kurz das Gas zurück und orientierte sich. Er sah nur einen Ausweg. Er beschleunigte wieder und fuhr auf die Kreuzung zu. Im letzten Augenblick sah er Tom von rechts auf sich zurasen, bremste, riss den Lenker herum und gab wieder Vollgas in den Sigmundstortunnel, durch den sich gerade eine kleine Autokolonne zwängte. Der Tunnel bot kaum zwei Autos nebeneinander Platz und so war der jeweilige Gegenverkehr gezwungen, immer wieder anzuhalten. Hagen musste das Risiko eingehen. Er fuhr Slalom zwischen den Autos auf seiner Straßenseite und dem Gegenverkehr. Tom folgte ihm, ohne zu zögern. Sie schrammten an Autotüren und rasierten Seitenspiegel ab, hatten aber rund 15 Sekunden später den Tunnel wieder verlassen.

„Verdammte Scheiße", fluchte Tom. Das war seine größte Chance gewesen, Hagen zu schnappen, und er hatte sie gerade vertan. Der wahnsinnige Engländer hatte wirklich den Zick-Zack-Kurs gewählt und Toms Abkürzung hatte ihm nichts gebracht. Jetzt wurde es schwierig, denn sie hatten die Altstadt verlassen. Die Straßen wurden breiter, es gab weniger Fußgänger und mehr Möglichkeiten zu beschleunigen. Und Hagens Motorrad hatte mehr Power, das hatte Tom bereits nach ein paar Metern Verfolgung schmerzhaft feststellen müssen. Er musste dran bleiben und darauf hoffen, dass sich Hagen wieder verfahren würde. Plötzlich hörte er Polizeisirenen.

„Wurde aber auch Zeit."

Hagen raste die Augustinergasse nach Norden. Tom wusste, dass er da bald auf den Fluss, die Salzach, treffen und der Verkehr dort wieder mehr werden würde. Hagen traf abermals eine dumme Entscheidung. Anstatt beim Fluss nach links abzubiegen und so die Stadt zu verlassen, bog er nach rechts und fuhr die Kaipromenade entlang. Tom freute sich aber zu früh, Hagen hatte wieder seine Pistole in der Hand, wandte sich um und schoss abermals auf Tom, der wieder gezwungen war, auszuweichen, was erneut Geschwindigkeit kostete.

Dieses Mal wich Tom in die Wiese aus. Damit lief er aber Gefahr, die Böschung nach unten direkt in die Salzach zu rasen, als er gleichzeitig versuchte die Spaziergänger, die zuhauf die Promenade entlang schlenderten, nicht umzufahren. Hagen hatte seinen letzten Schuss abgegeben, warf die Pistole weg und griff abermals in seine Jacke. Tom rechnete mit einer zweiten Waffe. Er konnte nicht genau sehen, was Hagen vorhatte, denn dieser vollführte wieder einen riskanten Richtungswechsel und überquerte den Müllnersteg, eine Fußgängerbrücke über die

Salzach. Mehrere Fußgänger mussten in den Fluss springen, um von Hagen nicht umgefahren zu werden. Vor ihnen lag jetzt das Schloss Mirabell, dessen Schlosspark wieder voll mit Menschen war. Hagen pflügte quer durch die Gartenanlage und Tom, der wieder aufgeholt hatte, folgte ihm, nicht ohne schlechtes Gewissen.

Kunstvoll angelegte Blumenbeete, millimetergenau geschnittene Hecken und Rasenflächen wie auf einem englischen Golfplatz sahen Sekunden später aus wie ein Rübenacker. Mittlerweile waren Polizeisirenen von allen Seiten zu hören. Es war nur mehr eine Frage der Zeit, bis sie Hagen abfangen würden. Er hatte keine Chance zu entkommen. Tom sah, dass am anderen Ufer am Franz-Josef-Kai bereits eine Straßensperre gebildet wurde. Er musste Hagen nur über den Makartsteg wieder auf das andere Ufer drängen. Tom holte das Letzte aus seiner Maschine und schnitt Hagen beim Karajan-Geburtshaus den Weg ab, was Hagen auf den Makartsteg zwang. Jetzt saß er in der Falle. Mit quietschenden und rauchenden Reifen kam Hagen in der Mitte der Brücke zum Stehen. Tom bremste. Vielleicht hatte Hagen ja noch eine weitere Waffe. Hagen stellte das Motorrad seelenruhig ab. Tom schaltete zu spät, während Hagen auf das Geländer zu ging. Eine Sekunde später war er darüber geklettert und in die Salzach gesprungen, gerade als unter der Brücke ein Boot vorbei fuhr und er an Bord gezogen wurde. Auf der anderen Seite der Brücke standen nun auch Polizeiwagen. Nicht Hagen saß in der Falle, sondern Tom. Bis er den Kollegen alles erklärt hatte, war Hagen über alle Berge.

## 48

SCHWESTER SIMONETTAS KAMMER,
BENEDIKTINERINNENABTEI NONNBERG

Hellen erkannte sofort, dass das Zimmer unberührt war. Hier war niemand gewesen, schon gar nicht hatte jemand hier etwas gesucht. Die Kammer war karg eingerichtet und so wurde Hellen schnell fündig. Im Nachttischschrank fand Hellen einen großen Stoß an Tagebüchern. Sie blätterte alle hastig durch und brauchte einige Zeit, bis sie das Datum fand, das ihr die sterbende Nonne vor Kurzem ins Ohr geflüstert hatte.

24. 5. 1942

*„Jetzt bin ich gerade mal einen Monat in der Heiligen Stadt. Ich gewöhne mich schon langsam an alles. Momentan bin ich hauptsächlich für Hilfstätigkeiten in der Küche zuständig. Nach wie vor macht mir die große Stadt Angst, aber mit Gottes Hilfe werde ich diese Prüfung bestehen. Ich vermisse mein Val Gardena, meine Berge und die Tiere. Natürlich bin ich Hoch-*

*würden Matteo von S. Cristina ewig dankbar, dass er mir die Möglichkeit gab, hier in Rom zu dienen, um mein Leben dem Heiland zu widmen. Heute nach der Heiligen Messe geschah ein Missgeschick in der Küche. Schwester Angelica schnitt sich mit dem Messer in die Hand und musste verarztet werden. Gleichzeitig war es aber Zeit für den Tee des Präfekten. Der Präfekt ist ein strenger Mann, vor dem wir alle eine Heidenangst haben. Sogar Schwester Angelica, die ihm jeden Tag den Tee brachte. Ich bot an, dass ich ihm auch den Tee bringen könne. Ich nahm also das Tablett und ging die Treppen zum Büro des Präfekten nach oben. Ich stellte das Tablett vor dem Büro auf einem Schränkchen neben der Tür ab, klopfte an, wartete ein paar Sekunden und öffnete die Tür.*

*Er erkannte mich und winkte mich herein, um den Tee zu servieren. Alle drei Männer sahen sich ein wenig ähnlich, wahrscheinlich waren es die Brüder des Präfekten. Die drei Männer sprachen weiter, sie wechselten nur von Italienisch ins Lateinische, weil sie dachten, dass ich davon kein Wort verstehen würde. Bei mir zuhause hatte Pater Matteo uns Kinder aber jede Woche in der Sonntagsschule ein wenig Latein beigebracht. Er wollte, dass wir verstehen, was in der Messe gesprochen wird. Deswegen verstand ich auch einiges davon, was die Männer sprachen. Eines habe ich mir aber gemerkt. Der Präfekt wies die beiden Männer an, dass sie die Steine in Sicherheit bringen sollten. Wohin der eine Mann den Stein bringen sollte, habe ich vergessen. Es war ein fremdartiges Wort, das mir völlig unbekannt war. Beim zweiten bin ich mir aber absolut sicher, dass von einem großen Museum in Amerika die Rede war. Irgendetwas mit Smith sagten sie. Der eine Mann sagte, dass er den Direktor des Museums aus seiner Studienzeit aus Florenz kennen würde und der Stein dort in*

*Sicherheit wäre. Ich habe keine Ahnung, wovon da gesprochen wurde, aber ich hatte das Gefühl, dass es etwas sehr Wichtiges war, weil mich die Männer immer so misstrauisch ansahen."*

Hellen überflog noch den Rest des Tagebucheintrages und hörte dann auf zu lesen. Hier fand sie nicht mehr Informationen. Sie wusste, wo es hingehen würde. Und das ergab natürlich Sinn. Eine Sekunde später ertappte sie sich dabei, sich um Tom zu sorgen. Sie wollte wissen, ob es ihm gut ging und er Hagen geschnappt hatte. Als sie die Unterkünfte der Nonnen verließ und wieder in den Klostergarten kam, sah sie Tom, der gerade aus einem Polizeiwagen ausstieg. Seine Miene sprach Bände. Hagen war ihm wieder einmal entwischt.

## 49

FLUGHAFEN WOLFGANG AMADEUS MOZART, SALZBURG

„Ich hab diesen Typen satt. Für wen hält der sich? Valentino Rossi?"

Tom war außer sich, als er die kleine Treppe des Privatjets hinauf in die luxuriöse Kabine stieg. Noah und Cloutard, die gerade vertieft in ein Schachspiel waren, hoben erst jetzt ihre Köpfe. Sie hatten Tom schon, lange bevor er das Flugzeug betreten hatte, gehört.

„Lass mich raten, es ist ihm jemand durch die Lappen gegangen", sagte Noah und bereute es augenblicklich, als er sah wie Hellen kopfschüttelnd und Arme wedelnd hinter Tom auftauchte.

„Was war los? Erzähl!", drängte Noah.

„Wir sind fast zu spät gekommen. Isaac Hagen war vor uns da und war gerade dabei, die Nonne zu erwürgen. Tom hat Hagen verfolgt. Leider erfolglos, das Herz der Nonne hat leider aufgegeben. Aber die arme Frau konnte mir im Sterben noch einen Hinweis geben. Wir müssen übrigens nach Washington", erzählte Hellen, denn Tom war viel zu aufgebracht.

„Hagen? Mon Dieu", sagte Cloutard. Tom tigerte durch die Kabine. Er war stinksauer.

„Ja, Hagen! Woher wusste AF überhaupt von der Nonne? Kann es sein, dass die im Vatikan ein Leck haben? Der Camerlengo vielleicht? Der wirkte die ganze Zeit ein wenig angepisst. Oder vielleicht der alte Archivar?"

Tom blickte in erstaunte und ungläubige Gesichter. Hatte er gerade wirklich der Obrigkeit der katholischen Kirche eine Verbindung zu AF unterstellt?

„So weit würde ich jetzt nicht gehen", sagte Cloutard.

„Möglich ist alles", erwiderte Noah.

„Tom, bitte beruhig dich und lass mich erst mal sehen."

Hellen wollte Toms schmutziges Shirt anheben, um nachzusehen, ob man ihn verarzten musste. Immerhin war er mit dem Motorrad gestürzt. Abschürfungen und blaue Flecken hatte ihm das sicher eingebracht. Tom schob sie von sich.

„Danke, mir gehts gut!"

Hellen hob die Hände und wandte sich ab.

„OK, OK, OK! Aber ich glaube nicht, dass der Camerlengo ein Sleeper Agent von AF ist", sagte Hellen und schüttelte den Kopf.

„Komm, setz dich erst einmal, mon ami, und nimm einen Schluck."

Cloutard reichte Tom ein Glas, das er rasch eingeschenkt hatte. Cognac war sein Allheilmittel, das er gerade selbst einnahm, um seine eigenen Sorgen für den Moment ein wenig zu betäuben.

Tom setzte sich, nahm das Glas ohne nachzudenken und führte es zum Mund. Er hielt inne, als er den Inhalt roch.

„Jetzt nicht, François. Brauche einen klaren Kopf", sagte er und stellte das Glas zur Seite. „Ich glaube das durchaus", sagte Noah und führte einen weiteren Zug beim Schachspiel gegen Cloutard aus. „Zu meiner Zeit beim Mossad hatten wir unzählige Hinweise, dass es im Vatikan viele undichte Stellen in alle möglichen Richtungen gibt."

Tom war aufgestanden, zur Bar gegangen und hatte sich nun doch ein wenig Whiskey in einen Tumbler gegossen. Er leerte das Glas in einem Zug, stellte es zur Seite und ging weiter in der Maschine auf und ab.

„Sehr konsequent", murmelte Cloutard schmunzelnd.

„Ich finde es nur verwunderlich, dass kurz nachdem wir im Vatikan aufkreuzen und uns Schwester Lucrezia, im Beisein des Papstes und des Camerlengos, von einer alten Nonne erzählt und einen Tag später Hagen genau hier auftaucht. Ist das nicht merkwürdig?"

Nachdenkliche Gesichter nickten Tom zustimmend zu.

„Ich traue den Katholiken vieles zu, aber soweit würde ich nicht gehen", sagte Cloutard gedankenverloren und sah immer wieder auf das Schachbrett. Er musste seine Dame in Sicherheit bringen.

„Aber wenn nicht der Vatikan undicht ist, dann haben sie uns verwanzt", sagte Noah und sah in die Runde.

Tom holte sein iPhone hervor. Scherzhaft hielt er es mit zwei Fingern hoch und sprach in Richtung des Gerätes.

„Ossana, kannst du mich hören?" Alle lachten.

„Nicht mit dem iPhone. Das war das Erste, was ich während des Fluges nach Rom gemacht habe. Eure Telefone sind alle abhörsicher."

„Ich weiß!"

Tom klopfte Noah auf die Schulter, als er wieder zur Bar ging. Dann kehrte ein wenig Ruhe ein. Cloutard trank und sah gedankenverloren aus dem Fenster. Noah beobachtete ihn mit einem Hauch von Misstrauen. Hellen, die in einem der großen Ledersessel saß, zog ihre Beine hoch, umklammerte sie mit beiden Armen und hatte ihren Kopf auf die Knie gelegt. Tom hatte sich auch nachgeschenkt. Für ein paar Minuten sagte niemand etwas. Doch dann sahen sich Hellen, Cloutard und Tom gleichzeitig an und ihre Blicke wanderten weiter. Alle drei fixierten Noah. Sie hatten alle den selben erschreckenden Gedanken.

„Schachmatt", rief Noah erfreut darüber, dass er endlich einmal Cloutard geschlagen hatte. Er sah vom Schachbrett auf und blickte in drei todernste Gesichter.

„Was?"

Zeitgleich gingen alle drei auf Noah zu. Hellen kniete sich vor den Rollstuhl und fingerte zwischen seinen

Füßen herum. Tom griff unter die Sitzfläche, Cloutard überprüfte die Rückseite.

„Hey, was treibt ihr da?", fragte Noah erstaunt. Eine Sekunde später hielt Tom die Wanze in die Höhe.

„Verdammt, ich bin wirklich eingerostet. Ich hätte daran denken müssen, nachdem wir dich befreit haben", sagte Tom. Der Ärger war ihm ins Gesicht geschrieben.

„Das kann man eher mir vorwerfen. Ich bin der Technik-Experte. Ich muss mich entschuldigen, mein Freund", sagte Noah. „Daran hätte ich denken müssen."

„Dich trifft die allerwenigste Schuld. Ich weiß noch genau, wie das ist, wenn man entführt wird. Als ihr mich damals befreit habt ...", Hellen sah zuerst Tom und dann Noah an, „... ging mir alles Mögliche durch den Kopf. Dass du da an so was nicht gedacht hast, ist logisch."

Cloutard war still geworden. Noah sah ihn an und wollte etwas sagen, überlegte es sich dann aber anders und schwieg.

„Tatsache ist, dass es deswegen AF geschafft hat, wichtige Hinweise zu bekommen und eine alte Nonne hat den Preis dafür bezahlt. Solche Fehler dürfen uns nicht mehr passieren."

Alle nickten.

## 50

EIN PAAR STUNDEN SPÄTER, WASHINGTON D.C.

Seine Beine wippten nervös auf und ab. Tom saß in der Lobby des FBI Hauptquartiers, dem J. Edgar Hoover Gebäude in Washington und wartete auf Special Agent Jennifer Baker. Das Gespräch, das er in Kürze führen würde, gehörte definitiv nicht zu seinen Lieblingsbeschäftigungen. Wenn man nach einer heißen Liebesnacht, während der Partner in der Dusche ist, einfach verschwindet und sich dann nie wieder meldet, hat man einiges zu erklären. Und genau das stand Tom jetzt bevor.

Er sprang auf, als er Jennifer aus dem Lift kommen sah und ging schnellen Schrittes auf sie zu. Sie schüttelte nur den Kopf, packte ihn am Arm und zerrte ihn nach draußen.

„Du hast Nerven, dich hier einfach so blicken zu lassen. Es ist ein bisschen spät, um zu frühstücken. Und dann tauchst du Tage später auf und bittest auch noch um meine Hilfe, nachdem was du abgezogen hast", fauchte sie Tom an.

„Ich weiß, du hast allen Grund, sauer auf mich zu sein, aber bitte, gib mir fünf Minuten und ich erkläre dir, was seit diesem Morgen alles passiert ist."

„Warum sollte ich das tun?" Sie wandte sich ab.

„Bitte, Jennifer, ich kann dir damit vielleicht sogar helfen die Verantwortlichen zu finden, die den Museumsüberfall in Auftrag gegeben haben."

Jennifer überlegte kurz und erklärte sich schlussendlich bereit dazu, sich seine Geschichte anzuhören.

Tom fing mit Noahs Nachricht an und wie ihn diese nach Ägypten geführt hatte. Erzählte vom Einbruch ins Museum, dem Tod von Arno, dem Hinweis in Belgien, der Audienz beim Papst, dessen Auftrag, einer uralten Nonne in Salzburg, der Motorradverfolgung und der Wanze, die sie in Noahs Rollstuhl gefunden hatten.

„Dieses Miststück hat ihn tatsächlich verwanzt und wir haben es nicht gemerkt", endete Tom seine Geschichte.

„Du willst mich wohl auf den Arm nehmen?", fragte Jennifer.

„Du hast gerade einer FBI-Agentin einen Einbruch in ein Museum und einen Mord gestanden."

„Es war Notwehr und liegt Ägypten nicht ein kleines Stück weit außerhalb deines Zuständigkeitsbereichs?", scherzte Tom und gab ihr seinen besten Dackelblick.

„Wir müssen noch mal in die Archive vom Smithsonian", fuhr er gleich wieder ernst fort.

„Ich bin mir hundertprozentig sicher, dass der Einbruch hier mit all dem zu tun hat. Und wir müssen wissen, ob sie etwas herausgefunden oder mitgenommen haben."

Jennifer ging vor Tom auf und ab und dachte nach.

„Herrgott Tom, das kann mich wirklich meinen Job kosten."

Er sah sie flehend an.

„Na gut, gib mir eine Stunde. Wir treffen uns beim Eingang zum Castle." Sie zögerte noch. Tom bedankte sich und ging über die Straße zu seinen Freunden, die auf der anderen Seite ungeduldig auf ihn warteten.

„Eine Stunde", rief sie Tom nach.

―――

Wie versprochen standen Hellen, Noah, Cloutard und Tom zusammen mit Jennifer, eine Stunde später, vor dem zerstörten Tresor inmitten der unterirdischen Archive des Smithsonian Institutes.

„Wie ich sehe, hast du wieder einmal ganze Arbeit geleistet", sagte Noah und drehte sich mit seinem Rollstuhl um 360 Grad und bewunderte das Chaos, das Tom und sein Onkel hier angerichtet hatten. Rings um waren Forensiker und FBI-Agenten fieberhaft dabei den Tatort zu untersuchen. Hunderte gelbe Hütchen mit Nummern drauf standen über Patronenhülsen, Blutflecken und zerstörten Artefakten und wurden akribisch fotografiert und protokolliert.

Hellen war begeistert. Sie sah nicht das Chaos, sie sah die Schätze, die hier in diesem Archiv vor der Außenwelt versteckt wurden. Auch Cloutard war bewusst geworden, wo er sich befand und was das für ihn bedeuten könnte.

„Bitte nichts anfassen", sagte ein FBI-Agent und Cloutard zuckte zusammen. Der Agent hatte bemerkt, wie Hellen und Cloutard sich neugierig umsahen.

„Also, was erhoffst du dir hier zu finden?", fragte Jennifer.

„Einen Hinweis darauf, ob Hagen gefunden hat, wonach er hier gesucht hatte", sagte Tom gedankenlos.

„Wisst ihr schon, ob irgendetwas fehlt?"

„Hagen? Wer ist Hagen?" Jennifer baute sich vor Tom mit verschränkten Händen auf.

Gott ist sie sexy in diesem FBI-Outfit, dachte Tom und räusperte sich. Jetzt hatte er sich verplappert.

„Isaac Hagen war der achte Mann", gestand er und sah Jennifer direkt an.

„Welcher achte Mann? Ich dachte, wir haben alle, die an dem Einbruch beteiligt waren, entweder in Gewahrsam oder sie liegen dank dir und dem Admiral in einem Kühlfach im Leichenschauhaus."

Tom lächelte verlegen.

Die drei anderen zogen sich ein wenig zurück, um nicht in die Schusslinie von Tom und Jennifer zu gelangen.

„Tom lässt auch wirklich nichts anbrennen. Ich frag mich, was er an Scully findet."

Hellen schüttelte den Kopf und wandte sich ab.

„Glaubst du wirklich?", fragte Noah.

„Oui, bien sûr", sagte Cloutard.

„Das sieht doch ein Blinder, dass die beiden was miteinander hatten."

„Ich kann mich genau erinnern, es waren sieben und du und auch dein Onkel vergewisserten uns, dass das alle waren." Sie ging wütend auf und ab.

„Gibt es sonst noch irgendetwas, das ich wissen sollte?"

Sie hatte ihre Hände in die Hüften gestützt und schüttelte ungläubig ihren Kopf.

„Nicht nur, dass du mir einen Mord und einen Einbruch gestanden hast, du hast mir beim Verhör eiskalt ins Gesicht gelogen. Und das mein lieber Freund, fällt sehr wohl in meinen Zuständigkeitsbereich. Man nennt es Falschaussage gegenüber einem Federal Agent und hierzulande kann dich das fünf Jahre deines Lebens kosten", flüsterte sie wütend, da sie keine Aufmerksamkeit erregen wollte.

„Bist du jetzt fertig?"

Tom packte Jennifer bei den Schultern.

„Hagen ist ein gefährlicher Mann, der für eine noch gefährlichere Organisation arbeitet, die überall ihre Finger drin hat. Vielleicht sogar im FBI und er ist mir jetzt schon mehrmals durch die Lappen gegangen. Ich wollte ihn für mich haben, es tut mir leid. Ich werde dir alle Information über AF und Hagen geben. Versprochen."

„Und vielleicht kann ich auch noch etwas dazu beisteuern", sagte plötzlich eine vertraute Stimme.

Admiral Scott Wagner kam gerade um die Ecke und ging auf Tom, Jennifer und die anderen zu. Tom sah ihn erstaunt an.

„Hey, Onkel Scott", begrüßte Hellen Toms Onkel und gab ihm einen Kuss auf die Wange.

„Ravi de vous rencontrer", sagte Cloutard, als er Scott die Hand schüttelte.

„Noah", sagte Scott und nickte Noah zu.

„Was soll das denn heißen, vielleicht kannst du etwas beisteuern? Was machst du hier überhaupt?", fragte Tom erstaunt und umarmte seinen Onkel.

Scott wandte sich an Tom, nahm ihn zur Seite und flüsterte: „Das, was du suchst, wirst du hier nicht finden, es ist seit 50 Jahren an einem ganz anderen Ort!"

## 51

HAUS VON ADMIRAL SCOTT WAGNER, WASHINGTON D.C.

„Also jetzt noch mal. Du arbeitest für wen?" Tom sah seinen Onkel ungläubig an.

„Ich arbeite für die CIA. Ich bin direkt dem Präsidenten unterstellt und berichte an ihn persönlich. Als wir beide in diesen Einbruch verwickelt wurden, war klar, dass es um etwas Großes ging. Der Präsident bestätigte meinen Verdacht und ich erfuhr die unglaubliche Geschichte rund um den Stein. Ich bin seit dem durch die halbe Welt geflogen. Erstaunlich ist, dass du in dieselbe Geschichte geschlittert bist und auf anderen Weg hierher gefunden hast."

Tom war sprachlos. Sein Onkel war CIA-Agent. Insgeheim freudig überrascht, war Tom trotzdem ein wenig sauer, dass er ihm nie davon erzählt hatte.

„Und hattest du Erfolg?", fragte Hellen.

„Nein, leider. Gestern wurde sogar der Stein im Vatikan gestohlen."

„Wie bitte? Wir waren vor Kurzem erst im Vatikan und haben dort den einen Teil des Steins gesehen!", sagte Tom entsetzt.

Auch die anderen hatten plötzlich erstaunt aufgehorcht. Scott hatte ihre volle Aufmerksamkeit.

„Ein Team, ähnlich wie hier, ist in die Archive eingedrungen und hat den Stein gestohlen. Sie müssen irgendwie an Insiderinformationen herangekommen sein."

Das schlechte Gewissen war allen ins Gesicht geschrieben.

„Wir haben die Insiderinformationen geliefert", sagte Tom kleinlaut.

Scott sah ihn verständnislos an und Tom erzählte von der Wanze.

„Ich weiß, Onkel, daran hätte ich denken können, dass AF uns verwanzt. AF ist die Organisation, die ..."

„Danke, Tom. Wir wissen, wer AF ist", unterbrach ihn sein Onkel. Tom nickte. „OK, die CIA sollte das tatsächlich wissen."

„Wir wissen nicht nur, wer AF ist, sondern auch, dass einer deiner ehemaligen Kollegen für AF gearbeitet hat."

Scott sah Tom unverwandt an. Tom erwiderte den Blick mit einer Mischung aus Überraschung und Zweifel.

„Dieser junge Cobra-Offizier, der in der Bar in Washington aufgetaucht ist und dich zu deinem Bundeskanzler gebracht hat."

Tom riss die Augen auf. „Leitner?"

Scott nickte. „Er hat in Wien sogar versucht, mich umzubringen. Offenbar hat er mich wiedererkannt und an AF berichtet. Einen anderen Grund kann ich mir nicht vorstellen, warum er mitten in der Nacht in meinem Hotelzimmer aufgetaucht ist und ein ganzes Magazin in die Matratze meines Bettes versenkt hat.

„Er hat was?"

Tom war entsetzt. Er wollte zu einer Frage ansetzen, aber Scott kam ihm zuvor.

„Wenn du mich fragen willst, was aus ihm geworden ist. Na ja, ich bin hier und lebe noch, was man von ihm nicht behaupten kann."

Tom schüttelte den Kopf. Er musste den Bundeskanzler informieren, dass die Cobra tatsächlich einen Maulwurf hatte. AF schien überall zu sein.

„Scott, du hast gesagt, dass du weißt, wo ein Teil des Steins ist? Wie sicher ist er dort?", kam Noah wieder zurück zum eigentlichen Thema.

„Wir müssen den Stein von dort wegbringen", warf Tom entschlossen ein, „egal wo er ist, er ist dort nicht mehr sicher. Wenn AF es geschafft hat, in den Vatikan einzudringen, dann ist dieser hier auch in Gefahr."

„Wo ist er?", fragte Hellen und kam Noah zuvor.

„Wenn ihr von den geheimen Archiven wisst, dann wisst ihr auch, dass es sich um Teile der Bibliothek von Alexandria handelt."

Tom, Hellen, Cloutard und Noah sahen Scott verwirrt an. Hellen fasste sich als erste.

„Teile? Wir dachten, dort sind ..." Hellen hörte auf zu reden. Sie war gespannt, was Scott zu sagen hatte.

„Was weder der Papst und auch sonst niemand weiß, ist, dass es noch mehr Material aus der Bibliothek von Alexandria gibt. Material, das nicht im Vatikan liegt. Wir haben hier in den Staaten ein ähnliches Archiv wie der Vatikan. Ein Teil der Bibliothek von Alexandria ist hier. Um ehrlich zu sein, ist es gar nicht weit von hier." Er zögerte.

„Jetzt bin ich verwirrt", sagte Hellen. „Wie ist ein Teil der Bibliothek von Alexandria in die USA gekommen?"

## 52

1945, EIN SALZBERGWERK IN ALTAUSSEE, ÖSTERREICH

Der Großteil der Kameraden schlief tief und fest. Rund um den Eingang des Bergwerks waren Zelte aufgebaut, die aber keineswegs ausreichten. Sie hatten Verstärkung holen müssen, denn es waren ein Haufen Schätze, die hier abtransportiert werden mussten. Seit rund drei Tagen trugen seine Leute hier unaufhörlich Kunstwerke, die die Nazis seit ihrer Machtübernahme in den Dreißigerjahren zusammen gestohlen hatten, aus dem Stollen. Mit LKWs wurden diese Schätze dann auf schnellstem Wege an die Küste gebracht, wo ein USA-Kriegsschiff sie nach Amerika überstellte. Captain Jack Gordon führte die sogenannten Monuments Men an, also die Sondereinheit der amerikanischen Armee, die sich um das Auffinden der Nazi-Schätze kümmerte. Und Captain Gordon hatte ein Geheimnis. Gordon war nicht nur Soldat, sondern er war - wie einige andere Männer innerhalb der Monuments Men auch - Kunsthistoriker. Er war aber nicht Experte für die Kunst der Neuzeit, des Barocks oder der Renaissance, sondern er war Professor für Ägyptologie an der Harvard Universität. In einem der Seitenstollen hatte er einen Fund gemacht, der niemanden der anderen Kollegen interessierte. Bei all den Gemälden, den Skulpturen, den Tapisserien, den antiken Möbeln, den Perserteppichen und dem Gold- und Juwelenschmuck, den sie hier fanden, interessierte sich niemand für den Haufen Kisten mit alten Schriftrollen.

Außer Captain Gordon. Der war nämlich stutzig geworden, als er die Kisten sah, die die Aufschrift *Österreichisches Archäologisches Institut - Ephesos - Arsinoe* trugen. In der kommenden Nacht war er allein in das Bergwerk gegangen und hatte die Kisten durchforstet. Obwohl die Quecksilbersäule weit unter dem Gefrierpunkt lag und sie seit Wochen bis auf die Knochen durchgefroren waren, war Captain Gordon urplötzlich heiß geworden. Er hatte nicht glauben können, was er hier in den Händen hielt. Am nächsten Tag hatte er den Direktor des Smithsonian Museums in Washington informiert und der wiederum kontaktierte Präsident Harry S. Truman persönlich. Truman war alles andere als ein Schöngeist und Kunstinteressierter und er hatte in diesen Tagen weiß Gott genug anderes zu tun, aber die Wichtigkeit dieser Sache war auch ihm sofort bewusst gewesen.

Captain Gordon wurde angewiesen, die Kisten nicht aus den Augen zu lassen, bis eine Sondereinheit von Marines in Altaussee eintraf und die Kisten in Gewahrsam nahm. Diese Nacht war nun gekommen. Gordon führte die Marines in den Stollen und die Männer erledigten ihren Job schnell und lautlos. Während alle anderen schliefen, beluden sie ihre beiden Trucks und waren in rund zwei

Stunden wieder verschwunden. Captain Gordon blutete das Herz. Er hätte liebend gern selbst die Inhalte der Kisten eingehend erforscht. Und er versuchte dies auch. Als er nach Kriegsende wieder in den Staaten war, versuchte er den Weg der Kisten nachzuvollziehen. Er kontaktierte das Smithsonian, wanderte die Befehlskette bei den Marines nach oben und schrieb sogar dem Präsidenten. Von den Kisten, die - so glaubte zumindest Captain Gordon - Teile der Bibliothek von Alexandria in sich trugen, fehlte aber jede Spur.

## 53

HAUS VON ADMIRAL SCOTT WAGNER, WASHINGTON D.C.

„Ich verstehe", sagte Hellen, nachdem Scott die Geschichte der Monuments Men erzählt hatte.

„Komm schon, wir haben keine Zeit, wir wollen hier doch alle dasselbe. Wo liegt das Zeug?", drängte Tom und Hellen sah ihn verächtlich an.

„Es liegt in Alexandria, wo sonst." Scott lächelte.

„Pardonez-moi. Ich dachte la Bibliothèque ist hier in den Staaten", sagte Cloutard verdutzt.

„Wir haben hier auch eine Stadt namens Alexandria, im Bundesstaat Virginia, nicht weit von hier."

„Wo das George Washington Masonic National Monument steht?", fragte Hellen.

„Um genau zu sein, die Bibliothek ist tief unter dem George Washington Masonic Monument."

Hellen konnte es nicht fassen. Die Sache wurde von Mal zu Mal unglaublicher. Das hätte sich ihr Vater niemals erträumt.

„Dann ruf deinen Boss an und sag ihm, dass wir den Stein in Sicherheit bringen müssen."

„Der Präsident wird das niemals zulassen, für ihn ist er dort sicher", gab Scott zu bedenken. „Und außerdem ist das Ding dort wirklich zu 100 Prozent sicher."

Er stockte und ertappte sich gerade dabei, genau das gleiche zu denken, wie der CIA-Kardinal im Vatikan.

„Dann müssen wir eben buchstäblich in die Bibliothek von Alexandria einbrechen".

Für einen Moment war es still und die Tatsache, die Tom gerade in den Raum gestellt hatte, mussten erst einmal alle Anwesenden verdauen. Plötzlich brach es los und alle sprachen wild durcheinander. Onkel Scott hörte dem heillosen Chaos nur einen Moment zu.

„Hey, Stop", rief Scott und das Team verstummte.

„Tom hat recht, wir müssen etwas unternehmen."

Scott konnte es nicht glauben, aber auch er war soeben zur dunklen Seite gewechselt. Sie mussten den Stein in Sicherheit bringen, am besten gleich morgen. Und genau genommen war es ja sogar sein Auftrag. Hellen war die ganze Zeit an ihr Handy gefesselt gewesen und rief plötzlich auf.

„Morgen findet im George Washington Masonic National Monument ein Charity-Konzert mit Dinner statt. Irgend so eine superreiche Hotelerbin lädt zum *Annual Charity Dinner for the fight against Cancer* ein. Prominenz aus Wirtschaft und Showbusiness wird erwartet." Sie hatte in wenigen Handgriffen die Website des Events gefunden.

„Im Anschluss an das Konzert, das im Theatersaal des Memorials stattfinden wird, gibt es ein Dinner mit einem amerikanischen Starkoch."

„Und wie willst du dort hineinkommen?", fragte Tom.

„Ganz einfach - wir machen eine großzügige Spende", sagte Noah.

„Ich muss da nicht unbedingt hin. Ihr Amerikaner könnt überhaupt nicht kochen. Das Menü, das man dort mit Sicherheit servieren wird, würde man in Paris nicht mal den Straßenkötern hinwerfen. Ich passe", sagte Cloutard und alle wussten wieder einmal, warum die ganze Welt die Franzosen für affektierte Snobs hielt.

„Puh!", entfuhr es Hellen, als sie zu den Ticketpreisen kam. „Um dort zu dinieren muss man ganz schön tief in die Tasche greifen. Ein Ticket für dieses Event kostet pro Kopf 10.000 Dollar", las Hellen vor.

Cloutard pfiff erstaunt.

„Last Minute können wir sicher kein normales Ticket mehr kaufen. Um noch einen Platz zu bekommen, werden wir noch tiefer in die Tasche greifen müssen", gab Cloutard zu bedenken.

Noah, der die ganze Zeit nur auf seinem Laptop herum getippt und sich bisher aus dem Gespräch herausgehalten hatte, meldete sich nun zu Wort.

„Ich glaube, da kann ich helfen!"

Alle im Raum verstummten und sahen ihren Freund erwartungsvoll an.

„Und wie genau willst du uns da helfen?", fragte Cloutard, neugierig wo Noah so schnell, so viel Geld herzaubern wollte.

„Ganz einfach, ich habe noch immer Zugang", er deutete Anführungszeichen mit beiden Händen in der Luft an, „zu einem schwarzen Konto des Mossads. Es wird eingesetzt um, sagen wir mal, nicht hundertprozentig legale Einsätze zu finanzieren. Ich könnte mir vorstellen, dass bei der Menge die auf diesem Konto rumliegt, hunderttausend Dollar nicht weiter fehlen werden."

Er drehte den Laptop herum und das Team und Onkel Scott starrten ungläubig auf den Bildschirm, der einen Betrag von 50 Millionen Dollar zeigte.

„Na, dann lassen wir uns vom Mossad auf eine Party einladen", scherzte Tom und klopfte seinem Freund gratulierend auf die Schulter.

„Gute Arbeit Noah. Danke."

„Ich mach mich gleich dran."

Plötzlich brummte Cloutards Mobiltelefon.

„Entschuldigt mich für einen Moment."

Noah sah über die Schulter zu ihm hinauf. Er erkannte an Cloutards Gesichtsausdruck, dass es der gleiche Anrufer sein musste, der schon in Salzburg Cloutard mehr als aufgewühlt hatte.

„Was ist mit Cloutard los?", fragte Tom.

„Ich bin mir nicht sicher", antwortete Noah etwas abwesend und folgte Cloutard mit einem nachdenklichen Blick.

Cloutard verließ das Wohnzimmer und ging mit dem brummenden Telefon in der Hand in den Garten.

Er hob ab. Diesmal war es ein Videocall. Die Verbindung kam zustande und Farids Gesicht erschien bildschirmfüllend auf Cloutards Telefon.

„Rufst du jetzt schon per Video an, um deine Drohungen mit einem bösen Gesichtsausdruck zu untermalen? Ich habe einen Plan und wir haben einen Deal. Ich habe noch genug Zeit", zischte Cloutard mit sehr bedeckter Stimme und hatte dem Haus den Rücken zugekehrt. Er fühlte sich beobachtet.

„Da war ich mir eben nicht so sicher, und da ich dir nicht rund um die Uhr eine Waffe an den Kopf halten kann, habe ich mir sozusagen ein Substitut organisiert."

Farid verschwand plötzlich aus dem Bild und nach enormen Gewackel, beruhigte sich das Bild wieder. Cloutard schnappte nach Luft, als ihm klar wurde, wo sich Farid aufhielt und was er getan hatte.

„Giuseppina? Mama?"

Ok, jetzt wurde es wirklich persönlich. Und zwar nicht nur für ihn allein. Farid hatte keine Ahnung, in welches Wespennest er gerade gestochen hatte. Cloutard musste die Situation ein für alle Mal lösen.

## 54

HAUS VON ADMIRAL SCOTT WAGNER, WASHINGTON D.C.

„Guten Morgen", sagte Tom, als er völlig schlaftrunken in den Wohnbereich wankte und Hellen, Scott und Noah mit versteinerten Gesichtern am Esstisch sitzen sah.

„Setz dich Tom", sagte sein Onkel und schob ihm einen Stuhl zurecht. Tom gähnte.

„Was ist los?", wunderte sich Tom.

„Cloutard ist weg", sagte Hellen.

„Was heißt weg?"

„Er hat sich in der Nacht Zugriff auf meinen Laptop verschafft, hat von dem Mossad-Konto den gesamten Restbetrag auf ein Schweizer Nummernkonto abgezweigt und sich aus dem Staub gemacht."

„Die 50 Millionen Dollar?", fragte Tom.

Noah nickte mit ernster und zugleich trauriger Mine. Er drehte Tom den Laptop zu und startete ein Video.

„Dieses Video ist eines meiner provisorischen Sicherheitssysteme. Da ich ja nicht meinen eigenen Laptop habe, musste ich improvisieren. Wenn sich jemand, in diesem Fall Cloutard, Zugriff mit meinem Passwort verschafft", er machte eine Pause, „ich muss offensichtlich besser aufpassen, wer mir über die Schulter schaut", dachte Noah laut und fuhr fort. „Derjenige aber nicht das zweite Sicherheitssystem deaktiviert, wird die Webcam aktiviert."

Tom starrte ungläubig auf den Monitor und sah, wie Cloutard wild auf dem Laptop herumhantierte und sich immer wieder verstohlen in dem dunklen Raum umsah. Kurz bevor er den Laptop zuklappte, sah man noch, wie er sein Handy in die Hand nahm, um jemanden anzurufen. Tom lehnte sich völlig verstört zurück und Noah fuhr fort:

„Ich habe das erste Mal in Salzburg mitbekommen, das etwas nicht mit ihm stimmte, aber ich wollte nichts sagen, bevor ich mir nicht sicher war. Und dann der mysteriöse Anruf gestern Abend. Ich habe mich danach in sein Handy gehackt."

„Du hast dich in Cloutards Handy gehackt und hast mir nichts erzählt?" Tom sah seinen Freund ein wenig vorwurfsvoll an.

„Ich wollte einfach sicher sein, bevor ich einen haltlosen Verdacht äußere."

Tom nickte einsichtig.

„Er steht wieder in Kontakt mit Leuten aus seinem früheren Leben. Irgendjemand verlangt Geld von ihm. Cloutard wurde erpresst und da hat er sich einfach bedient", sagte Noah. „Einmal ein Dieb, immer ein Dieb."

„Wer weiß, vielleicht steckt sogar AF dahinter und er hat mehr als nur Geld gestohlen. Vielleicht auch Informationen. Jetzt wo wir die Wanze gefunden haben, brauchten sie einen neuen Zugang", rätselte Noah.

Tom rieb sich mit beiden Händen heftig das Gesicht und fuhr sich durch die Haare. All das fühlte sich wie ein böser Traum an. Zuerst die Wanze und jetzt das.

„Das kann nicht sein - Cloutard ist doch nicht AF." Tom fehlten die Worte.

„Cloutard ist ein Gangster. Er hat über Nacht sein Vermögen und seinen Status verloren. Es macht Sinn, dass er sich so eine Gelegenheit nicht entgehen lässt. Und wer weiß, seine Ex ist AF, vielleicht steckt sie sogar hinter der Erpressung", spekulierte Hellen.

Toms Gehirn lief auf Hochtouren. War er wirklich so blauäugig gewesen, dass er sich von einem Mann, den er als einen seiner engsten Freunde und Vertrauten ansah, so hinters Licht hatte führen lassen? Mit dem er schon so manche lebensgefährliche Situation gemeistert hatte? Cloutard hatte ihm in Kairo das Leben gerettet und ohne ihn hätte er Noah nie so schnell befreien können.

„Fuck!" Tom sprang auf.

„Wenn Cloutard wirklich mit AF zusammenarbeitet, dann können wir heute Abend bei dem Event durchaus mit Gesellschaft rechnen."

„Onkel Scott! Du und Noah klärt noch mal unsere Tickets und unsere geänderte Gästezahl ab und gebt der Security vor Ort ein Bild von Cloutard. Ich will dort keine Überraschungen. Hellen und ich besorgen uns die richtigen Klamotten und ein standesgemäßes Fahrzeug", gab Tom seinem Freund in militärischem Befehlston zu verstehen. Alle nickten und machten sich an die Arbeit.

## 55

IRGENDWO IN DEN USA

Ossana Iboris Laptop piepste. Ein eingehender Video-Anruf. Sie klickte auf den grünen Button und auf beiden Seiten aktivierte sich die Webcam. Das Erste was sie sah, war ein Steinbrocken, der mittig ins Bild gehalten wurde.

„Erledigt", sagte Isaac Hagen, der eine Sekunde später zu sehen war.

„Gut, endlich klappt mal was."

„Wenn wir beide das in die Hand nehmen, dann laufen die Dinge so, wie geplant", sagte Hagen mit einem Anflug von Stolz, auf den Ossana nicht weiter einging.

„Bist du auf dem Weg zum Flughafen?", fragte sie.

„Natürlich."

„Es gibt eine kleine Planänderung. Du wirst den Stein am Flughafen an einen unserer Kuriere übergeben. Er ist ein Pilot bei Egypt-Air und wird den Stein nach Hurghada bringen. Von dort aus kann er schnell auf die Yacht gebracht werden. Daddy ist schon ganz ungeduldig."

„Ich sollte den Stein doch nicht aus der Hand geben? Ich würde mich besser fühlen, wenn ich ihn selbst überbringe."

„Nein, für dich gibt es eine andere Aufgabe. Eine Aufgabe, die dir gefallen wird."

Hagen hob interessiert die Augenbrauen.

„Tatsächlich? Lass hören."

„Du musst jemanden beseitigen. Jemand, der zu viel weiß, jemand der immer nur stört und jemand, der uns in der Endphase unseres Plans wirklich gefährlich werden könnte. Ich würde es gerne selber machen, aber Daddy besteht darauf, dass ich den nächsten Einsatz persönlich leite."

Hagen hörte sich die Details seines Auftrages an.

„Du hast recht. Das könnte mir tatsächlich Spaß machen."

„Und stell dich nicht so ungeschickt an, wie Leitner in Wien. Er hatte den Auftrag, Admiral Wagner zu eliminieren und ließ sich von einem abgehalfterten Admiral kurz vor der Pensionierung ausschalten. Ein Anfänger eben", sagte Ossana.

## 56

CLOUTARDS HAUS, IN DER NÄHE VON SIENA, TOSKANA, ITALIEN

Cloutard hätte nicht gedacht, dass er so bald wieder hier sein würde. Er hatte hier seine Jugend verbracht. Als Waisenjunge hatte es ihn von Frankreich nach Italien verschlagen und dort war er auf die schiefe Bahn geraten. Er war gerade mal zehn Jahre alt gewesen, als er einen Mann ausraubte. Was der kleine François damals nicht gewusst hatte, war, dass es sich um Innocento Baldacci, den lokalen Mafiaboss gehandelt hatte. Innocento hatte Gefallen an dem kleinen, sehr stolzen französischen Jungen gefunden, ihn von der Straße geholt und gemeinsam mit seiner Frau Giuseppina aufgezogen, als ob es ihr eigen Fleisch und Blut wäre. Schnell war klar geworden, dass François kein Mafioso werden würde. Er hatte einen Sinn für die schönen Dinge im Leben, interessierte sich für Kunst, Kultur und gutes Essen. Er hatte Italien verlassen und sich fortan der Kunst gewidmet. Nur wenige Jahre später unterhielt Cloutard bereits den größten Kunstschmuggler- und Grabräuberring im Mittelmeer. Bis eines Tages die Arbeit von vielen Jahren in sich zusammengefallen war, wie ein Kartenhaus. Und daran war AF und nicht zuletzt Ossana Ibori schuld, die auch Farids Vater auf dem Gewissen hatte. Die Dinge waren aus dem Ruder gelaufen und Cloutard stand von heute auf morgen vor den Scherben seiner kriminellen Existenz. Im Zuge dessen hatte es ihn auch wieder in sein Elternhaus verschlagen. Er hatte seiner Mutter Giuseppina versprochen, dass er sich alles wieder zurückholen würde. Die Situation sah nun aber noch schlimmer aus. Er hatte seine Organisation nicht wieder aufgebaut und sein Tun hatte dazu geführt, dass nun seine Mutter in Gefahr war. Was Farid nicht wusste, war, dass er sich mit der gesamten norditalienischen Mafia angelegt hatte. Auf dem Weg nach Italien hatte Cloutard ein paar Telefonate geführt und die Capi hatten ihre Soldaten geschickt. Farid würde Augen machen.

Cloutard hielt sein Auto etwas abseits von dem Haus entfernt, das - wie jedes typische Landhaus in der Toskana - auf einer Anhöhe lag, über die man die sanften Hügel der italienischen Landschaft und deren Weingärten betrachten konnte. Eine sich kurvenreich windende Schotterstraße führte zum Haus. Cloutard hatte nicht vor, diese Straße zu nehmen. Er parkte seinen Wagen unter einer Gruppe Pinien und ging einen kleinen Waldweg den Hügel empor. Nach ein paar Schritten sah er sie bereits. Die drei Söhne von guten alten Freunden seines Vaters. Alle bereit für die Vendetta. Giuseppina war zwar nicht getötet worden, aber man bedrohte die Frau eines Mafioso nicht. Da verstanden die Männer allesamt keinen Spaß. Um in das Haus zu kommen, wurde ein unterirdischer Weg benutzt, der eigentlich als

Fluchtweg aus dem Haus gedacht war. Natürlich hätte Cloutard auch einfach nur die Männer schicken können, aber seine Mutter würde dann den Rest ihres Lebens kein Wort mehr mit ihm sprechen. Er musste das selbst tun.

Die Männer nickten Cloutard zu und mit ein paar Worten besprachen sie den Plan, dann trennten sie sich. Einige Minuten später platzten drei Männer durch die Eingangstür in das Haus und standen Sekunden später vor Farid. Ihre Waffen im Anschlag.

„Was soll das? Was sind das für Leute?", fragte Farid nervös, während er Giuseppina die Pistole an die Stirn hielt, die ihn wütend beschimpfte. Schweiß stand ihm auf der Stirn und seine Handflächen waren feucht.

„Du kleiner Strauchdieb hast keine Ahnung, mit wem du es hier zu tun hast. Du hast dein eigenes Todesurteil unterschrieben. Vermutlich hat deine Mutter dich nicht oft genug übers Knie gelegt und dir nicht gelehrt zu denken und dich zu informieren, bevor du in die Häuser von fremden Menschen einbrichst und ihnen eine Pistole an den Kopf hältst."

Giuseppina schimpfte mit Farid, als ob er ein ungezogenes Kind wäre, dass die teure Vase der Großmutter zerbrochen hatte. Cloutard hatte inzwischen unbemerkt über den Geheimgang das Haus betreten und stand seelenruhig hinter Farid.

Er und die anderen Männer mussten sich gehörig zusammenreißen, dass sie nicht laut loslachten, als Giuseppina die Schimpftirade über den armen Farid vergoss, dem es langsam aber sicher dämmerte.

„Sind das Mitglieder der Ma ..."

Farid konnte das Wort *Mafia* nicht fertig sprechen, denn Cloutard hatte ihm bereits mit seinem Spazierstock eins über den Schädel gehauen, sodass Farid wie ein nasser Sack zu Boden fiel. Die Männer entwaffneten Farid, fesselten ihn und verfrachteten ihn vorerst in den Keller.

„Wer ist dieser Anfänger eigentlich?", fragte Giuseppina, als sie mit den Männern aus dem Keller zurückkam, wo Farid bis auf Weiteres festgehalten wurde.

„Er ist der Sohn von Karim. Er hat nach dem Tod seines Vaters alles verloren und steht seitdem vor dem Nichts. Er kann kaum seine Familie ernähren und in seiner Verzweiflung hat er gedacht, er kann sich bei mir bedienen."

„Dilettante", sagte Giuseppina. Die Männer lachten und bekamen große Augen, als Giuseppina einen Augenblick später mit einem Silbertablett auftauchte. Darauf stand eine Flasche Grappa und fünf Schnapsgläser. Sie schenkte ein und verteilte die Gläser an die Männer.

„Salute e grazie tante."

Giuseppina hob das Glas und kippte den doppelten Grappa weg. Die Männer mussten sich beeilen, um mit ihr Schritt zu halten, da sie bereits dabei war, die Gläser wieder vollzuschenken. Das Grüppchen nahm auf der Terrasse Platz und eine typische italienische Unterhaltung entstand: Lautstark wurden alte Geschichten erzählt, Hände und Füße wurden bei der Unterhaltung eingesetzt, es wurde viel gelacht. Cloutard wurde klar, dass er sich schon lange nicht mehr so wohlgefühlt hatte. Er vermisste das. Als die Männer schlussendlich sich verabschiedeten, kam er noch mal auf Farid zu sprechen.

„Farid ist zwar ein Anfänger, aber ich kann ihn gut verstehen. Er hat alles nur für seine Familie gemacht. Seine Tochter ist tot krank."

Giuseppina hörte aufmerksam zu und ihr Blick wurde traurig. Sie war die Witwe eines Mafiabosses, sie hatte viel Tod und Gewalt gesehen, aber sie trug ihr Herz nach wie vor am rechten Fleck. Sie ging auf Cloutard zu und umarmte ihn. Und zwar länger, als sie das sonst tat.

„Dann werden wir dem kleinen Mädchen helfen, nicht wahr Francesco?" Giuseppina nannte Cloutard selten mit der italienischen Version seines Vornamens, aber stets dann, wenn es ihr ernst war.

„Wir finden einen Weg, Mamma", sagte er und drückte sie fest an sich.

Es war spät geworden und Cloutard und seine Stiefmutter bereiteten sich vor, zu Bett zu gehen, als das alte Telefon in der Küche läutete.

„Wer ruft so spät noch an?", fragte Cloutard.

Giuseppina nahm ab, nickte ernst und legte schnell wieder auf. Cloutard sah sie fragend an.

„Deine alte Mutter macht keinen Fehler zweimal. Draußen sitzen ein paar Männer und bewachen das Haus. Ich will nicht noch einmal ungebetene Gäste haben. Fredo hat gerade einen Mann beobachtet, der aus dem Waldstück am nördlichen Bergrand kam und von dort aus das Haus beobachtet. Hast du eine Ahnung, wer das sein kann?"

„Je ne sais pas du tout", sagte Cloutard.

„Non importante, wir sind vorbereitet!"

## 57

GEORGE WASHINGTON MASONIC NATIONAL MEMORIAL, ALEXANDRIA, BUNDESTAAT VIRGINIA, USA

Eine lange Schlange an Limousinen wand sich die lang gezogene Zufahrt nach oben. Ab und an blitzte der majestätische Turm durch die Bäume des Anwesens, bis er sich in seiner ganzen Pracht zeigte. Die noblen Stretchlimousinen hielten nacheinander vor dem monumentalen Treppenaufgang des George Washington Masonic National Memorial. Zwei, in Smokings gekleidete junge Männer, öffneten die Türen der ankommenden Fahrzeuge und ließen die in glamourösen Abendroben gekleideten Gäste aussteigen. Der rote Teppich führte über die mit Fackeln gesäumte Treppe hinauf zum Portikus. Bei jedem Gast brach ein Blitzlichtgewitter der Pressefotografen los, die am Fuße der Treppe aufgereiht waren.

Der Säulengang, durch den man die Memorial Hall betrat, erinnerte stark an griechische und römische Tempel. Scheinwerfer beleuchteten den beeindruckenden 101 Meter hohen Turm, der dem antiken Leuchtturm von Alexandria nachempfunden war. Eine Handvoll Security patrouillierte auf dem Gelände. Wahrscheinlich nur ein paar ehemalige Polizisten. Im Inneren würden sie sicher noch mit ein paar Wachen rechnen müssen, dachte Tom.

Die Limousine mit Tom, Hellen, Onkel Scott und Noah hielt nicht wie alle anderen vor der Treppe. Sie wurde weitergeleitet und fuhr um das Gebäude herum. Aufgrund von Noahs Handicap hatte Scott es veranlasst, dass sie über den weiter oben liegenden Seiteneingang das Gebäude betreten konnten.

Noah trat jetzt als der große Wohltäter auf, der in letzter Sekunde eine substanzielle Spende eingebracht hatte. Undercover Arbeit war für den ehemaligen Mossad Agent nichts Neues und fiel ihm leicht. Wenn er sich einmal in eine Rolle vertieft hatte, konnte er sehr überzeugend sein.

Die monumentale Halle, mit ihren acht gigantischen, etwa 13 Meter hohen Granitsäulen entfachte bei allen ein ehrfurchtsvolles Gefühl. Am Ende der großen Memorial Hall stand in einem Alkoven die über fünf Meter hohe Bronzestatue von George Washington, die 1950 von Präsident Truman, seines Zeichens selbst Großmeister der Freimaurer Loge, enthüllt worden war.

„Eines muss man euch Amerikanern lassen, opulente Feste habt ihr echt drauf", sagte Hellen zu Scott, als sie das Ambiente und die Menschen voll in sich aufnahm. Der Champagnerempfang, der vor dem Konzert stattfand, war im vollen Gange. Washingtoner Prominenz, Wirtschaftsgrößen und einige bekannte Gesichter aus dem Showbusiness, gaben sich ein Stelldichein. Kellnerinnen drängten durch die anwesenden Gäste und boten Champagner an.

Eine junge Frau in einem schlichten Cocktailkleid, mit einem Clipboard in der Hand und einem Headset auf dem Kopf, trat an das Team heran.

„Herzlich willkommen. Professor Asher." Sie reichte Scott ihre Hand. Er trug nicht seine normale Ausgehuniform, was man üblicherweise von einem Mann mit seinem militärischen Rang erwarten würde, sondern einen Smoking, wie auch Tom und Noah. Er wollte keine Aufmerksamkeit erregen.

„Nein." Scott lächelte. „Ich bin Scott Wagner. Aber lassen Sie mich meine Begleitung vorstellen. Das ist mein Neffe, Thomas Maria Wagner und seine charmante Begleitung, Dr. Hellen de Mey."

Tom gab in seinem Smoking und mit Hellen an seiner Seite, in ihrem atemberaubenden roten Abendkleid, eine stattliche Figur ab. Tom verdrehte die Augen, weil Scott seinen zweiten Vornamen genannt hatte, und Hellen konnte nicht glauben, dass Scott sie als Toms Begleitung vorgestellt hatte. Dann wandte Scott sich an Noah.

„Und zu guter Letzt, der wohltätige Spender, Professor Benjamin Asher."

Tom und Hellen traten zur Seite, Noah rollte auf die Dame zu und streckte ihr seine Hand entgegen.

„Willkommen im George Washington Masonic National Memorial", begrüßte die Hostess Noah und schüttelte ihm freudig die Hand.

„Mrs. Holten war sehr angetan über Ihre großzügige Spende. Sie möchte sich nach der Präsentation im Theatersaal gerne persönlich bei Ihnen bedanken. Ich komme Sie nach dem Konzert abholen und begleite Sie dann. Das Dinner findet im Anschluss in der Grand Masonic Hall im Untergeschoss statt. Aber als Erstes würde ich Ihnen gerne eine kleine Führung durch dieses unvergleichliche Gebäude anbieten."

„Ja gerne und ich freue mich schon sehr, Mrs. Holten kennenzulernen. Sie ist eine sehr faszinierende und beeindruckende Frau", gab sich Noah überaus weltmännisch in seiner Rolle als israelischer Philanthrop.

„Sehr schön, wenn Sie mir bitte folgen würden." Die junge Hostess machte sich auf, um ihren Rundgang zu beginnen. Sie führte die Vier hinter die großen grünen Säulen und hielt gleich als Erstes vor einem der beiden Wandgemälden in der Memorial Hall.

„Im Jahr 1922 begannen die Bauarbeiten dieses Gebäudes. Gleich hier sehen Sie eines der beeindruckenden Wandgemälde von Allyn Cox. Es zeigt die Grundsteinlegung des Capitols am 18. September 1793 durch George Washington. Es entstand in den 1950er Jahren. Wenn Sie mir nun bitte auf die andere Seite folgen würden."

Es verging einige Zeit und Tom wurde ungeduldig: „Wir können hier jetzt nicht stundenlang eine Führung machen."

Er beugte sich zu Hellen. „Wenn Cloutard wirklich Informationen an Ossana weiter gegeben hat, können die hier jeden Moment auftauchen", flüsterte er.

Hellen war in Gedanken und hörte nicht, was Tom zu ihr sagte. Sie hörte mehr der jungen Dame zu, die über das Gebäude, die Freimaurer und George Washington dozierte. Dabei wurde ihr eines plötzlich klar, das sie es zwar wusste, es aber bisher nicht im richtigen Kontext betrachtet hatte. Sie fing an, wie wild zu spekulieren, und ließ Tom sofort an jedem ihrer Gedanken teilhaben.

„Wir befinden uns in einem Freimaurertempel. Derjenige, der den Einfluss hatte dieses Geheimarchiv bauen zu lassen, musste ebenfalls ein Freimaurer sein. Harry S. Truman wurde im gleichen Jahr Präsident, als der Stein nach Amerika kam. Er war Freimaurer. Der Bau dieses Gebäudes wurde offiziell erst 1970 beendet. Also genug Zeit, um hier den Hinweis auf den dritten Stein zu verstecken. Aber wo?"

„Wenn Sie mir nun zum Aufzug folgen wollen. In den obersten Stockwerken finden wir das Observatorium, darunter die Tempelritter-Kapelle und im siebenten Stockwerk, eine Replika von Salomons Tempel", führte die Hostesse weiter aus.

Als Hellen das hörte, ging ihr augenblicklich ein Licht auf.

## 58

VOR DEM GEORGE WASHINGTON MASONIC NATIONAL MEMORIAL

Ein dunkler Schatten huschte über das Gelände. Er bewegte sich lautlos. Der komplett in schwarz gehüllte Soldat trug ein hochmodernes Nachtsichtgerät, eine Gesichtsmaske und hielt ein schallgedämpftes G36K Heckler&Koch Sturmgewehr im Anschlag. An seinem Oberschenkel trug er eine schallgedämpfte Pistole. Er war in Position und hatte sein Ziel im Visier. Doch er war nicht alleine, seine neun Kameraden hatten den Komplex umstellt und warteten auf ihre Befehle.

Zur selben Zeit fuhr ein gewaltiger schwarzer Truck Richtung Nordwesten die King Street, vorbei am George Washington Masonic National Memorial, entlang. Etwa einen halben Kilometer nach dem Museumskomplex gab es eine kleine Zufahrtsstraße, die ihnen wesentlich bessere Deckung bot. Ossana saß im Führerhaus neben dem Fahrer. Als sie im Begriff waren, links in den Carlisle Drive einzubiegen, sprach sie in ihr Funkgerät.

„Ich hoffe, ihr seid alle in Position, wartet auf meinen Befehl", sagte sie mit eiserner Kälte.

Der LKW näherte sich der kleinen Zufahrtsstraße. Ein einzelner Posten bewachte die Einfahrt. Der LKW hielt und der Security Mann trat an das Seitenfenster des Führerhauses heran.

„Sie können hier nicht durch, das ist Sperrgebiet, drehen Sie bitte sofort um."

„Es tut mir schrecklich leid, Sir", sagte Ossana vom Beifahrersitz des LKWs aus, in einem zuckersüßen Tonfall. Blitzschnell beugte sie sich über den Fahrer und schoss dem Wachmann zwischen die Augen.

„Jetzt!", befahl sie via Funk und nahezu synchron zischten zehn schallgedämpfte Gewehre los und zehn Security Männer gingen zeitgleich zu Boden. Ossana aktivierte den Störsender, der sowohl Handynetze als auch Funkfrequenzen blockierte, außer ihrer eigenen, verstand sich. Der LKW parkte auf dem hinteren Parkplatz des George Washington Masonic National Memorials. Ossana stiegt aus dem LKW. Sie trug ein atemberaubendes, bis zur Hüfte geschlitztes weißes Abendkleid. Sie ging auf den Seiteneingang zu und in der Zwischenzeit rückten die Soldaten zügig auf das Hauptgebäude vor.

## 59

IN SALOMONS TEMPEL, 7. STOCK, GEORGE WASHINGTON
MASONIC NATIONAL MEMORIAL

Die Führung hätte jetzt direkt im Observatorium weiter gehen sollen, doch Noah hatte auf Bitte von Hellen, drauf bestanden, dass sie direkt im 7. Stock des Turmes halt machten. Der Saal war eine Replika des Tempels von Salomon.

„Was hat Salomon mit den Freimaurern zu tun?", fragte Tom und erntete einen vorwurfsvollen Blick von Hellen.

„Der biblische König Salomon gilt als der größte Bauherr der Heiligen Schrift in der Steinmetzenüberlieferung. Die Freimaurer haben unter den Steinmetzen ihre Ursprünge. Salomons Tempel wird gebaut, wenn sich der Freimaurer dem Werke der Humanität zuwendet. Der Tempel des Salomon gilt als das Sinnbild der strafenden und vollziehenden Gerechtigkeit und ist zu einem Leitbild eines geistigen Tempels der Humanität geworden.", sagte die Führerin.

Tom war beeindruckt. „Die hat was drauf", sagte er.

„Hätte ich dir auch erklären können", sagte Hellen ein wenig pampig.

„Salomon steht auch über den Religionen. Er ist für Juden, Moslems und Christen gleichermaßen wichtig."

„Auch für die Christen?", fragte Noah. „Das ist mir neu."

„Nur für einen Teil der Christen. Salomon hatte eine kleine Affäre mit der Königin von Saba. Der Sohn, der daraus entstand, heißt Menelik und er gilt als Begründer der äthiopischen Könige. Die äthiopisch-orthodoxe Religion ist bis heute stark mit Salomon verbunden."

„Auch deswegen." Hellen lächelte wissend und deutete in Richtung des Vorhanges.

Tom war verwirrt. „Was ist hinter dem Vorhang?", fragte er. Doch Hellen antwortete nicht, ihr Mund stand offen, als sie das dezente Kreuzmuster am unteren Ende des Vorhanges sah. Sie ging ein paar Schritte darauf zu und begutachtete das Muster genauer, um ihre Vermutung zu bestätigen.

„Ich weiß jetzt, wo der dritte Stein ist", flüsterte sie.

Noah, Tom und Scott sahen sie entgeistert an.

„Es passt perfekt zusammen."

Hellen zeigte auf den Vorhang.

„Was ist hinter dem Vorhang?", fragte Tom abermals.

„Das ist egal. Der Vorhang selbst ist das Wichtige."

„Du sprichst in Rätseln, Hellen", sagte Scott.

„Am unteren Rand des Vorhangs ist ein Kreuzmuster, aber ein für die Freimaurer ganz und gar untypisches. Es ist ein Lalibela-Kreuz. Ein frühchristlich-orthodoxes Kreuz in einem Freimaurertempel macht keinen Sinn. Es kann nur eines bedeuten, dass dieses Kreuzmuster bewusst platziert wurde. Als Hinweis auf die Felsenkirchen von Lalibela. Der dritte Stein muss dort sein. Es war der perfekte Ort. Ein Stein blieb in Rom. Den zweiten schickten sie über den Atlantik nach Amerika, in das größte Museum der Welt und den dritten versteckten sie in Äthiopien, in einer auf 2500 Meter Höhe gelegenen Felsenkirche", endete Hellen ihre Theorie.

„Klingt plausibel", sagte Noah.

„Na dann, auf nach Lali..." Tom kämpfte mit dem Namen des Ortes.

„...bela, La-li-be-la", besserte Hellen ihn aus.

„Ok, dann holt jetzt den Stein von unten", wandte sich Scott an Tom und reichte ihm ein kleines Päckchen, das Tom sofort in seiner Innentasche verschwinden ließ.

„Und denkt daran, bringt ihn wie besprochen sofort zu mir. Ich werde den Stein dann in Sicherheit bringen."

„Aber unser Auftrag ist es, alle Steine in den Vatikan an ihren Ursprungsort zurückzubringen!", sagte Hellen.

„Keine Diskussion jetzt. So und nicht anders. Es ist schon schlimm genug, dass ich euch helfe, den Stein von hier wegzubringen. Das alleine kann mich vors Kriegsgericht bringen."

„Schon gut, einverstanden", bestätigte Tom seinem Onkel.

„Hauptsache das Ding ist in Sicherheit", sagte Noah. Hellen nickte.

„Wir treffen uns dann unten in der Memorial Hall", sagte Scott und Tom und Hellen machten sich auf und gingen schnellen Schrittes zum Aufzug.

„Mr. Asher, wir sollten nun langsam wieder nach unten fahren, das Konzert fängt in wenigen Minuten an und ich bin mir sicher, dass Sie das auf keinen Fall verpassen wollen", wandte sich die junge Dame an Noah.

„Es tut mir schrecklich leid, ich habe etwas die Zeit verloren. Es gäbe noch so viel, das ich Ihnen gerne gezeigt hätte."

„Das ist gar kein Problem, machen Sie sich keine Sorgen. Die Führung war sehr aufschlussreich", sagte Noah, beruhigte die junge Dame und wechselte einen freudigen Blick mit Scott. Sie begaben sich alle drei in Richtung Aufzug. Unten angekommen, bot die Hostesse noch an, Noah und Scott zu ihren Plätzen zu bringen.

„Danke, sehr aufmerksam von Ihnen, aber wir finden uns schon zurecht."

Etwas verwundert über den Tonfall, ließ sie Noah und Scott alleine und verschwand im Theatersaal. Vor dem Eingang zum Theatersaal stand jetzt eine gewaltige Menschenmasse. Alle wollten so rasch wie möglich zu ihren Plätzen.

Plötzlich erschrak Noah. Er traute seinen Augen nicht. Konnte es wirklich sein? Er zog Scott zu sich herunter und nickte in eine Richtung.

„Sie ist hier!"

„Wer ist hier?"

„Ossana, hinter der Gruppe vor dem Theater, weißes Kleid!"

Scott versuchte sich so unauffällig, wie möglich umzusehen.

„Los, hol so schnell wie möglich die Security, bevor es zu spät ist."

Scott ließ sich nicht lange bitten. Kurz danach tauchte er mit zwei Security-Mitarbeitern auf.

## 60

GEORGE WASHINGTON MASONIC NATIONAL MEMORIAL,
UNTERGESCHOSS

Die Aufzugtüren öffneten sich. Tom und Hellen verließen auf der Ebene der Masonic Hall die Kabine. Schnell stellten sie fest, dass sie ein Stockwerk zu tief gefahren waren. Auf diesem Level würde später das Dinner stattfinden. Es war wie ausgestorben. Sie wollten wieder zurück in den Aufzug, doch der war schon wieder auf dem Weg nach oben. Tom presste ungeduldig den Knopf.

„Er kommt deswegen nicht schneller", sagte Hellen und zog seine Hand zurück.

„Ich habe ein ganz mieses Gefühl bei der Sache", sagte Tom und sah sich verwundert um.

„Ist es wegen Cloutard?"

„Nein, ich meine wirklich das hier. Wo sind alle? Wo ist das ganze Personal? Hier soll in einer Stunde ein Dinner für 400 Menschen stattfinden. Hier sollte es vor Mitarbeitern nur wimmeln."

Jetzt wurde auch Hellen ein wenig nervös. Tom hatte recht. Plötzlich kam ein Security Mann um die Ecke.

„Hey, was machen Sie hier? Sie dürfen hier unten nicht sein." Mit schnellen Schritten kam der Mann auf die beiden zu. Er trug einen schwarzen Anzug und hob sein Funkgerät an seinen Mund. Als der Ärmel seines Sakkos zurückrutschte, sah Tom es.

Das wird Hellen nicht gefallen, dachte er. Im gleichen Moment hatte Tom den Mann auch schon überwältigt. Ein Schlag gegen den Kehlkopf, ein Tritt in die Weichteile und als der Mann vor ihm kniete, hatte er ihn mit einem Würgegriff ins Land der Träume geschickt.

„Was tust du? Bist du jetzt völlig verrückt?"

„Nimm seine Beine", sagte Tom und sie schleiften den Mann in einen kleinen Abstellraum. Er durchsuchte ihn, fand eine Pistole und nahm sie an sich.

„Ossana ist hier, wir müssen uns beeilen!"

Tom packte Hellen bei der Hand und zerrte sie buchstäblich die Treppe nach oben. Vorsichtig, um nicht einem weiteren Security Typen über den Weg zu laufen, blieben sie an der nächsten Ecke stehen, Tom checkte die Lage.

„Wie kommst du darauf, dass Ossana schon hier ist?", fragte Hellen im Flüsterton.

„Hast du sein Tattoo nicht gesehen? Ich erkenne es, auch wenn nur ein Teil zu sehen ist."

„Du meinst DAS Tattoo? Das du damals gesehen hast, als du Guerra wiedererkannt hast?"

„Ja, das AF Tattoo!"

„Wir müssen die anderen warnen!"

Hellen zog ihr Handy heraus und wollte Scott anrufen.

„Das wird nicht funktionieren. Sie blockieren sicher alles."

Tom hatte recht, das Mobilnetz war tot.

„Onkel Scott muss auf sich alleine aufpassen, wir müssen so schnell wie möglich den Stein holen und ihn hier wegschaffen."

„Aber ..."

„Wir wussten, dass so etwas passieren kann. Scott und Noah sind fähige Männer, die kommen zurecht", beruhigte er Hellen.

Wieder packte er sie bei der Hand und als die Luft rein zu sein schien, huschten sie über den Gang und hinein in die mittlerweile leere Memorial Hall. Sofort liefen sie zu dem Alkoven, in dem die Washington-Statue stand.

Auf einem knapp zwei Meter hohen Steinblock ragte die Bronzeskulptur auf. Ein schmaler Weg führte innerhalb des Alkovens rund um den Sockel. Sie stiegen über die rote Kordel, die den Zugang absperrte, und schlüpften nach hinten. Hellen zeigte sich erstaunt. Wo war hier eine Tür? Sie standen in dem engen Zwischenraum hinter dem Sockel, doch in dem nahtlosen Steinblock war keine Tür zu erkennen. Bevor sie etwas sagen konnte, holte Tom aus seiner Jacke das kleine Päckchen, das ihm Scott zuvor gegeben hatte. Er entfaltete das Papier und zum Vorschein kam eine Metallkarte mit unregelmäßig angeordneten Löchern. Sie hatte die Größe einer Kreditkarte und hing an einer Kugelkette, an der Soldaten üblicherweise ihre Dog-Tags trugen. Er reichte Hellen das Papier und betrachtete für einen Moment die Karte. Irgendwie erinnerte sie ihn an eine uralte Computer-Lochkarte.

„Was hast du damit vor?", flüsterte Hellen und sie sah, wie Toms Finger über den massiven Steinblock glitten. Er hielt inne. Er hatte ihn gefunden. Einen ein Millimeter breiten Spalt. Scott hatte ihm genau erklärt, wie und wo er ihn finden würde. Er nahm die Karte und führte sie vorsichtig in den Schlitz und augenblicklich fuhr ein Teil des Sockels, knirschend und reibend nach innen und gleichzeitig glitten zwei Reihen der Bodenplatten nach unten und formten den Beginn einer Treppe.

Hellen und Tom sahen sich erstaunt und zugleich erfreut an. Tom zog den Schlüssel ab, nahm sein Handy, aktivierte die Taschenlampe und stieg die dunkle Treppe nach unten. Hellen folgte ihm.

Sie waren den kurzen Gang nach unten gestiegen, bis sie vor einem alten Lift standen. An der Wand neben der Fahrstuhltür befand sich ein Keypad.

„Sag mir den Code." Tom forderte Hellen auf, ihr die Zahlenreihe zu sagen, die auf dem Blatt stand, in dem der Schlüssel eingewickelt war.

Hellen las die 12-stellige Zahlenreihe vor und Tom tippte sie ein. Das rote Lämpchen auf dem Keypad sprang auf Grün. Augenblicke später glitt die Fahrstuhltür auf und sie traten ein. Die kleine Kabine, die nicht mehr als zwei Personen fasste, schoss sofort in die Tiefe.

„Wer kann es nur so eilig haben?", schnaufte Hellen, der jetzt ein wenig übel war, als der Lift abrupt zum Stehen kam. Licht flackerte an. Vor ihnen tat sich ein schier endlos wirkender, in der Dunkelheit verschwindender, schmaler Gang auf. Zögerlich verließen sie den Lift. Mit jedem Schritt ging ein weiteres Licht an und hinter ihnen wieder aus.

„Laut Onkel Scott befinden wir uns jetzt ungefähr 80 Meter unter der Memorial Hall. Dieser Gang ist perfekt nach Osten ausgerichtet und führt uns genau unter das riesige Freimaurersymbol, das vor dem Gebäude prangt."

Mit schnellen Schritten liefen sie den 120 Meter langen Gang entlang.

Am Ende des Ganges angelangt, standen sie vor einer weiteren Stahltür. Wie schon zuvor führte Tom die Lochkarte in einen Schlitz. Unterhalb des alten Monitors fuhr eine Tastatur aus der Wand.

„Ein ziemlich altmodisches Sicherheitssystem", wunderte sich Tom. „Hat ein bisschen einen Steampunk-Vibe."

„Wahrscheinlich Budgetkürzungen, der ganze Laden hier wird aus Spendengeldern der Freimaurer-Gemeinde finanziert."

„Wie lautet der Text, der unter dem Code steht?"

Hellen hielt ihm den Zettel hin und er tippte die erste Phrase in den Computer. Die Tür der Schleuse öffnete sich und sie betraten einen kleinen Raum, der als zusätzliche Sicherheitsschleuse diente. Das Licht ging automatisch an. Ein weiterer Terminal sicherte die zweite Tür am Ende des Raums. Für den Moment waren sie gefangen. Tom tippte die zweite Phrase von dem Blatt Papier ab und drückte Enter.

Hellens Anspannung wuchs. Sie war im Begriff, nur Tage nach ihrem Besuch in Rom, den zweiten Teil der *Bibliothek der Könige* zu Gesicht zu bekommen. Die Tür zischte und schwang langsam auf. Der Raum dahinter war deutlich kleiner als das Archiv in Rom, aber für Hellen um kein bisschen weniger faszinierend. Das Licht ging mit dem typischen *kling kling* Geräusch der Neonlampen an und erhellte einen etwa 40 Meter langen Raum. Die linke Wand bestand aus mindestens 60 Reihen mit sechs übereinander liegenden kleinen Türen mit Sichtfenstern. Hinter all den kleinen Fenstern lagerten Tausende Schriftrollen. Klimatresore, dachte Hellen. Über kleine Bedienfelder konnte man jeden Einzelnen regulieren. Die rechte Wand sah genauso aus. Sie wurde nur in der Mitte durch zwei große Türen unterbrochen. Dort befanden sich zwei Labore, in denen die Schriftrollen unter optimalen Bedingungen untersucht werden konnten.

Schade, dachte Hellen. Trotz ihrer Aufregung und der Begeisterung, stimmte sie die Situation ein wenig traurig. Würde sie jemals wieder die Gelegenheit bekommen, diesen Raum ein weiteres Mal zu betreten? Oder sogar den Inhalt genauer unter die Lupe nehmen zu können? Tom hatte Hellens Wehmut erkannt, als sie völlig verträumt langsam an den Klimazellen vorbei ging und versucht war, jede einzelne Rolle herauszunehmen und genauer anzusehen.

„Dafür haben wir leider keine Zeit, aber Scott kann sicher versuchen, dir einmal einen längeren Besuch zu ermöglichen", munterte Tom sie auf.

Hellen erstrahlte und war gleich wieder mehr bei der Sache. Die Wand gegenüber dem Eingang, am Ende des Raumes, war übersät mit Schließfächern wie in einem Banktresor. An der Seite befand sich ein weiterer, kleiner Terminal. Hier wurde nur die Karte benötigt. Tom ließ sie in den Schlitz gleiten und ein Schließfach in der Mitte der Wand sprang auf. Gespannt zogen sie die Lade ein Stück weiter heraus und kippten den Deckel nach oben. Da war er. Schmucklos in Schaumstoff gebettet, lag hier das zweite Bruchstück des smaragdgrünen *Steins der Weisen*.

## 61

MEMORIAL HALL

„Tom, es tut mir leid", waren die ersten Worte, die Tom vernahm, als er hinter dem Steinblock hervortrat und wieder in die Halle kam. Obwohl er für einen Moment erschrak, schaltete Tom schnell und ging sofort zusammen mit Hellen hinter dem Sockel in Deckung. Inmitten der leeren Memorial Hall bot sich ihnen eine nahezu aussichtslose Situation. Ossana hielt Scott eine Waffe an den Kopf. Daneben saß Noah mit leicht erhobenen Armen. Die drei Soldaten zielten in Richtung Tom. Und auf der linken Seite beim Eingang lagen zwei tote Security-Leute.

„Mr. Wagner, ich glaube, Sie haben etwas, das mir gehört", sagte Ossana.

„Woher weiß ich, dass du uns gehen lässt, wenn wir dir den Stein geben?"

„Das wissen Sie natürlich nicht, aber ich gebe Ihnen trotzdem mein Wort. Geben Sie mir den Stein und Ihr Onkel muss nicht sterben."

Tom überlegte kurz. Hellen nickte. Sie saß zusammengekauert am Treppenabgang.

„Ok, ich komm raus."

Tom hielt mit beiden Händen den Stein über seinem Kopf, trat langsam aus der kleinen Nische hervor und stieg über die Kordel.

„Los! Den Stein!"

Ossana trat mit einem Bein gegen die Rückenlehne von Noahs Rollstuhl. Zögerlich fuhr er auf Tom zu. Unmerklich nickte Tom Noah zu und gab auch Scott mit einem eindringlichen Blick zu verstehen, dass gleich etwas passieren würde. Dann ging alles recht schnell. Tom warf Noah in hohem Bogen den Stein zu. Scott nutzte die Ablenkung, drehte sich blitzschnell, schob Ossanas Waffe zur Seite und stieß sie mit voller Wucht von sich. Sie knallte durch die Wucht hin, ihre Waffe fiel zu Boden und rutschte über den glatten Marmor. Scott machte kehrt, im Vorbeilaufen griff er nach Ossanas Waffe und sprang hinter eine der acht grünen Marmorsäulen. Ein paar Kugeln schlugen neben seinen Kopf in die Säule. Gleichzeitig zog Tom die Waffe, die er hinten in seiner Hose stecken hatte und streckte mit gezielten Schüssen zwei der Soldaten nieder, während er auf die andere Seite lief und ebenfalls hinter einer Säule Deckung suchte.

Hellen, die dicht hinter Tom nachgekommen war, als der Tumult losbrach, schnappte den Rollstuhl. Noah war schnell auf sie zugerollt, nachdem er den Stein gefangen hatte. Tom und Scott schossen abwechselnd auf den letzten Soldaten und gaben so Noah und Hellen die Gelegenheit, die Memorial Hall zu verlassen. Als Tom sich ebenfalls hinter einer Säule verschanzt hatte, drehte sich der Spieß um.

Der dritte Soldat gab Ossana Deckung und feuerte abwechselnd auf Tom und auf Scott. Wütend ging Ossana hinter einer Säule auf Toms Seite in Deckung und kickte ihre Highheels von sich.

Erst jetzt bemerkte Tom, dass Scott getroffen war. Mit schmerzverzerrtem Gesicht kauerte Scott am Fuße einer Säule und besah sich seine Schusswunde am Bauch. Er sah zu Tom hinüber und mit gequältem Grinsen und einem erhobenen Daumen signalisierte er, dass er OK war.

Tom musste die Sache hier so schnell wie möglich unter Kontrolle bringen. Er deutete seinem Onkel, dass er zu ihm kommen werde, doch Scott verdeutlichte ihm, zu bleiben wo er war. Mühsam raffte sich Scott auf. Mit letzter Kraft und unter höllischen Schmerzen schob er sich an der Säule empor. Er checkte den Ladestand der Pistole. Dann salutierte er Tom und trat aus seinem Versteck hervor.

„Hey, Arschloch", brüllte Scott und gab die letzten drei Schuss seiner Waffe auf das Versteck des Soldaten ab. Als dieser hörte, dass Scott seine Waffe weggeworfen hatte, lugte er aus seinem Versteck hervor und das gab Tom die Gelegenheit. Mit einem gezielten Schuss streckte er den Soldaten nieder.

Jetzt lief Tom zu seinem Onkel hinüber, der am Fuße der drei Stufen, die entlang der Säulen verliefen, zusammengebrochen war.

„Pass auf, dass sie dir nicht entwischt", krächzte Scott und zeigte auf die gegenüberliegende Seite, wo Ossana losgelaufen war.

„Stop", schrie Tom und Ossana erstarrte.

„Geh und hilf deinen Freunden, ich bin OK, das wird schon wieder."

Scott saß auf den Stufen und presste mit einer Hand auf die Wunde und mit der anderen deutete er Tom zu gehen. Der warf einen kurzen Blick über die Schulter zu seinem Onkel, nickte ihm zu und ging zu Ossana, die mit hinterm Kopf verschränkten Händen vor dem Ausgang stand. Am Weg bückte er sich, hob eines der Sturmgewehre auf und warf die Pistole zur Seite.

„Meine war auch leer."

Tom drückte ihr das Gewehr gegen den Hinterkopf und sie ging los. Er warf noch einen letzten Blick zu seinem Onkel, der ihm hastig deutete zu gehen.

„Was glaubst du, wie das hier ausgehen wird?", fragte Ossana.

„Wir werden einen kleinen Gefangenenaustausch vornehmen", gab Tom selbstbewusst zurück. Sie gingen zum Seitenausgang, der auf den hinteren Parkplatz führte. Sie traten ins Freie und Tom traute seinen Augen nicht. Auf dem Parkplatz stand ein riesiger schwarzer

Truck, die Seitenwände des Anhängers waren zur Seite geklappt und darauf stand ein Black Hawk Hubschrauber. Sechs Gewehre schnellten in die Höhe, als die Seitentür des Memorials aufging. In der Mitte der ganzen Szenerie stand Hellen mit erhobenen Händen. Neben ihr Noah.

Doch was Toms Gehirn nicht verarbeiten wollte, war die Tatsache, das Noah eine Waffe auf Hellen gerichtet hatte.

## 62

AUSSERHALB VON CLOUTARDS HAUS, IN DER NÄHE VON SIENA, TOSKANA

Isaac Hagen sah durch seine Wärmebildkamera und erkannte zwei Körper in zwei verschiedenen Räumen des Hauses. Offenbar schliefen beide. Der Auftrag von Ossana war klar gewesen.

„Cloutard eliminieren. Er weiß zu viel. Und vor allem hat er unser Geld."

Dankenswerterweise wusste Ossana auch ganz genau, wo er Cloutard finden würde. Was ihn ein wenig verärgert hatte, war ihr Versprechen: „Das könnte dir Spaß machen." Es war der langweiligste Tötungsauftrag, den er seit Jahren angenommen hatte. Sie waren mitten in der italienischen Pampa. Keinerlei Herausforderung für ihn. Ein einsames Haus, keine Nachbarn in Sichtweite, eine Zufahrtsstraße, die nächste Polizeistation kilometerweit entfernt und ein Opfer, das völlig überrumpelt sein würde. Er blickte auf die Uhr.

*Rein, Killen, Raus,* dachte er. Das war einfacher als einem Baby den Schnuller wegzunehmen.

Hagen checkte noch mal das Wärmebild. Die beiden Körper rührten sich nicht, allem Anschein nach schliefen sie tief und fest. Hagen hatte den Weg von der Hügelkuppe zum Haus in rund zehn Minuten zurückgelegt und stand nun direkt vor dem Eingang des Hauses. Er checkte die Fenster und Türen im Erdgeschoss. Es gab keinerlei Hinweise auf eine Alarmanlage. Hagen war noch ein Stück mehr verärgert. Nicht mal eine kleine Hürde wurde ihm präsentiert. Eine kleine Entscheidung lag aber noch vor ihm, die dann doch ein wenig Herausforderung darstellte. Das eine Schlafzimmer befand sich im Erdgeschoss, das zweite im ersten Stock. Wohin sollte er zuerst gehen? Laut seinen Informationen bewohnte Cloutards Mutter das Haus, also auch nicht wirklich eine Gefahr. Er beschloss, eine Münze zu werfen. Beinahe lautlos öffnete er die Eingangstür und schlich durch den Flur, bis er am Treppenaufgang stand. Im Haus herrschte absolute Stille, während er in seiner Hosentasche nach seinem guten, alten Glückspenny fingerte. Er blickte mit seinem Nachtsichtgerät darauf.

*Kopf - Erdgeschoss. Zahl - erster Stock*, dachte er.

Er warf die Münze und blickte darauf.

„Dann wird wohl der erste Stock zuerst dran glauben müssen."

Plötzlich gingen im ganzen Haus die Lichter an. Hagen war für eine Sekunde blind. Er riss sich das Nachtsichtgerät vom Kopf und sah plötzlich in die Augen einer rund 1 Meter 50 großen, alten Frau, die ihn freundlich anlächelte. Dann wurde es wieder dunkel. Der Schlag, den er im nächsten Moment auf seinen Hinterkopf bekam, ließ Hagen bewusstlos zusammensacken.

\*\*\*

„Evviva il mattarello!", sagte Giuseppina und grinste Hagen an, der soeben aus seiner Ohnmacht aufgewacht war. Ein Eimer mit eiskaltem Wasser war ihm ins Gesicht geschüttet worden. Er musste fantasieren. Vor ihm stand eine gut achtzigjährige Frau mit einem Nudelholz in der Hand, er war an einen Stuhl gefesselt und Cloutard saß ein paar Meter entfernt in einem Schaukelstuhl, mit einem Glas Cognac in der Hand. Cloutard stand auf und ging auf Hagen zu.

„Ich kann mir schon denken, wer Sie geschickt hat. Unsere liebe Freundin Ossana Ibori, n'est-ce pas?"

Hagen verzog keine Miene. Er zog an seinen Fesseln, merkte aber, dass er mit mehreren Kabelbindern gefesselt war. Da war jede Bewegung zwecklos.

„Sie brauchen nicht zu antworten. Ich kenne Ossana gut genug."

Giuseppina ging auf Hagen zu und setzte sich seelenruhig vor ihn hin. Sie sah ihn eiskalt an. Cloutard kannte diesen Blick. Er kannte niemanden auf der ganzen Welt, der einem so tief in die Seele schauen und einem gleichzeitig solch eine Heidenangst einjagen konnte, wie Giuseppina. Sie hatte sich niemals in der Vergangenheit die Hände schmutzig gemacht, solange Innocenzo noch lebte. Natürlich hatten sie dafür ihre Soldaten. Aber was sie von Innocenzo gelernt hatte, war psychologische Kriegsführung, die Manipulation von Menschen. Sie hatte jahrelang beobachtet, wie nur ein Blick ihres Mannes jedem den Angstschweiß auf die Stirn getrieben hatte. Sie hatte gelernt, dass Menschen sich einer starken Führung unterwerfen und dass es einfach darauf ankommt, wer die Macht hat. Oder auch nur so tat. Gestik, Mimik, Stimmlage und Körpersprache waren es, die Menschen gefügig machten. Man musste nicht mit Folterwerkzeugen drohen oder sie gar anwenden. Man musste kein Exempel statuieren. Giuseppina zog alle Register. Und man konnte mitansehen, wie langsam aber sicher Hagens Fassade zu bröckeln begann, ehe sie noch eine Frage gestellt hatte. Und dann kam ein Satz, der Hagen erstaunte. Und auch Cloutard.

„Sie arbeiten für AF. Und wir sind Teil einer sehr großen Familie, wenn Sie verstehen, was ich meine. Wir könnten jetzt Rache üben, weil Sie uns töten wollten. Aber wir denken an die Zukunft."

Giuseppina blickte Cloutard an und der wusste bereits, worauf sie hinauswollte. Die alte Mafiabraut hatte jahrzehntelang von den Großen gelernt. Nicht aus der Emotion heraus agieren. Immer einen langfristigen Plan haben. Immer einen Vorteil herausholen, auch wenn das auf den ersten Blick unmöglich schien.

Nachdem Giuseppinas Ton einen Hauch friedvoller geworden war, entspannten sich auch Hagens Gesichtszüge.

„Wir könnten uns gegenseitig viel Gutes tun", sagte sie und begann langsam durch das Zimmer zu wandern. Cloutard wusste bereits nach Giuseppinas erstem Satz, dass Hagen auf ihr Angebot einsteigen würde. Es war ein Angebot, das er nicht ablehnen konnte.

## 63

AUF DER RÜCKSEITE DES GEORGE WASHINGTON MASONIC
NATIONAL MEMORIAL

Tom starrte Noah an und brachte kein Wort heraus.

„Eigentlich hat es sich jetzt schon gelohnt", sagte Noah.

Er senkte die Waffe, denn es waren genug Gewehre auf Tom und Hellen gerichtet, um sie in nur einer Sekunde ins Jenseits zu befördern. Tom ließ das Gewehr fallen.

„Genau dieses dumme Gesicht wollte ich sehen." Noah war auf Tom zugerollt. Er reichte seine Waffe an Ossana, die Tom sofort ins Visier nahm. Tom hob seine Hände und verschränkte sie hinter seinem Kopf. Er war noch immer nicht im Stande ein Wort zu sagen.

„Ich habe lange auf diesen Augenblick gewartet, mein Freund." Die letzten beiden Worte spie Noah förmlich aus. „Auf den Augenblick, wo ich dir deine Unfähigkeit endlich vor Augen halten kann."

Tom dämmerte es langsam aber sicher. Seine Mine veränderte sich.

„Na endlich! Jetzt hat es Klick gemacht. Dauert ja bei dir immer ein wenig."

Noah rollte seelenruhig ganz nahe an Tom heran und sah ihm in die Augen. Ein paar Sekunden lang passierte nichts. Dann explodierten die Worte förmlich aus Noahs Mund, und das in einer Heftigkeit, die Tom zurückschrecken ließ: „Seit Jahren bin ich an dieses Ding gefesselt. Nur weil du einen Anfängerfehler gemacht hast. Du warst bei unserem gemeinsamen Einsatz damals nicht auf deinem Posten, hast nicht wie ausgemacht deinen Bereich gesichert und deswegen hat man mich abknallen können. Wegen deiner Dummheit saß ich auf dem Präsentierteller und ließ mir mein Rückenmark zerfetzen."

„Noah, aber ...", stammelte Tom.

„Halt deine verdammte Fresse", brüllte Noah, dass die Adern auf seiner Stirn hervortraten.

„Ich bin kein Mann mehr wegen dir. Ich war der Top-Agent des Mossads. Sie kamen zu mir, wenn sie nicht mehr weiter wussten. Sie brauchten mich. Sie brauchten meine Hilfe. Und plötzlich konnte ich nicht mehr alleine aufs Scheißhaus gehen."

Tom wollte etwas erwidern, kam aber nicht dazu.

„Du weißt nicht, wie das ist. Du hast nicht die geringste Ahnung, wie man sich fühlt, wenn einem von heute auf morgen alles genommen wird, wofür man gelebt hat. Dieser Job war mein Leben. Und was kann ich jetzt tun? Ich bin zum Nerd degradiert worden. Ich kann auf

Computern herumtippen und für euch alle den Hacker mimen."

„Du hast mir also die ganze Zeit deine Freundschaft nur vorgespielt?"

„Durch Täuschung sollst du Krieg führen."

Noah lachte gellend auf. Etwas Entrücktes lag in seinem Blick.

„Ich dachte nie, dass das Motto des guten alten Mossads mir mal so gute Dienste leisten würde."

„Aber warum hilfst du ...", Tom zeigte auf Ossana, „... ihr?"

„Vor ein paar Monaten bekam ich eine aktuelle Diagnose meines Arztes. Mein Zustand verschlimmert sich. Er hat mir de facto mein Todesurteil vorgelesen."

Tom war erschüttert. Er verstand zwar gerade nicht, was Noah da tat und warum er auf Ossanas Seite stand, aber er wollte sicher nicht Noahs Tod. Er sah in das von Hass erfüllte Gesicht seines besten Freundes. Oder besser des Menschen, den er bis vor ein paar Minuten für seinen besten Freund gehalten hatte. Auch wenn die Situation noch so absurd war, er verstand es. Er wusste zwar nicht, wie es war, plötzlich im Rollstuhl zu sitzen, aber er konnte sich vorstellen, dass man daran zerbrechen konnte. Und er wusste, dass er Schuld daran hatte. Nur was hatte Noah dazu veranlasst, AF zu helfen?

„Warum ich ihr helfe, fragst du mich? Du hast mal wieder nicht aufgepasst. Der Papst hat es dir doch erzählt. Er hat dir von der Macht des Steins erzählt. Der Stein, der die Dinge vervollkommnet. Der reich machen kann. Der gesund machen kann. Der heilen kann. Der Stein, der mich heilen wird."

Tom konnte sich nicht erinnern, wann er das letzte Mal geweint hatte. Aber er spürte, wie sich Tränen in seinen Augen bildeten. Mitgefühl überkam ihn. Noah klammerte sich in seiner verzweifelten Situation an jeden Grashalm, um wieder gesund zu werden, um dem Tod zu entfliehen. Ossana und AF mussten ihm das Blaue von Himmel versprochen haben und der gebrochene Mann war darauf eingestiegen. Er wusste, dass er hier und jetzt nichts ausrichten konnte. Diskutieren hatte jetzt keinen Sinn.

„Tom, Tom, Tom. Ich mochte dich. Ehrlich. Du hast dein Herz am rechten Fleck. Sogar jetzt, nachdem ich deine kleine Freundin bedroht habe, dein Onkel angeschossen ist und du mit dem Rücken zu Wand stehst, spielst du immer noch den Helden, der Gerechtigkeit für alle will. Jetzt heult er auch noch."

Er sah Ossana an, die leise kicherte.

„Und so, wie ich dich kenne, heulst du, weil du Mitleid mit mir hast. Aber weißt du was?"

Noah hatte sich kurzfristig abgewandt und war von Tom weggerollt. Dann drehte er sich wieder um und sah ihn an.

„Du kannst dir dein beschissenes Mitleid in den Arsch stecken. Hier ist Ende. Du hast verloren. Ich habe gewonnen. Und ich werde wieder gehen können. Und dann, mein Freund, wirst du auch noch bezahlen, für all die Jahre, die ich wegen dir verloren habe."

Ossana signalisierte ihren Männern, dass es Zeit war aufzubrechen. In der Ferne konnte man Sirenen hören, die Polizei und das FBI waren auf dem Weg. Die Rotoren des Helikopters fingen an, sich zu drehen.

„Los, wir müssen hier weg", rief sie Noah zu, der noch immer Tom mit einem manischen Blick anstarrte. Tom nahm langsam seine Hände herunter und sackte unter Schock zusammen. Fassungslos sah er zu, wie die Soldaten Noah in den Helikopter hievten. Ossana stieg als letzte ein, warf Tom noch einen gehässigen Blick zu und schloss die Tür. Hellen, die fast vom Wind des abhebenden Helikopters umgeblasen wurde, lief gebückt zum Eingang und zerrte den apathischen Tom hoch. Beide liefen zurück in das Gebäude.

Durch den ohrenbetäubenden Lärm des abhebenden Hubschraubers auf den Plan gebracht, strömten die ersten verwirrten Gäste aus dem Theatersaal. Erschrockene Schreie entfuhren einigen, als plötzlich ein blutüberströmter Mann aus der Memorial Hall stolperte und zusammenbrach.

Tom und Hellen liefen zu ihm und konnten ihn gerade noch auffangen. Sie erkannten sofort, wie ernst es um seinen Onkel stand.

„Ist hier irgendwo ein Arzt?", rief Hellen mit Tränen in den Augen. Die Sirenen der anrückenden Polizei wurden immer lauter und einige der Gäste liefen nach draußen. Scott stammelte unter Schmerzen.

„Vielleicht habe ich mich doch geirrt, Kleiner. Ist doch nicht nur ein Kratzer ..." Er hustete und sein Gesicht verzerrte sich vor Schmerzen.

„Du schaffst das, Onkel. Halte nur noch ein paar Minuten durch." Toms Stimme bebte und wieder traten Tränen in seine Augen. „Du musst das zu Ende führen, Tom. Du musst die Steine in Sicherheit bringen. Du musst ..." Er hustete abermals.

„Alles kommt in Ordnung. Ich kümmere mich darum. Jetzt ist mal wichtig, dass du gesund wirst."

Er glaubte sich selbst nichts von dem, was er sagte. Er hatte schon einen Menschen im Einsatz sterben gesehen. Das Husten von Scott endete jäh und sein Körper erschlaffte in Toms Armen. Zusammen mit der Polizei stürmten nun auch Ärzte und Sanitäter in das Gebäude. Sofort kümmerte man sich um Scott, aber es war zu spät. Alle Wiederbelebungsversuche blieben erfolglos. Hellen hielt Tom im Arm, der ins Leere starrte. Das rot- und blaublinkende Licht der Einsatzfahrzeuge gab der tragischen Situation etwas Gespenstisches. Tom nahm die Welt um ihn herum nur in Zeitlupe wahr und fühlte sich mit einem Mal unendlich allein.

## 64

CLOUTARDS HAUS, IN DER NÄHE VON SIENA, TOSKANA

Giuseppina und Cloutard saßen zufrieden auf der Terrasse. Giuseppina hatte gekocht und der Tisch bog sich unter dem Gewicht der vielen Köstlichkeiten, die eine ganze Armee hätten verköstigen können: Bruschetta, Crostini, Caprese, Fiori di Zucca, Prosciutto e melone, Pesce Spada affumicato, Cozze gratinate und vieles mehr. Und das waren erst die Vorspeisen. Die Pasta köchelte noch in der Küche. Cloutard war zwar Franzose und liebte die Haute Cuisine, aber wenn *La Mamma* kochte, war das nicht zu überbieten. Während des Essens war übrigens auch die einzige Zeit, in der Giuseppina nicht schimpfte und zeterte. Da war auch sie glücklich.

Cloutard beträufelte ein Bruschetta mit ein wenig Olivenöl, schob es sich in den Mund und spülte mit einem Schluck Villa Antinori Rosso nach. Auch er war selig.

„Wir haben einen guten Deal mit diesem Engländer gemacht, o cosa ne pensi?", sagte Giuseppina.

Cloutard nickte schmatzend und ging im Kopf noch mal die vielen neuen Optionen durch, die sich für ihn ergeben würden. Das Läuten seines Mobiltelefons zerstörte die Idylle und ließ beide erschreckt hochfahren. Giuseppina war sofort wieder im Schimpf-Modus.

„Madonna mia, il tuo fottuto telefono", schimpfte sie, als Cloutard auf das Display blickte. Cloutard erkannte den Anrufer und nahm ab.

Es dauerte einige Minuten, in denen Cloutard nur nickte und „Oui, oui" murmelte. Cloutard war dabei aufgestanden und tigerte nervös über die Terrasse. Giuseppina hatte beschlossen, sich wieder dem Essen zu widmen. Sie lud inzwischen tonnenweise Spaghetti Aglio con olio e peperoncino auf die beiden Teller und begann mit verklärtem Blick zu essen. Cloutard legte auf und tippte dann fahrig auf seinem Mobiltelefon herum.

„Francesco, gli spaghetti si raffreddano", sagte sie vorwurfsvoll.

Cloutard beendete ein weiteres Telefongespräch und setzte sich neben seine Stiefmutter.

„Ich muss los. Ich habe etwas Wichtiges zu erledigen. Etwas, das all meine Probleme für immer lösen wird und gut zu unserem gemeinsamen Plan passt."

„Das hast du schon oft gesagt und immer wieder bringst du Schande über unsere Familie. Innocenzo - Gott hab ihn selig - wäre wahrlich enttäuscht von dir."

„Bitte nicht immer die gleiche Leier. Ich weiß, was Vater denken und tun würde. Und ich versuche mein

Möglichstes. Aber ich bin eben nicht er. Und du musst das auch irgendwann verstehen."

Sein Ton war schärfer geworden und zu Cloutards Überraschung erwiderte Giuseppina nichts, sondern aß weiter.

„Tu, was du tun musst", sagte sie, stand auf und gab ihm einen Kuss auf die Stirn. „Nimm aber Marcello und Giuliano mit. Sicher ist sicher."

Der Ton war so dominant, dass Cloutard nicht widersprechen wollte. Es würde ohnehin keinen Sinn machen. Er blickte auf die Uhr. „Ich muss mich beeilen. Mein Flug geht schon in zwei Stunden."

## 65

1943, BÜRO DES PRÄFEKTEN DES VATIKANISCHEN ARCHIVS, VATIKAN

Monsignore Giuseppe Negozi, Präfekt des Vatikanischen Konzils sah seinem Bruder Silvio besorgt nach, als er sein Büro verlassen hatte. Seine beiden Brüder hatten eine wichtige Aufgabe übernommen, nämlich das Allerheiligste in Sicherheit zu bringen. Es war hier im Vatikan vor Hitlers Schergen einfach nicht mehr sicher. Schon vor Jahren wurde das Interesse der Nazis an historischen, mythischen und okkulten Artefakten bekannt. Himmler und Hitler selbst beschäftigten sich intensiv damit und hatten die unterschiedlichsten Teams über die ganze Welt verteilt, um Artefakte und Schätze aufzuspüren. Nach dem Stein der Weisen suchten sie ohne Frage auch. Und seitdem es Kontakte zwischen dem Vatikan und Hitlerdeutschland bis in die obersten Reihen gab, war hier alles möglich geworden. Auch, dass die Nazis den Stein der Weisen in ihre Finger bekamen und damit erheblichen Schaden anrichten würden. Er war einer der wenigen Menschen, die tatsächlich Zeuge der Macht des Steines geworden waren, die gesehen hatten, was der

Stein Gutes aber auch Entsetzliches bewirken konnte. Und als der Arm der Nazis bis zum Heiligen Stuhl zu reichen begann, hatte er mit seinen beiden Brüdern beschlossen, zwei Teile des Steins aus dem Vatikan zu entwenden und ans jeweils andere Ende der Welt in Sicherheit zu bringen. Angelo hatte Kontakt zu österreichischen Widerstandskämpfern und die wiederum zu den Amerikanern. Sie hatten somit beschlossen, einen Teil in die USA zu bringen. Er selbst und sein Bruder Silvio unterhielten freundschaftliche Beziehungen zu den verschiedenen koptischen Kirchen und so hatten sie beschlossen, den Stein ins Kaiserreich Abessinien zu bringen und dort der Obhut des Kaisers Haile Selassie zu übergeben. Beide Aufgaben waren gefährlich und so gesellten sich ins Gesicht des Monsignores noch mehr Sorgenfalten als sonst.

Silvio Negozi kam am darauffolgenden Tag in Civitavecchia an und war von der dortigen Zerstörung entsetzt. Die Stadt und der Hafen waren durch zahlreiche Luftangriffe verwüstet worden. Das Arsenal, die Wachtürme, der alte Leuchtturm und die Bramante-Festung waren dem Bombenhagel zum Opfer gefallen. Er hatte wahrhaftig Glück, dass er dort einen Kapitän fand, der sich bereit erklärte, ihn quer durch das Mittelmeer und durch den Suezkanal nach Abessinien zu bringen. Er hatte erhebliche Geldmittel von seinem Bruder erhalten, um die Reise zu finanzieren. Die Überfahrt war höchst gefährlich und so war es kein Wunder, dass nahezu Silvios gesamtes Budget für die Heuer des Kapitäns aufkommen musste. Rund eine Woche später legte das Schiff in Assab an. Dort wurde er von einem Freund seines Bruders empfangen, Tekle Haymanot einem Geistlichen der äthiopisch-orthodoxen Kirche. Gemeinsam machten sie sich auf eine noch beschwerlichere Reise. Mit einer alten Klapperkiste, die nur entfernt an ein Auto erinnerte und offensichtlich ein Überbleibsel der Besatzung durch Benito Mussolini war, fuhren sie weit ins Landesinnere nach Addis Abeba, der Hauptstadt des Kaiserreichs Abessinien. Einen Tag nach Silvios Eintreffen wurde er von Kaiser Haile Selassie, dem 225. Nachfolger von König Salomon empfangen. Der *König der Könige*, wie Haile Selassie auch oft genannt wurde, genoss in seinem Land eine außerordentliche Beliebtheit und hatte sogar gottähnlichen Status. Erst 1941 war er mithilfe der Briten wieder an die Macht gekommen.

„Mein Bruder, Monsignore Negozi schickt mich. Ich überbringe euch einen Teil des Allerheiligsten. Der Stein der Weisen muss in Sicherheit gebracht werden und wir hoffen, dass dieser Teil in Eurem Reich in Sicherheit ist."

Kaiser Haile Selassie nickte dankend und nahm das Paket an sich.

„Mein Land hat bereits unter dem Joch der Faschisten gelitten. Wir sind froh und danken dem Herrn, dass wir uns befreien konnten. Noch viel mehr danken wir, dass unser größter Schatz nicht in die Hände unserer Feinde fiel."

Silvio wusste, wovon der Kaiser sprach. Nach der Überlieferung der äthiopischen Kirche wurde die Bundeslade vom Gefolge Meneliks, des Sohnes von Salomon und der Königin von Saba, gestohlen.

„Du wirst mich mit dem Paket in unsere heilige Stadt begleiten", sagte der Kaiser.

Silvio verneigte sich tief vor ihm. Er war ergriffen und aufgeregt zugleich. Würde der Kaiser ihm in Aksum den größten Schatz der äthiopischen Kirche zeigen? Gemäß dem Kebra Negast, dem äthiopischen Nationalepos aus dem 13. Jahrhundert, konnte man die äthiopischen Kaiser bis zu Menelik zurückverfolgen. Und das Kebra Negast erzählte auch von einer heiligen Reliquie, die angeblich in einer Kapelle neben der Kirche der Heiligen Maria von Zion aufbewahrt wird.

## 66

IM ROTEN MEER, VOR DER KÜSTE ERITREAS

Die 180 Meter lange Megajacht *Avalon* stob durch die stürmische See. Das Wetter war in den letzten Stunden ungewöhnlich rau geworden. Die Gischt peitschte meterhoch gegen den Rumpf des Ozeanriesen, der trotzdem erstaunlich ruhig durchs Meer glitt.

*Das Ende ist nahe*, dachte der Mann, der auf dem Masterdeck an der heckseitigen Fensterfront stand und auf das unruhige Meer hinaus blickte. In der Ferne sah er Ossanas Helikopter, der mit hoher Geschwindigkeit über das schäumende Meer schoss.

Sie hatte es tatsächlich geschafft. Er würde den zweiten Stein in wenigen Augenblicken in Händen halten. Und in ein paar Stunden sogar den dritten Teil. So lange hatte er darauf warten müssen, doch heute würde er seinem Ziel einen großen Schritt näher kommen.

Das Schiff des Magnaten sah auf den ersten Blick wie eine normale Jacht eines superreichen Geschäftsmannes aus, doch in Wahrheit glich sie eher einem Kriegsschiff.

Ausgestattet mit einem Computersystem und einer Abhöranlage, die der NSA in nichts nachstand, einem Raketenabwehrsystem, zwei Hubschrauberlandeflächen, und einem laserbasierten Anti-Foto-Schild, war dieses Schiff das wahrscheinlich gefährlichste nicht militärische Schiff der Welt. Der Anti-Foto-Schild verhinderte, dass die Jacht nicht fotografiert werden konnte. Wer es jedoch trotzdem versuchte, bekam nur ein weißes Bild. Eine der vier, auf dem Schiff stationierten Einheiten, bereiteten sich gerade auf ihren Einsatz vor und beluden auf dem Vordeck den zweiten Helikopter, einen dunkelgrauen Airbus H215, mit allem nötigen Equipment. Das Schiff konnte einen zweiten dieser Helikopter am Heck aufnehmen. Dort konnte die Maschine, mit eingeklappten Rotoren auch unter Deck verstaut werden.

Nach der etwas schwierigeren Landung, aufgrund der rauen See und der hohen Geschwindigkeit der Jacht, begaben sich Ossana und Noah schnell ins Innere, um dem Sturm zu entkommen. Sofort liefen drei Mann der Besatzung auf den Hubschrauber zu und fingen an, auch ihn für den bevorstehenden Einsatz vorzubereiten. Er wurde betankt und beladen. Ossana und Noah fuhren mit dem Lift nach oben in die Masteretage.

„Gratuliere, meine Liebe", empfing der Mann mit offenen Armen seine Adoptivtochter und drückte sie fest an sich. Sie küsste ihn liebevoll auf die Wange.

„Danke, Daddy", sagte sie zuckersüß, blieb neben ihrem Vater stehen und hatte einen Arm um ihn geschlungen.

„Na dann lassen Sie mal sehen", wandte er sich an Noah, der auf seinem Schoß ein kleines Bündel liegen hatte. Noah reichte dem Mann den Stein, den Hellen im Masonic Monument gefunden hatte.

Mit Spannung geladener Vorfreude trug der Mann den Stein wie ein rohes Ei zu dem anderen hinüber. Er lag in einem Koffer der wiederum auf einem Sideboard in der Mitte der Suite stand. Er schlug das Tuch auseinander, legte es zur Seite und nachdem er den grün schimmernden Stein zärtlich untersucht hatte, legte er ihn in den Koffer neben den anderen. Als sich die beiden Steine berührten, hätte er schwören können, eine elektrische Entladung gespürt zu haben. Die Haare auf seinen Unterarmen gaben ihm auf jeden Fall recht.

„Ich danke Ihnen für Ihre Hilfe", wandte er sich schließlich an Noah und streckte ihm seine Hand entgegen.

„Vergessen Sie nur nicht unsere Abmachung", antwortete Noah etwas verbittert.

„Keine Angst, ich stehe zu meinem Wort. Sie werden wieder gehen können, das versprech ich Ihnen", gab der Mann zur Antwort und lächelte Noah an. Er wandte sich um und schloss den Deckel des Koffers, drückte die Schlösser zu und reichte ihn an Ossana.

„Bringt es zu Ende."

„Ja, Daddy." Sie nahm den Koffer an sich, drückte ihrem Vater wieder einen Kuss auf die Wange und machte auf dem Absatz kehrt. Noah nickte Ossanas Vater zu und rollte hinter ihr her. Sie wartete bereits im Aufzug.

Als die beiden wieder auf das hintere Hubschrauberdeck traten, sprangen vier voll ausgerüstete Soldaten in den Laderaum des Helikopters. Am vorderen Deck waren es acht, die den Hubschrauber bestiegen. In Summe zwölf Soldaten, in zwei Hubschraubern und in voller Kampfausrüstung warteten auf Ossanas Befehle. Zwei Mann vom Schiffspersonal schnappten den Rollstuhl samt Noah darin, hievten ihn ins Innere der Maschine und zurrten ihn fest. Die Rotoren, die bisher nur im Leerlauf liefen, begannen sich schneller zu drehen.

Ossana warf einen letzten Blick zu ihrem Vater nach oben, der vom obersten Deck aus zusah, winkte ihm zu und vollführte eine kreisende Bewegung mit dem linken Arm, die dem Piloten ein GO signalisierte. Sie sprang mit einer katzengleichen Eleganz ins Innere der Maschine, setzte sich ganz außen auf die Bank und schob die Tür zu. Eine Sekunde später hoben die beiden Maschinen absolut synchron vom Deck der Superjacht ab und drehten nach Westen ab.

## 67

LALIBELA, ÄTHIOPIEN

Die De Havilland DHC-8-200 Propellermaschine rüttelte die Fluggäste ordentlich durch. Leider mussten sie ihren luxuriösen, vom Papst zur Verfügung gestellten Jet in Addis Abeba, der Hauptstadt von Äthiopien, zurücklassen. Maschinen wie diese durften kleine Flughäfen wie Lalibela nicht anfliegen. Um an so einen abgelegenen Ort zu gelangen, noch dazu bei einem aufziehenden Unwetter, musste man schon eine gewisse Abenteuerlust mitbringen. Tom war grundsätzlich genau der richtige Mensch dafür, doch die Ereignisse der letzten Tage hatten ihm ordentlich den Spaß an solch einer Reise genommen.

Hellen saß neben Tom, der gedankenverloren aus dem Fenster starrte und trotz der starken Turbulenzen keine Miene verzog. Sie hatte Mitleid mit ihm und ihre eigenen Gefühle ihm gegenüber hatte sie, für den Moment, zur Seite geschoben. Sie wollte und musste jetzt für ihn da sein. Es stand zu viel auf dem Spiel. Doch im Augenblick war ihr nur eines wichtig, nämlich diesen Flug heil zu überstehen. Mit geschlossenen Augen saß sie festgeschnallt in ihrem Sessel und krallte ihre Finger in die Armlehnen.

Toms Gefühle drehten sich im Kreis. Er konnte keinen klaren Gedanken fassen. Wut, Rache, Hass, Traurigkeit, Enttäuschung. Diese Gefühle wechselten sich im Sekundentakt ab. Onkel Scott war tot und Noah arbeitete mit Ossana zusammen. Er konnte es immer noch nicht fassen. Sein bester Freund hatte die Seiten gewechselt und arbeitete für die Leute, die seine Eltern auf dem Gewissen hatten und jetzt auch seinen geliebten Onkel und Freund. Er konnte verstehen, dass Noah wütend auf ihn war, sogar dass er ihn hasste. War er ja der Grund dafür gewesen, dass Noah im Rollstuhl saß. Aber deswegen zum Terroristen zu werden und die ganze Welt in Gefahr zu bringen, das konnte er beim besten Willen nicht zulassen. Er musste Noah stoppen.

Als endlich die Maschine sicher auf der einsamen Landebahn, mitten in der kargen Landschaft von Lalibela gelandet war, musste Hellen Tom buchstäblich aus seinen Gedanken reißen. Er hatte nicht einmal wahrgenommen, dass sie gelandet waren. Sie nahmen ihre wenigen Habseligkeiten aus dem oberen Fach und stiegen, zusammen mit den anderen Passagieren aus dem Flugzeug aus. Die Maschine war auf einem kleinen Parkplatz direkt vor dem Terminal, abseits der einen Landebahn, zum Stehen gekommen. Das Gebäude glich mehr einem regionalen Busbahnhof als einem Flugterminal, abgesehen von dem Turm. Sie verließen das Gebäude und wurden bereits von den beiden Kontaktpersonen in einem alten jeep-ähnlichen, aber nicht näher definierbaren Gefährt, erwartet.

Es war fast unmöglich das Alter von Abebe Abiye zu schätzen. Seine dunkle lederartig-gegerbte Haut machte es schwer. Es verbarg sich aber ein freundliches Gesicht hinter seinem schwarzen Bart. Er trug, wie die meisten Männer, eine leichte, sandfarbene Hose, einen knielangen Kaftan und den traditionellen weißen Schal sowie einen schlichten weißen Turban. Neben ihm stand eine junge Frau, ebenfalls in einen weißen Schal eingehüllt. Es war Vittoria Arcano.

„Danke fürs Kommen", begrüßte Tom die athletische und attraktive junge Frau. Die ehemalige Interpolagentin war Tom vor einem halben Jahr, an ihrem ersten Arbeitstag in Rom begegnet und er hatte ihr Leben gehörig auf den Kopf gestellt. Und nebenbei hatte sie ihm das Leben gerettet. Ihr konnte er vertrauen.

„Freut mich." Hellen schüttelte Vittoria die Hand und musterte sie dabei von Kopf bis Fuß.

„Mich auch."

„Danke, dass du angerufen hast. Wurde Zeit, dass ich endlich mal ein wenig raus komme", sagte sie zu Tom und hüpfte motiviert in den Wagen.

„Mr. Wagner, Ms. de Mey. Willkommen in Lalibela", sagte Abebe Abiye freundlich. Einladend bat er sie, in sein Auto einzusteigen. Etwas skeptisch nahmen Tom und Hellen in dem, wahrscheinlich Großteils selbst gebauten Gefährt Platz.

„Die solltet ihr euch überwerfen." Vittoria reichte Tom und Hellen den gleichen Schal, in den auch sie gehüllt war.

„So werden wir besser in der Menge untertauchen", ergänzte sie.

„Danke", sagte Tom. Alle Pilger waren in diese Schals gehüllt, wenn sie die Felsenkirchen von Lalibela besuchten.

„Ich hoffe, wir kommen nicht zu spät", sagte Tom, als der Wagen losfuhr und sie sich auf den Weg nach Lalibela machten. Nachdem sie rund zwanzig Minuten durch die karge, hügelige Landschaft gefahren waren und zu ihren Füßen endlich das kleine Dorf auftauchte, hielt Abebe Abiye den Wagen an.

„Sehr seltsam", sagte Abebe Abiye, „Niemals Unwetter zur Trockenzeit." Er zeigte Richtung Osten auf die dunklen Wolken. Das massive Gewitter zog genau auf sie zu. Wenig später fielen dicke Tropfen vom Himmel. Regen war aber nicht das Einzige, das die dunklen Wolken mit sich brachten. Zwei dunkelgraue Helikopter kamen aus der gleichen Richtung und donnerten über das kleine Dorf Lalibela.

## 68

LALIBELA

Die dunklen Helikopter setzten über der kleinen Lichtung, zwischen der nördlichen und der östlichen Kirchengruppe, zur Landung an und Hunderte Gläubige stoben dadurch auseinander. Soldaten sprangen aus den Hubschraubern. Die Pilger, die zu den Kirchen unterwegs waren, kehrten sofort um und liefen angsterfüllt die Straße zurück ins Tal. Mütter schnappten ihre Kinder und ergriffen ebenfalls die Flucht. Der Großteil der Menschen hatte sich in wenigen Minuten in Sicherheit gebracht und das Areal war fast menschenleer.

Der Lärm ließ nach, nachdem die Motoren der Helikopter abgeschaltet wurden. Jetzt gab Ossana ihre Befehle.

„Bringt mir die Geistlichen." Gefolgt von drei Soldaten, von denen einer Noahs Rollstuhl über den unebenen Boden schob, gingen sie auf die östliche Gruppe der Kirchen zu. Die übrigen neun Soldaten waren ausgeschwärmt, um Ossanas Befehl auszuführen.

---

Abiyes Jeep rumpelte die Hauptstraße hinunter ins Dorf. Nachdem sie die Helikopter gesehen hatten, waren sie gezwungen, nun unerkannt dem Geschehen näher zu kommen. Abebe Abiye parkte den Wagen unterhalb der östlichen Kirchen hinter ein paar Bäumen und die vier schlichen durch die Büsche und über die roten Felsen nach oben. Sie versteckten sich, ein wenig abseits, in einer Felsnische. Von hier hatten sie einen uneingeschränkten Blick auf die Kirche Bet Amanuel und auf das, was Ossana und ihre Männer vorhatten.

---

Auf einer Fläche von sechzehn Hektar waren die zwölf Kirchen in zwei Gruppen, die weniger als 500 Meter auseinander lagen, geteilt. Die nördliche und die östliche Gruppe. Nur eine, Bet Giyorgis, die dem heiligen Georg geweiht war, lag etwas abseits, ein Stück westlich den Hügel hinauf. Die Soldaten durchsuchten die zwölf Kirchen. Einige waren nur eine kleine Nische im Felsen, eine diente früher als Gefängnis und andere waren beeindruckende Skulpturen. Gewaltsam zerrten die Soldaten die friedlichen Geistlichen, die den ganzen Tag hinter ihren Pulten standen und aus den alten Schriften lasen, nach draußen. Sie stießen sie vor sich her und trieben sie wie Vieh zusammen. Vereinzelte Gläubige versuchten auch jetzt noch, sich in Sicherheit zu bringen. Als alle Priester vor dem Abgrund der Kirche Bet

Amanuel vor Ossana, unter dem künstlichen Vordach standen, zog Abebe Abiye scharf die Luft ein.

„Wir müssen helfen", sagte er mit großer Verzweiflung in seiner Stimme.

„Nein, bleiben Sie hier", sagte Vittoria und zog ihn zurück.

„Sie können da nichts machen."

Sie beobachteten Noah, der seine helle Freude daran zu haben schien. Er zwang die Priester, sich nebeneinander in einer Reihe hinzuknien. Dann rollte er langsam von einem zum anderen. Hinter ihnen standen drei Soldaten und bedrohten sie mit ihren automatischen Waffen.

„Wie ist dein Name?", fragte er den ersten.

Einer der Soldaten übersetzte alles, was Noah sagte.

„Tesfaye", antwortete der ängstliche Priester.

„Wo ist das Allerheiligste?", fragte Noah den Mann.

Tesfaye zuckte mit den Schultern und schüttelte den Kopf.

„Hier ist alles heilig - ein heiliger Ort", antwortete er.

Noah ohrfeigte den Mann und stieß seinen Turban vom Kopf. Doch der Mann ignorierte die Demütigungen. Die anderen Priester hatten ihre Augen fest zugekniffen und murmelten durcheinander ihre Gebete. Noahs Ungeduld wuchs. Er forderte einen Soldaten auf, ihm seine Pistole auszuhändigen. Der Mann zögerte und sah zu Ossana. Ein kleines Nicken von ihr genügte, der Mann gehorchte und übergab Noah die Pistole. Provokativ lud er die Waffe vor dem Gesicht des zweiten Priesters durch und drückte ihm den Lauf der Waffe an den Kopf. Mit einem feurigen Blick sah Noah ihn an.

„Sieh mich an. Mach deine verdammten Augen auf. Wo ist das Allerheiligste?", brüllte Noah mit einem sofortigen Echo des Übersetzers.

Die gewünschte Reaktion des Priesters blieb aus. Er, genauso wie seine Brüder, wippten weiter betend vor und zurück. Der ohrenbetäubende Knall eines Schusses zerriss das monotone Prasseln des Regens. Sogar Ossana zuckte zusammen. Denn damit hatte selbst sie nicht gerechnet. Der Kopf des Mannes wurde zurückgerissen, federte wieder nach vorne und der leblose Körper sackte zusammen und kippte zur Seite. Tesfaye sah Noah voller Panik und Entsetzen an. Das Blut seines Bruders hatte sich über sein Gesicht und seine Kleidung ergossen. Noah verharrte für einen Moment mit einem manischen Blick ins Leere.

Hellen entfuhr ein stummer Schrei, als sie die grauenhafte Tat des Menschen realisierte, den sie vor ein paar Stunden noch zu ihren Freunden gezählt hatte. Zorn und Wut überkam auch Tom. Noah hatte völlig den Verstand verloren. Alle vier waren mittlerweile bis auf die Knochen durchgeweicht und trotzdem konnte man die Tränen erkennen, die sich vor Wut in Hellens Augen sammelten.

„Wir müssen doch irgendetwas unternehmen", sagte Vittoria mit Verzweiflung in der Stimme. Abebe Abiye bekreuzigte sich.

„Ja müssen wir, wir können Noah nicht einen nach dem anderen abknallen lassen, bis er bekommt, was er will", flüsterte Tom.

„Die Priester werden nichts preisgeben, sie haben geschworen, das Allerheiligste bis in den Tod zu beschützen."

„Was schwebt dir vor?", fragte Hellen.

„Wir sollten uns so schnell wie möglich den dritten Stein holen. Wenn wir ihn zerstören, ist der Spuk vorbei", gab Tom zu bedenken.

„Wir können ihn nicht zerstören ... der Heilige Vater ..."

„Wir können was nicht? Ein gefährliches Artefakt in die Hände von Psychopathen fallen lassen, damit sie eine Katastrophe lostreten, die die sieben biblischen Plagen und den Klimawandel blass aussehen lassen?" Tom holte ein wenig Luft und sah in Hellens Augen, dass sie ihm Recht gab.

## 69

LALIBELA AIRPORT

Cloutard durchschritt die Ankunftshalle des kleinen Flughafens. Der gesamte Bau war schmucklos, hässlich und in grau-beige gehalten. Einige Touristen tummelten sich in der Halle, alle waren nur hier, um die Felsenkirchen zu besichtigen. Noch hielt sich der Touristenansturm in Grenzen. Doch durch das Internet und dem unstillbaren Drang der Menschen immer exotischere Orte zu finden, hatte sogar die UNESCO Befürchtungen, dass ein Touristenansturm diesen heiligen Ort zu einem neuen Selfiemotiv verkommen lassen würde.

Cloutards Blick wanderte durch die Halle und er bewunderte die kunstvoll verzierte Decke. Sie war holzgetäfelt und stellte Kreuze in verschiedensten Formen dar, die alle an die Felsenkirchen von Lalibela erinnerten. In der Vergangenheit war er oft hier gewesen, denn die gesamte Gegend war für einen Grabräuber und Schmuggler von historischen Reliquien immer sehr vielversprechend und lukrativ. Wie auch heute wieder. Er deaktivierte den Flugmodus auf seinem Mobiltelefon und eine Sekunde später erreichte ihn eine Nachricht. Ein Foto seines Kontaktmannes. Cloutard prägte sich das Gesicht ein und sein Blick wanderte durch die überschaubare Ankunftshalle.

„Monsieur Cloutard?"

Cloutard wandte sich um und erkannte den Mann, dessen Foto ihm gerade geschickt worden war.

Cloutard nickte. „Oui, c'est moi."

„Wir dürfen keine Zeit verlieren. Wir haben einiges zu erledigen und die Uhr tickt. Kommen Sie, kommen Sie."

Der Mann eilte zum Ausgang und rannte zu einem alten verbeulten Kleinbus, der mit Aufklebern von Bob Marley, Rastafari Motiven und Porträts des letzten Kaisers von Abessinien, Haile Selassie, übersät war. Cloutard warf seine Reisetasche auf die Rückbank und stieg ein. Eine Sekunde später trat der Mann bereits aufs Gas.

„Müssen kleinen Umweg fahren, damit wir ungesehen zum Eingang kommen."

Sie verließen das Flughafengelände und fuhren eine dreckige Schotterstraße entlang in Richtung Norden.

„Cela pourrait être une mauvaise tempête", murmelte Cloutard und zeigte auf die dunklen Wolken, die sich über Lalibela zusammenzogen.

„Wie bitte?"

„Pardon, ich habe mich gerade über das Unwetter gewundert", sagte Cloutard.

„Ja, das tun wir auch ...", sagte der Mann ein wenig ängstlich.

Nach rund 30 Minuten fuhren sie an einem Hotel namens „Old Abyssina Lodge" vorbei, bogen plötzlich nach links ab und fuhren mitten durchs Gelände. Der Bus brauste holpernd am Hotel vorbei den Hang hinunter. Cloutard musste sich festhalten und hatte Angst, dass das Gefährt durch die rumpelnde Fahrt jeden Augenblick in seine Einzelteile zerfallen könnte, aber es hielt. Im Tal angekommen formte sich wieder so etwas Ähnliches wie ein Pfad und die Fahrt ging ein wenig zivilisierter weiter. Nach weiteren fünf Minuten stieg der Mann auf die Bremse und hielt an. Cloutard konnte keinen Grund erkennen. Er sah karges Land, vertrocknete Bäume, Steine und verdorrtes Gebüsch.

„Wir sind da", sagte der Mann, als ob es das offensichtlichste auf der Welt wäre, und stieg aus dem Bus. Cloutard folgte ihm und sah sich verwirrt um.

## 70

DIE FELSENKIRCHEN VON LALIBELA

Das Unwetter nahm allmählich biblische Ausmaße an. Schlammige Bäche schossen den Hügel hinab und spülten das Blut des Priesters ins Tal. Der Regen peitschte erbarmungslos vom Himmel und in Ossanas Gesicht. Aber das störte sie nicht. Sie war ein Soldat. Sie stand am Rande des Felsplateaus und blickte auf die Kirche Bet Amanuel in die Tiefe. Das Gebäude zu ihren Füßen war neben der berühmten Bet Giyorgis, die einzige der zwölf Kirchen, deren Dach perfekt und in einer Flucht mit dem Boden abschloss. Der Tuffstein wurde hier mehr als zehn Meter tief ausgehoben und ließ so diese beeindruckende Monolithkirche entstehen. Der dreckige Bach, der unaufhaltsam der Schwerkraft folgte, umspülte Ossanas schwarze Militärstiefel und stürzte hinab in den Kirchhof. Der Kirchhof war der schmale Bereich zwischen der Kirche und der Felswand. Dort sammelten sich die Wassermassen und füllten diesen allmählich. Da es nur einen Zugang zu diesem Kirchhof gab, und dieser stromaufwärts lag, konnte das Wasser nicht abfließen. Auch aus ihm schoss das Wasser in den Hof, das aus den Gängen und den weiter oben gelegenen Kirchen kam. Die Gänge, Schluchten und Kirchhöfe, der in den Boden geschlagenen monolithischen Gotteshäuser, waren nur teilweise mit Abflüssen ausgestattet. Doch diese konnten es nicht mit diesen noch nie da gewesenen Wassermassen aufnehmen. Ossana blickte sich um und fragte sich, wo Tom Wagner steckte. Er konnte doch nicht aufgegeben haben. Oder war er etwa schon hier? Beobachtete er sie schon längst? Hatte er vielleicht den Stein bereits gefunden? Ich muss auf Nummer sichergehen, sagte sie zu sich selbst und fasste einen barbarischen Entschluss.

„Stop! Noah, das wird so nichts, die werden nicht reden."

Ossana fuhr herum und ging auf Noah zu, der im Begriff war den Priester Tesfaye zu erschießen.

„Ich habe eine bessere Idee." Sie wandte sich an einen ihrer Soldaten und gab ihm auf Afrikaans einen Befehl. Er nickte nur.

„Los aufstehen, bewegt euch!", brüllte der Soldat in einem menschenverachtenden Tonfall. Sie trieben die Priester hinunter zur Kirche Bet Amanuel. Ossana trat an den Felsvorsprung heran, Noah rollte neben sie und sie blickten in die Tiefe.

„Das ist eure letzte Chance. Wo ist das Allerheiligste?", brüllte Ossana aus Leibeskräften, um gegen das Unwetter anzukommen. Die Priester, die bereits in kniehohem Wasser im Kirchenhof standen, ignorierten sie weiterhin und murmelten ihre Gebete. Ein kleiner Wink mit der

Hand reichte aus und die Soldaten zwangen die völlig verstörten Priester ins Innere der Kirche. Einer nach dem anderen wurde durch die schmale Tür gestoßen. Sie schlossen die rudimentäre Holztür und verkeilten sie. Jetzt gab es für die armen Kleriker kein Entrinnen mehr. Das Wasser stieg unaufhaltsam und würde in kurzer Zeit die Kirche völlig verschlingen.

Von den Stimmen der Priester, die sich im Gebet ihrem Schicksal ergaben, war nichts mehr zu hören. Das Rauschen des Regens übertönte alles.

„Findet mir endlich das Allerheiligste", brüllte Ossana ihre Soldaten an. Sie sah sich um und fragte sich, ob sie damit Tom aus der Reserve locken würde.

―――――

„Ok, jetzt geht sie zu weit", entfuhr es Tom.

„Ich hole den Stein und werde ihn dieser Schlampe wohin schieben, wo keine Sonne scheint."

„Ich werde mich um die Priester kümmern", bot Vittoria an. Tom nickte zustimmend und sie schlich los.

„Dann los, wo genau ist der Stein?", fragte Hellen Abebe Abiye. Er zögerte. Konnte er den beiden wirklich vertrauen? Sie wollten den Stein und das Erbe seines Volkes retten und nicht zu ihrem eigenen Vorteil nutzen. Und im weitesten Sinne wurden sie ja von Gott gesandt.

„In der Kirche Bet Giyorgis. Sie liegt nur 500 Meter den Hügel hinauf in Richtung Westen. Es gibt einen Tunnel, wir können ungesehen nach oben gehen."

„Na dann los", befahl Tom.

Tom, Hellen und Abiye verließen vorsichtig ihr Versteck und umrundeten die Kirchengruppe. Vittoria schlich in die entgegengesetzte Richtung. Etwas weiter westlich unterhalb einer kleinen Baumgruppe, die den dreien die nötige Deckung bot, konnten sie die künstlich angelegte Schlucht betreten. Sie schlichen die zehn Meter hohe Felswand entlang. Das tiefe Wasser machte ein schnelles und vor allem lautloses Vorankommen, nahezu unmöglich.

Toms Faust fuhr plötzlich in die Höhe. STOP! Sein Arm schnellte zurück und drückte Hellen, die dicht hinter ihm stand, gegen die Felswand. Er signalisierte ihr und Abiye leise zu sein. Einer von Ossanas Soldaten kam genau auf sie zu. Tom wies Hellen und Abiye an, leise ein paar Schritte zurückzutreten. Er selbst blieb stehen und erwartete den Schergen. Als das Sturmgewehr des Soldaten an der Ecke zum Vorschein kam, packte Tom den Lauf, riss ihn nach vorne und konnte so den überraschten Mann von hinten packen. Das hörbare Knacken seines Nackens ließ Hellen zusammenzucken und Abiye bekreuzigte sich abermals. Der leblose Körper des Soldaten sank zu Boden. Mit schnellen Handgriffen zog Tom dem Mann die taktische Weste aus und schlüpfte hinein. Ebenso nahm er ihm das Holster mit der Pistole ab und schnallte es sich an seinen Oberschenkel. Mit dem Funkgerät konnte er nichts anfangen, da es mit einem PIN-Code gesichert war.

*Ich sollte mir das nächste Mal vorher den Code geben lassen*, dachte Tom. Dann klopfte er die Taschen der Weste ab und wurde fündig.

„Na los, wir dürfen keine Zeit verlieren", sagte er und blickte in zwei erstaunte und zugleich schockierte Gesichter.

Nach wenigen Metern hatten sie den Tunnel erreicht. Sie schlüpften durch das kleine Loch in der Wand und machten sich auf den Weg zur Kirche Bet Giyorgis.

Wasser schoss aus allen möglichen Öffnungen des weitreichenden Tunnelsystems.

„Scheinbar wissen die Götter da oben schon, was Ossana und Noah vorhaben und geben uns einen kleinen Vorgeschmack auf das, was noch auf uns zu kommt", scherzte Tom und zeigte mit seinem Finger zum Himmel.

Völlig durchnässt und gebückt stapften die drei durch den niedrigen Gang gen Westen.

## 71

DIE KIRCHE BET GIYORGIS, LALIBELA

Der Aufstieg über diesen schmalen Gang war anfangs mühsam gewesen. Doch je höher sie kamen, desto weniger mussten sie gegen das Wasser ankämpfen. Jetzt wo es ihnen nicht mehr bis zu den Schienbeinen stand, kamen sie schneller voran.

„Wir sind fast da", sagte Abebe Abiye.

Und da war es schon, das sprichwörtliche Licht am Ende des Tunnels. Wenige Minuten später konnten sie den Gang hinter sich lassen, kletterten ins Freie und standen vor der mächtigen zwölf Meter hohen Monolithkirche Bet Giyorgis.

„Die Kirche zum heiligen Georg", flüsterte Hellen ehrfürchtig.

„Ist das DER heilige Georg?", fragte Tom.

„Ja", unterbrach ihn Hellen.

„Der von damals?"

„Ja!"

„… der mit dem Schwert des …"

„Jaa!"

„… und dem Drachen …"

„Jaaa!"

„OK", sagte Tom. Er hatte es kapiert.

Wie alle anderen Kirchen in Lalibela war sie wie eine Skulptur aus dem roten Tuffgestein gemeißelt worden. Anschließend hatte man den riesigen Block ausgehöhlt und verziert. Die kunstvoll gearbeitete Kirche galt inoffiziell als achtes Weltwunder und war das jüngste Bauwerk dieser Kirchengruppe, die *Das neue Jerusalem* bilden sollte.

Der sich im 7. Jahrhundert im Norden Afrikas zunehmend ausbreitende Islam hatte die Christen Afrikas buchstäblich von Jerusalem abgeschnitten. Daher sollte ein zweites Jerusalem entstehen.

„Die ersten Kirchen wurden vor rund 800 Jahren unter der Regentschaft von Kaiser Gebra Maskal Lalibela angelegt. Es ist wenig bekannt über den Bau, er soll mehr als hundert Jahre gedauert haben. Doch der Legende nach, habe Gebra Maskal Lalibela, der König und Namensgeber von Lalibela, die Kirchen in 26 Jahren selbst, mit der Hilfe von Engeln aus dem Felsen geschlagen", dozierte Hellen.

Die Kirche bot einen beeindruckenden Anblick: Das kreuzförmige Gebäude ragte inmitten eines zwölf Meter tiefen Lochs auf, das nur wenige Meter breiter war, als die Kirche selbst. Auch hier rann das Wasser bereits über die Felskanten in den Kirchhof. Die Wasserfälle waren ein spektakuläres Schauspiel, wären sie nicht die Folge des schrecklichen Unwetters und eine Gefahr für die zwölf Priester gewesen. Der dramatische Wolkenhimmel und das Gewitter rundeten die apokalyptische Stimmung ab.

Sie liefen die wenigen Stufen nach oben und betraten die schummrige Kirche. Da sie am oberen Bereich des Berges lag, konnten die Wassermassen nach wie vor über den Gang abfließen. Die kunstvoll verzierte Kirche war im Inneren komplett mit Teppichen ausgelegt. Wie auch in Moscheen war es üblich, die Kirche nur ohne Schuhe zu betreten. Der hintere Bereich war mit schweren Tüchern verhängt. Tom stand in der Mitte, drehte sich im Kreis und nahm das eigenwillige Bauwerk in sich auf.

„Es muss hinter diesem Vorhang sein", sagte Hellen. Abebe Abiye sog hörbar die Luft ein. In über tausend Jahren war niemand anderes als ein koptischer Kleriker hinter diesen Vorhang getreten. Doch die Situation erlaubte eine Ausnahme. Er bekreuzigte sich und folgte Hellen hinter den Vorhang. Dort fanden sie noch mehr Teppiche, einen Kerzenständer, Bücher, Schriftrollen und unter einem Tuch verborgen, einen Schrein. Oben auf lag ein kunstvolles Kreuz. Hellen kniete sich hin, legte das Kreuz zur Seite und zog vorsichtig das Tuch ab. Eine goldverzierte Truhe aus Akazienholz kam zum Vorschein. Zögerlich führte sie ihre Hände an das kunstvolle Objekt und kurz bevor sie es berührte, sprang ein Funke über. Sie zuckte zurück, lächelte aber. Sie hob den

Deckel ab und da lag er! Auf Tücher gebettet weilte der letzte Teil des *Stein der Weisen*.

„Tom, ich habe ihn, rief Hellen und Tom trat hinter den Vorhang. Sie hob vorsichtig den Stein aus seinem Aufbewahrungsort und hielt ihn Tom hin."

„Keine Bewegung", hallte es plötzlich im Inneren der Kirche.

„Raus kommen, sofort", rief eine zweite Stimme.

Tom, Hellen und Abebe Abiye sahen sich erschrocken an. Sie hatten sie gefunden. Doch Tom war nicht sonderlich überrascht. Er hatte damit gerechnet, dass er sich früher oder später seinen Gegnern würde stellen müssen und hatte vorgesorgt. Er zwinkerte Hellen zu, öffnete eine Tasche an seiner Weste, entnahm einen kleinen Gegenstand und rief zu den Soldaten nach draußen: „Ich möchte mit Ossana persönlich sprechen!"

Tom trat vor den Vorhang und hatte in der einen Hand den Stein und in der anderen hielt er einen Gegenstand, der den beiden Soldaten eine Heidenangst einjagte.

## 72

DIE FELSENKIRCHEN VON LALIBELA

Die beiden Helikopter standen westlich der unteren Kirchengruppe auf einer Lichtung. Lediglich die beiden Piloten saßen in den Maschinen und dösten vor sich hin. Vittoria beobachtete zwei Soldaten, die auf ihrer Patrouille bei den Helikoptern Halt gemacht hatten. Sie hörte einen Funkspruch, dass die Soldaten Tom und Hellen gefunden hatten und es drängte ein Gefühl der Panik an die Oberfläche. Doch sie hatte ihre Emotionen dank ihrer Ausbildung bestens im Griff. Ihr Sensei sagte immer: „Gedanken sind wie Samenkörner, was du aussäst, wirst du ernten."

„Tom und Hellen sind OK!", beschloss sie für sich und konzentrierte sich auf ihre Aufgabe. Tom konnte auf sich alleine aufpassen.

Sie hatte Tom vor vier Monaten in Wien wiedergetroffen. Nach ihrem gemeinsamen Erlebnis hatte er sie für den Job vorgeschlagen, der zuerst ihm angeboten worden war. Seit dem war sie die erste Agentin des neuen Blue Shield.

Theresia de Mey, Hellens Mutter und neue Chefin von Blue Shield hatte das letzte halbe Jahr versucht, der Organisation neues Leben einzuhauchen, war bisher aber an der Finanzierung gescheitert. Und hier war sie nun, auf ihrem ersten offiziellen Einsatz für Blue Shield. Und gleich eine Operation mit Tom Wagner. Was konnte da schon schief gehen?

„Diesen Job hätte ich auch gerne", hatte der eine Soldat gesagt, als er den schlafenden Piloten sah.

„Ja und immer im Trockenen", fügte der zweite hinzu, dem das Wasser bei jedem Schritt oben aus den Stiefeln quoll.

Er hatte die Tür des Hubschraubers aufgerissen. Der Pilot war vor Schreck aus der Maschine gefallen und mit dem Gesicht voraus, im Dreck gelandet. Schallendes Gelächter brachte den Piloten des zweiten Helikopters auf den Plan, der sein trockenes Cockpit verließ und hinüber zu seinen Kollegen lief, um nachzusehen, was die für ein Tumult veranstalteten.

Das war Vittorias Chance. Vorsichtig verließ sie ihr Versteck und schlich auf den leeren Helikopter zu. Dabei behielt sie stets die vier Soldaten im Auge. Lautlos schob sie die Tür zum Laderaum des Helikopters auf und kletterte hinein. Sie brauchte eine Waffe. Sofort. Nach wenigen Minuten wurde sie fündig. In einem kleinen Koffer, der an der Rückwand befestigt war, befand sich eine Heckler & Koch mit einem Ersatzmagazin. Sie nahm beides an sich. Und sie fand auch noch den Jackpot. Sie wollte den Helikopter wieder verlassen, sah aber, dass der Pilot im Begriff war, wieder sein Cockpit zu besteigen. Sie war gefangen.

„Diese Special-Forces-Typen haben alle einen Knall", murmelte er lächelnd und kopfschüttelnd. Er lehnte sich zurück und schloss die Augen.

Vittoria lag wie versteinert im Laderaum des Hubschraubers und wagte es nicht, sich zu bewegen und schon gar nicht zu atmen. *Mir rennt die Zeit davon*, dachte sie. Jede Sekunde zählte, wenn es darum ging, die ertrinkenden Priester zu retten. Sie musste sich etwas einfallen lassen und zwar schnell.

## 73

DIE KIRCHE BET GIYORGIS, LALIBELA

Ossana betrat die düstere Kirche. Einige Momente später trugen zwei Soldaten Noah wie auf einer Sänfte ins Innere. Tom stand in der Mitte der Kirche. Hellen und Abebe Abiye saßen etwas abseits auf einer kleinen Bank. Die Gewehre der beiden Soldaten, die über Funk Ossana gerufen hatten, waren auf Tom gerichtet.

„Hatte ich doch recht", sagte sie und ging sarkastisch applaudierend auf Tom zu.

„Nicht so schnell, Prinzessin!"

Tom drehte den Stein herum. Auf der unteren Seite hatte er einen kleinen Klumpen C4 befestigt und in der anderen Hand hielt er einen Fernzünder. Er winkte provokativ damit.

„Das Ganze wird so ablaufen. Wir gehen jetzt alle gemeinsam nach oben und zurück zu der Kirche, in die ihr die Priester gesperrt habt. Dann werdet ihr sie freilassen und wenn wir in Sicherheit sind, werde ich darüber nachdenken, euch den Stein zu geben", sagte Tom mit gespieltem Selbstvertrauen. Diesmal hatte sogar er die Hosen voll und war sich nicht sicher, ob sein Plan aufgehen würde.

„Mr. Wagner." Ossana ging kopfschüttelnd um Tom herum, nahm ihm dabei seine Waffe ab und reichte sie einem ihrer Soldaten. „Wenn Sie denken, Sie könnten hier mit ein bisschen Sprengstoff herumhantieren und meinen, das gibt Ihnen die Macht, Forderungen zu stellen, dann haben Sie sich getäuscht. Ich habe Zeit. Die Priester hingegen haben höchstens noch 35 Minuten." Sie sah auf ihre Uhr und wippte mit dem Kopf, im Takt der Sekunden, hin und her. „Dann ertrinken sie. Und ich bezweifle sehr, dass Sie sich mit uns allen in die Luft sprengen werden. Ich weiß, dass Sie bluffen und ich will sehen."

Sie machte eine kurze Pause, stellte sich genau vor Tom und starrte ihm tief in die Augen. Tom schluckte.

„Das Ganze wird wie folgt ablaufen. Sie geben uns den Stein und helfen uns, das Allerheiligste zu finden. Am besten ..." sie blickte wieder auf die Uhr, „in den nächsten 20 Minuten. Das gibt Ihnen genug Zeit, um die Geistlichen zu retten. Darauf gebe ich Ihnen mein Wort."

„Welches Allerheiligste?", fragte Tom. „Ich dachte die Steine ..."

„Sie sucht die Bundeslade", sagte Hellen, bevor Ossana fortfahren konnte. Sie stand auf und sah Toms Verwirrung.

„Ja, DIE Bundeslade mit den zehn Geboten, wie in Indiana Jones."

Hellen verdrehte die Augen und schüttelte den Kopf, um die Absurdität zu betonen.

„Sie hat in den Unterlagen von Nikolaus eine seiner wahnwitzigen Theorien gelesen, dass man den Stein der Weisen, die dritte Steintafel, die Moses der Legende nach von Gott bekommen hatte, zurück in die Bundeslade legen muss, um ihre Macht zu aktivieren. Oder irgend so ein Hokuspokus."

„Kein Hokuspokus, Ms. de Mey. Wir befinden uns in dem Land, das seit Jahrhunderten behauptet, die echte Bundeslade zu besitzen. Die Äthiopier wollen der Welt nur weis machen, dass sie in Aksum steht. Sie haben dort sogar extra ein eigenes Gebäude dafür gebaut. Wir wissen aber, dass sie sich von den Amerikanern haben inspirieren lassen. In Area 51 befinden sich schließlich auch keine Aliens. Die sind an einem Ort, wo sie niemand vermutet und einem Ort, von dem niemand etwas weiß."

Sie hatte sich von Tom abgewandt, schritt langsam auf Abebe Abiye zu und ging vor ihm in die Knie: „Und sie werden von Menschen bewacht, die niemand als Wächter erkennt."

Sie zog ihre Waffe, legte sie unter Abiyes Kinn und drückte nach oben. Beide erhoben sich langsam.

„Warum glauben Sie, dass ich Ihnen etwas verraten werde? Ich bin genau wie meine Brüder bereit, dafür zu sterben."

„Sie? Ja, das glaube ich Ihnen aufs Wort, aber sind Sie auch bereit, Unschuldige dafür zu opfern?" Ossana schwenkte mit der Waffe nach links und zielte auf Hellens Kopf.

„Ok, Sie haben gewonnen!"

Tom warf den Sender zur Seite, stellte sich zwischen Hellen, Abebe Abiye und Ossana. Er übergab ihr den Stein.

„Wir helfen euch." Er sah sich um und nickte seinen Freunden aufmunternd zu.

„Tom, du alter Softie, du bist so leicht zu manipulieren. Dass ich einmal auf der anderen Seite stehen darf, wenn der große Tom Wagner sich irrt."

Noah sprach den Nachnamen von Tom absichtlich falsch aus.

„Das hätte ich mir nie und nimmer träumen lassen."

Noah rollte auf Ossana zu und sie reichte ihm den Stein.

„Du wirst heute Zeuge sein, dass der Stein und die Bundeslade kein Mythos sind."

Plötzlich riss Noah seine Waffe in die Höhe und schoss auf Abebe Abiye. Hellen schrie auf und Ossana rollte genervt mit den Augen.

„Warum musste das jetzt sein?"

Hellen fing den stolpernden Mann auf und versuchte ihn zu stützen, während er zusammenbrach. Sie kniete sich neben den sterbenden Mann und drückte auf die Schusswunde, um die Blutung zu stoppen. Vergeblich.

„Ich wollte wissen, ob er es ernst gemeint hat. Und so, wie es aussieht, hat er die Wahrheit gesagt", erwiderte Noah kalt.

Hellen hielt den Sterbenden bis zum Ende in ihren Armen. Ossana war in der Zwischenzeit zu einem ihrer Soldaten gegangen und flüsterte ihm etwas ins Ohr. Zwei Männer verließen daraufhin die Kirche. Tom sah Hellen anerkennend in die Augen und seufzte hörbar.

„Ich wollte dich retten. Ich dachte, du bist nur vom Weg abgekommen. Aber jetzt sehe ich, dass du sämtliche Brücken hinter dir gesprengt hast. Was ist nur mit dir geschehen?"

Toms Frage war an Noah gerichtet, obwohl er noch immer Hellen ansah. Er wollte Noah nicht mal mehr ansehen und holte tief Luft.

„Wir werden uns wieder begegnen, Noah", knirschte Tom. Sein Ton war dermaßen eisig, dass es keiner zusätzlichen Drohung mehr bedurfte und klar war, was dann geschehen würde.

„Seit dem Tag, an dem ich im Krankenhaus aufgewacht bin und die Ärzte mir mitteilten, dass ich für immer an dieses Ding gefesselt bin ..." Seine Stimme kippte und er schlug wütend auf die Armlehnen seines Rollstuhls. „... wünsche ich mir, es dir heimzuzahlen. Ich habe gelernt zu warten, gute Miene zum bösen Spiel zu machen, bis sich die Gelegenheit ergab, mit der ich dich für deine Inkompetenz büßen lassen kann."

„Schluss jetzt, wir haben Wichtigeres zu tun und Mr. Wagner hier möchte auch noch ein paar Menschenleben retten können", rief Ossana. Wenige Augenblicke später kamen die beiden Soldaten zurück. Sie trugen gemeinsam ein großes Flightcase, auf dem ein silberner Koffer lag. Sie stellten das Case auf den Boden. Ein Soldat nahm den kleineren Koffer und trat zur Seite. Der andere kniete sich nieder und entnahm dem Case ein äußerst seltsames Gerät.

## 74

DIE FELSENKIRCHEN VON LALIBELA

Vittoria machte sich keine Gedanken um ihr eigenes Leben, aber die zwölf Priester, die in der Kirche Bet Amanuel gefangen waren, hatten nicht mehr viel Zeit. Das Wasser stieg unaufhaltsam und deren Leben lag in ihren Händen. Sie musste also aus diesem Helikopter raus. Sie schreckte hoch, als jemand an die Cockpitscheibe hämmerte. Zwei Soldaten standen vor der Ladeluke, bereit sie aufzuziehen.

„Hast du das Spezialequipment bei dir hinten drin?", fragte der Soldat den Piloten. Vittorias Panik wuchs. Mit zitternder Hand zielte sie mit der Pistole auf die Tür.

„Nein, das ist drüben im anderen Helikopter, warte ich helfe euch."

Der Pilot stieg aus und ging mit den beiden Soldaten zum zweiten Helikopter.

Jetzt oder nie. Vittoria schlüpfte in die Trageschlaufen der Tasche und trug sie wie einen Rucksack. Lautlos hüpfte sie aus dem Helikopter und zog so leise wie möglich die Ladeluke hinter sich zu. Mit der Waffe im Anschlag kauerte sie neben dem Helikopter, wartete und beobachtete die Männer. Als die beiden Soldaten fündig geworden waren, liefen sie im Laufschritt mit einem großen Flightcase und einem weiteren Koffer darauf, zurück zur Kirche Bet Giyorgis.

Was da wohl drin ist?, dachte Vittoria und huschte zu der künstlichen Schlucht, nachdem der Pilot wieder eingestiegen war und die Luft rein schien. Sie folgte der Schlucht talwärts. Erschrocken hielt sie inne, als sie um eine Ecke gebogen war. Vor ihr im Wasser lag, mit dem Gesicht nach unten, der regungslose Körper eines Soldaten. Sie atmete hörbar aus. „Puh!" Sie bückte sich, durchsuchte die Leiche, machte sich aber keine großen Hoffnungen, etwas Brauchbares zu finden. Tom, wer sonst, hatte ganze Arbeit geleistet. Sie lief weiter durch die überflutete Schlucht. Bis auf die Haut durchgeweicht watete sie durch das mittlerweile kniehohe Wasser. Ihr Training war hart gewesen, aber sie bemerkte, dass sie langsam, aber sicher an ihre Grenzen stieß. Sie durfte jetzt nicht schlappmachen. Das Wasser musste den Priestern mittlerweile buchstäblich bis zum Hals stehen. Tom hatte ihr einmal erzählt, wie es sich anfühlte, kurz vor dem Ertrinken zu sein. Doch sie musste sich zusammenreißen und ihren Job erledigen. Aus ihrer Jacke zog sie ein Mobiltelefon hervor und besah sich das Satellitenbild, das sie von der Kirchenanlage gespeichert hatte und fand ihre Position. Sie war auf dem richtigen Weg. Hier, außerhalb der Kirchengruppe, hinter dieser Felswand, befand sich der Kirchhof, der sich unaufhaltsam mit Wasser füllte.

Wenig später stand sie am Fuße der Felswand, vor der Stelle, an der die Wand zum Kirchenhof am dünnsten war. Hier würde ihr Plan am besten funktionieren. Sie schlüpfte aus den Trageschlaufen, zippte die Tasche auf, nahm einen großen Block C4 heraus und presste den Sprengstoff in eine Spalte an der Wand. Anschließend nahm sie den Zünder und bohrte ihn tief in die tonartige Masse und aktivierte ihn. Mit dem Auslöser in der Hand machte sie sich aus dem Staub. Sie brauchte Deckung. Auf einer kleinen Böschung fand sie hinter einem Felsen Schutz. Schnell zog sie die Antenne aus der Fernbedienung, hob die rote Schutzkappe des Auslösers an, kniff die Augen zusammen und warf den Kippschalter um.

Es geschah absolut nichts. Plötzlich fiel der deaktivierte Zünder neben ihr auf den Boden und sie spürte den Lauf einer Waffe in ihrem Nacken.

# 75

### DIE KIRCHE BET GIYORGIS, LALIBELA

Das Gerät sah wie die Kreuzung eines Rasenroboters und einer Miniaturversion des Marsrovers aus. Ein Soldat setzte es in einer Ecke der Kirche ab, schnappte sich die Fernbedienung mit Touchscreen, aktivierte beide Geräte und reichte die Fernbedienung an Noah weiter.

„Bodenradar. Wenn hier unten etwas ist, werde ich es finden", warf Noah ein und ließ den Scanner losfahren. Eine Aufgabe, die sich aufgrund der Bauweise dieser Kirche als etwas schwierig herausstellte. Der Boden war ziemlich uneben.

Der zweite Soldat hielt Ossana den kleineren Koffer hin. In ihm lagen die beiden anderen Steine und eine Akte. Sie entnahm ihr ein Blatt Papier und der Soldat wandte sich an Noah, der den dritten Stein hinein legte. Ein Grollen und Donnern war plötzlich zu hören. Blitze zuckten und alle hielten für einen Moment die Luft an. Noah gab ein kurzes Hüsteln von sich. Tom und Hellen wurde mit einem Mal klar, dass es nicht nur Hokuspokus war. Die Situation war ernst.

Jetzt wandte sich Ossana mit dem Blatt in der Hand direkt an Tom und Hellen.

„Palffy war besessen von der Bibliothek von Alexandria und vom Stein der Weisen. Er hatte vor 20 Jahren durch Zufall dieses Dokument in die Finger bekommen. Palffy hatte darauf eines sofort wiedererkannt: das Anch, das Lebenskreuz und auch Symbol für die Bibliothek der Könige. Er musste die Dokumente sofort haben", sagte Ossana.

Hellen nickte. Sie konnte sich erinnern, dass Palffy das einmal ihr gegenüber erwähnt hatte.

„Aber auch er konnte mit all seinem Wissen und Kontakten die Briefe nicht entschlüsseln. Sie waren in einer unbekannten Sprache geschrieben. Wie wir später von Noah erfahren hatten, gab es drei Brüder. Als der zweite Bruder, der den Stein den Amerikanern gab, von den Nazis geschnappt wurde und in ein Konzentrationslager nach Polen verschleppt wurde, wollte er seinem Bruder in Rom von seiner Mission berichten. Er verfasste heimlich einen Brief in der Code-Schrift, die die drei Brüder schon als Kinder entwickelt hatten, und bat kurz vor seinem Tod, einen russischen Soldaten, der bei der Befreiung des Lagers dabei war, den Brief zu übergeben. Da er den Italiener nicht verstand, nahm er den Umschlag aber trotzdem an sich und er landete irgendwann auf seinem Dachboden."

Ossana machte eine triumphierend wirkende Pause.

„Dort fand ihn 60 Jahre später sein Enkel, wusste auch nichts damit anzufangen. Er stellte die Dokumente auf Ebay, um zumindest ein paar Dollar dafür zu bekommen. Pallfy griff sofort zu. Diese Briefe hatten uns nach Amerika ins Smithsonian geführt. Leider wussten wir nicht, dass die Amerikaner den Stein in der Zwischenzeit woanders versteckt hatten."

Ossana lächelte und zuckte mit den Schultern. Sie machte eine Pause, um Tom und Hellen Gelegenheit zu geben, die Geschichte zu verdauen. Dann hob sie das Blatt hoch.

„Und das hier ist das letzte Puzzleteil. Wenn Sie mir die Ehre erweisen würden und den markierten Absatz vorlesen."

Sie hielt Hellen das Blatt unter die Nase. Hellen nahm widerwillig das Papier und begann zu lesen.

„Die dreizehnte Kirche birgt das Geheimnis.

Das dreizehnte Kreuz ist der Schlüssel."

„In den Briefen stand leider nicht, wo der dritte Bruder seinen Stein hingebracht hatte." Sie ging hinüber zu dem Leichnam von Abebe Abiye. „Das haben Sie uns in Washington verraten, Ms. de Mey." Sie riss das blutgetränkte Hemd des Mannes auf und nahm ihm eine Halskette mit einem kleinen Lalibela-Kreuz ab.

„Ossana", unterbrach Noah.

„Ich habe ihn gefunden!" Er rollte zu ihr, hielt ihr die Fernbedienung mit dem Display entgegen und Ossana erkannte einen Gang, der sich direkt unter ihren Füßen befand. Nur wo war der Eingang?

Die Soldaten begannen alle Teppiche zur Seite zu rollen. Ossana kniete nieder und strich mit der Hand über den Boden. Auch Toms und Hellens Neugierde war jetzt geweckt. Ossana bemerkte eine Kerbe, die auf den ersten Blick einfach wie ein Riss im Gestein aussah. Hellen musste unweigerlich an Onkel Scotts antiquierte Lochkarte denken, die er unter seiner Uniform getragen hatte. Sie erinnerte sich, dass sie vorhin ein 50 Zentimeter großes Lalibela-Kreuz in der Hand hatte. Ohne etwas zu sagen, ging sie nach hinten. Einer der Soldaten wollte sie aufhalten, doch Ossana hielt ihn zurück.

„Hellen, was hast du vor?", fragte Tom erstaunt über Hellens plötzliches Engagement.

„Die Halskette hat mich an etwas in Washington erinnert und ich möchte sehen, ob ich recht habe." Sie kam mit dem großen Kreuz zurück, drückte es wortlos Ossana in die Hand und fing an, Tücher von den Wänden zu reißen. Es kamen zwei Seile zum Vorschein. An der nördlichen und südlichen Seite der Kirche hing jeweils ein Seil, die über eine Führung an der Decke, hinter dem Vorhang zusammenfanden.

Ossana und Tom begannen allmählich zu verstehen und halfen mit. Sie hängten das Lalibela-Kreuz kopfüber an die Haken. Die Schnörkel an dem hängenden Kreuz, sahen aus wie Widerhaken. Hellen gab den Seilen nach und mit einem Schubs von Tom glitt das Kreuz exakt in den Spalt im Boden.

„Dreh das Seil ein wenig", wies Hellen Tom an. Sie zog ruckartig an dem Seil und das Kreuz verhakte sich.

„Kann mir mal wer helfen?"

„Los, helft ihr doch endlich", befahl Noah, sichtlich ungeduldig.

Drei Soldaten verschwanden hinter dem Vorhang und zogen mit vereinten Kräften an den Seilen. Hellen trat wieder hervor und sah zusammen mit den anderen gespannt auf die Seile, die im Boden verschwunden waren.

Knirschend hob sich langsam eine runde 1 mal 1 Meter große Platte aus dem Fußboden. Die Soldaten zogen weiter stöhnend und mit Leibeskräften an den Seilen. Langsam hob sich der Deckel aus dem Boden. Tom folgte mit seinem Blick den Seilen nach oben und erkannte an der Form der Decke, dass sie genau im Zentrum der kreuzförmigen Kirche standen und plötzlich wurde ihm etwas klar.

„Das X markiert den Punkt", murmelte er und konnte sich ein Lächeln nicht verkneifen. Als er wieder nach unten in die Runde sah, bemerkte er nur begeisterte Gesichter. Unter dem Stein war ein schmaler Gang zum Vorschein gekommen.

„Der Weg zur dreizehnten Kirche ...", begann Ossana.

„Und der Weg zum Allerheiligsten", vollendete Noah.

Tom und Hellen sahen sich an und folgten Ossana und Noah, den zuvor zwei Soldaten hinunter in den Gang gehievt hatten.

## 76

UNTER DER KIRCHE BET GIYORGIS, LALIBELA

Der leicht abfallende Gang führte nach 50 Metern in einen großen Raum. Ossana und Noah standen bereits im Inneren, als Tom und Hellen den Raum betraten. Dicht gefolgt von drei Soldaten.

Die künstlich angelegte Höhle hatte gut und gerne 20 Meter im Durchmesser und unter dem Zentrum der fünf Meter hohen Kuppel stand ein Altar. Über eine raffinierte Anordnung von glatt polierten Metalltellern wurde Licht über einen kleinen, unscheinbaren Schacht direkt auf den Altar gelenkt. Der große Spiegel, der das Licht direkt auf den Altar warf, war auf einem großen rechteckigen Steinblock angebracht, der gegenüber des Eingangs, an der Wand stand. Ossana ging nach links und umrundete den Altar. Noah rollte langsam darauf zu. Auf dem Altar, einem großen, glatt polierten rötlichen Steinblock, stand ein Objekt, das mit einem blauen Tuch bedeckt war. Zwei spitze Erhebungen konnte man am oberen Teil des Tuches ausmachen. Links und rechts lugten zwei Stangen hervor. Niemand wagte, auch nur zu atmen. Man konnte fast den Herzschlag aller Anwesenden hören. Kein Regen, kein Sturm, niemand bewegte sich, nur Stille.

Hellen wollte auf den Altar zugehen, wurde aber auf Ossanas Anweisung hin, von den Soldaten zurückgehalten.

Ossana ging staunend und sehr langsam um den Altar herum. Schließlich packte sie eine Ecke des Tuchs und zog. Staub wirbelte in die Höhe und der ganze Saal erstrahlte in einem goldenen, fast göttlichen Licht. Die aufgewirbelten Staubpartikel tanzten glitzernd in der Luft und verliehen der Szene einen Hauch von Magie. Noah sog hörbar die Luft ein und starrte ehrfurchtsvoll auf das goldene Kunstwerk. Sie wurde der Beschreibung in der Bibel mehr als gerecht und war schöner, als er sie sich jemals hätte erträumen können. Auf dem Podest vor ihnen strahlte das Allerheiligste, die Bundeslade. Auf der Sühneplatte, dem Deckel der Lade, thronten die beiden Cherubim, die als Vorfahren der Engel galten. Sie breiteten schützend ihre Flügel über den ganzen Deckel. Mit glasigen Augen starrte Noah auf die Bundeslade. Er war endlich am Ziel.

„Los, mach schon auf", drängte er Ossana.

Sie winkte zwei Soldaten zu sich. Sie schulterten ihre Gewehre und stellten sich auf beiden Seiten der Bundeslade auf, packten den Deckel und zögerten. Kein Wunder. Jeder kannte die Szene aus dem Film *Jäger des verlorenen Schatzes*, in dem den Nazis die Gesichter weggeschmolzen wurden, als sie die Bundeslade öffneten.

Tom und Hellen lächelten einander zu, als sie das Zögern der Soldaten bemerkten. Sie hoben den Deckel an und nichts geschah.

„Das hier ist kein Hollywood Film", sagte Ossana kopfschüttelnd, die die Panik in den Gesichtern ihrer Soldaten ebenfalls bemerkt hatte. Sie legten erleichtert und vorsichtig den Deckel ab und traten zur Seite.

Noah öffnete den Koffer, den er auf seinem Schoß hatte und Ossana entnahm den ersten Stein, um ihn in die Bundeslade zu legen. Er war kurz davor, endlich seinen Traum wahr werden zu lassen.

„Wartet!", rief Tom unerwartet.

„Sollte nicht jemand etwas Bedeutsames sagen?" Er blickte in die Runde.

„Ich finde, ein Moment mit solch einer Gravitas, der Anfang vom Ende, hat meiner Meinung nach ein wenig Respekt und Anerkennung verdient."

„Wagner, halt bitte einmal deine verdammte Fresse!", rief Noah.

„Los, leg die Steine hinein", drängte er erneut Ossana.

„Ich meinte ja nur", murmelte Tom, als ihn Hellen böse ansah.

Ossana legte vorsichtig, einen Stein nach dem anderen in die Bundeslade. Sie traten erwartungsvoll zurück. Noahs Anspannung stieg ins Unermessliche, Tom und Hellen sahen sich an und die Soldaten traten einen kleinen Schritt zurück. Noahs Blick war auf die Bundeslade geheftet. Die Legende besagte, dass die Teile des Steins in die Bundeslade gelegt werden mussten, um deren Macht zu entfalten. Er hatte die Schriften unzählige Male studiert, nachdem Ossana mit dem Plan auf ihn zugekommen war. Zuerst hatte er gezweifelt, aber dann die Unterlagen von Pallfy zu lesen bekommen und die Quellenlage war eindeutig gewesen. Es gab unzählige historische Berichte über die Macht des Steins. Bis zu Josua selbst ließen sich die Geschichten über die Macht des Steins zurückverfolgen. Die drei Steine lagen in der Bundeslade und die Macht des Steins sollte sich nun entfalten. Es geschah aber absolut nichts. Noah war verwirrt und wurde nervös.

„Vielleicht muss man die Truhe wieder schließen?", gab Ossana zu bedenken, während sie wieder um die Lade herum ging und sie die beiden Soldaten den Deckel wieder auf die Truhe heben ließ. Alle blickten im Raum umher, als würden sie auf Blitze, Lichter oder buchstäblich auf die Hand Gottes warten. Noah sah Ossana an. Die Sekunden verstrichen und es passierte weiterhin nichts. Von Sekunde zu Sekunde wuchs Noahs Zorn.

Der Stein hatte Naturkatastrophen ausgelöst, hatte die alten Päpste reich gemacht, hatte Kriege und Schlachten entschieden, hatte für das eine oder andere Wunder im Namen der katholischen Kirche gesorgt. Noah verstand die Welt nicht mehr. Die Teile des Steins lagen nun schon rund eine Minute in der Bundeslade und es war nichts geschehen.

Plötzlich hallte ein lautes diabolisches Lachen durch die unterirdische Kuppel. Verwirrung machte sich breit, denn sie hörten eine Stimme, die alle nur zu gut kannten.

„J'adore quand un plan marche."

Hinter dem Steinblock, gegenüber vom Eingang, trat François Cloutard hervor.

„Für dich Noah, weil ich weiß, dass du meine wunderschöne Muttersprache nicht beherrscht, noch mal zum Mitschreiben: Ich liebe es, wenn ein Plan funktioniert! Connard!"

## 77

### DIE FELSENKIRCHEN VON LALIBELA

Vittoria rührte sich keinen Millimeter. Der Mann hinter ihr würde keine Sekunde zögern und abdrücken, davon war sie überzeugt.

Gedanken schossen durch ihren Kopf: War Tom noch am Leben? Was war mit Hellen und Abiye? Was war mit den Priestern? Würden alle ertrinken müssen, nur weil sie versagt hatte?

„Los aufstehen, aber langsam", sagte der Mann hinter ihr mit düsterer Stimme. Vittoria hob langsam die Hände neben ihren Kopf und stand auf.

„Bitte nicht schießen!", wimmerte sie, um den Mann in Sicherheit zu wiegen. Er sollte denken, dass sie völlig hilflos sei. Für den Hauch einer Sekunde war der Mann unvorsichtig. Er hatte Vittoria unterschätzt und stand viel zu nahe. Kurz bevor sie komplett aufrecht stand, drehte sie sich blitzschnell um. Sie schob sein Gewehr ruckartig zur Seite und packte es. Ein Schuss löste sich. Sie riss es zu sich, sodass der überraschte Soldat ins Stolpern kam.

Ihr Bein schnellte in die Höhe und traf den Mann, wo es wirklich weh tat.

„Ahh." Der Mann ging mit schmerzverzerrtem Gesicht in die Knie. Vittorias rechter Haken traf seine Schläfe und setzte ihn für einige Sekunden außer Gefecht. Sie krallte sich den Zünder und lief die Böschung hinunter. Der Mann war schneller als erwartet wieder auf den Beinen. Schüsse pfiffen an Vittorias Kopf vorbei. Der Schmerz und der starke Regen machten aber genaues Zielen für den Mann unmöglich. Verärgert rappelte sich der Soldat hoch und nahm die Verfolgung auf. Im Laufen hatte Vittoria den Sender und den Zünder eingesteckt und ihre Waffe gezogen. Sie musste ihren Verfolger stoppen und traf eine waghalsige Entscheidung. Dabei hatte sie jedoch nur einen Versuch. Nachdem sie ihr Tempo leicht verringert hatte, wandte sie sich blitzschnell um, ließ sich auf die Knie fallen und zielte in aller Ruhe. Der überraschte Soldat riss sein Gewehr hoch, doch Vittorias Kugel streckte ihn im gleichen Moment nieder. Wenn es in ihrem Training etwas gab, in dem sie brillierte, dann war es am Schießstand.

Zitternd senkte sie ihre Waffe und sah den reglosen Körper auf der Böschung im Dreck liegen. Mit einem Mal durchfuhr ein sengender Schmerz ihre rechte Schulter. Sie drehte sich um und sah oben auf dem Felsplateau einen weiteren Soldaten stehen. Er schoss ein zweites Mal, doch diesmal verfehlte er. Vittoria war wieder in Bewegung. Ihre Schulter brannte wie Feuer und sie dachte an die vielen Ertrinkenden. Versagen war keine Option! Am Fuße der Böschung stand wieder knietief das

Wasser. Sie lief zickzack auf die Schlucht zu, in Richtung der Stelle, wo sie das C4 platziert hatte. Schmerzverzerrt holte sie im Laufen den Zünder hervor. Kugeln peitschten links und rechts von ihr ins Wasser. Sie presste sich flach an die Wand. Von oben regnete es eine Salve Dauerfeuer auf sie herunter. Die Kugeln verfehlten sie nur um Haaresbreite. Blitzschnell steckte sie den Zünder zurück in den Sprengstoff, aktivierte ihn und lief die Wand entlang. Diesmal fackelte sie nicht lange und nach nur zehn Metern drückte sie den Auslöser. Eine Druckwelle schleuderte Vittoria nach vorne und sie landete kopfüber im Wasser. Felsbrocken wurden durch die Luft geschleudert. Wie aus einem gebrochenen Damm schoss das Wasser aus dem Kirchhof ins Freie. Augenblicke später war alles Wasser aus dem Inneren der Kirche und dem Kirchhof geflossen. Vittoria rappelte sich auf und wollte wieder in Deckung gehen. Aber der Soldat auf dem Plateau war durch die Explosion in die Tiefe gerissen und von einem großen Felsbrocken erschlagen worden. Vittoria lief in den Kirchhof, löste den Keil der Tür und riss sie auf. Die völlig erschöpften und triefend nassen Priester kamen nach und nach aus der dunklen Kirche. Hustend stützten sie sich gegenseitig und konnten es kaum glauben, dass sie noch am Leben waren. Die Geistlichen, unter ihnen auch Tesfaye, bedankten sich überschwänglich bei Vittoria, die abgekämpft auf einer kleinen Treppe neben der Kirche Platz nahm und sich überglücklich zurücklehnte.

## 78

UNTER DER KIRCHE BET GIYORGIS, LALIBELA

Sein Auftritt war gelungen und die Gesichter, in die François Cloutard jetzt schaute, waren unbezahlbar. Er hatte eine alte Luger Pistole in der Hand und zielte damit auf Ossanas Kopf.

Die beiden Soldaten, die links und rechts am Rande des Raums standen, rissen ihre Waffen in die Höhe. Cloutard war nicht alleine gekommen. Marcello und Giuliano kamen hinter dem Block hervor und hatten Kalashnikovs im Anschlag.

„So sieht man sich wieder", sagte Cloutard völlig gelassen zu Ossana.

„Alle ganz ruhig bleiben", rief Ossana. „Wenn hier jetzt jemand anfängt, herumzuballern, landen wir alle in einem Leichensack und das will, glaube ich, niemand. Wir sollten die Sache wie Profis lösen."

„Was hat so lange gedauert?", fragte Tom und gab sich gleich selbst die Antwort.

„Du wolltest einen spektakulären Auftritt, nicht wahr?", ergänzte Tom. Cloutard zuckte mit den Achseln und lächelte verlegen. Der Soldat hinter Tom und Hellen drückte Tom seine Waffe an den Hinterkopf.

„Tu me connais. Ich mag es theatralisch."

Noah verstand die Welt nicht mehr. Was war hier gerade geschehen? Er drehte sich mit seinem Rollstuhl herum, um Tom ansehen zu können.

„Niemand rührt sich", rief Cloutard.

„Alle Stop", rief Ossana und die beiden Soldaten am Rand, die langsam den Rückzug angetreten hatten, blieben abrupt stehen.

„Was zum Teufel hast du getan?", fauchte Noah.

Wütend und ungläubig starrte er in Toms Gesicht.

„Auch wir können Pläne schmieden", sagte Tom etwas neckisch. „Nach dem Desaster in Washington, und nachdem du dich als hinterhältiger Psychopath und Arschloch herausgestellt hattest, habe ich Cloutard kontaktiert und wir haben uns ausgesprochen. Er flog schon Stunden vor uns hierher. Wir konnten mithilfe des Vatikans Kontakt zu den lokalen Geistlichen aufnehmen und die echte Bundeslade durch ein Duplikat ersetzen."

„Duplikat?", blaffte Noah und sein Blick wurde immer bizarrer.

„Oh, das weißt du nicht? Du solltest ein wenig besser recherchieren", sagte Hellen triumphierend.

„Jede Kirche in Äthiopien hat ein Duplikat der Bundeslade. Ein Gebäude gilt nur dann als Kirche, wenn ein Duplikat darin steht. Die Echte ist weit weg und in Sicherheit."

Noahs und auch Ossanas Minen froren ein.

„Und, falls das noch nicht klar war. Ihr seid alle verhaftet", rief Tom in die Runde.

Noah lachte schallend los und der Soldat hinter Tom drückte ihm provokativ das Gewehr fester an den Hinterkopf.

Plötzlich knackte ein Funkgerät, doch außer Störgeräuschen konnte man nichts verstehen. Alle starrten auf den Eingang, aus dessen Richtung das Geräusch gekommen war. Augenblicke später fielen Schüsse und in Bruchteilen einer Sekunde brach die Hölle los. Marcello schoss auf den linken Soldaten und Giuliano auf den rechten. Danach gingen beide sofort hinter dem Steinblock in Deckung. Ossana packte mit ihrer linken Hand Cloutards Hand, in der er seine Waffe hielt, schlug ihm mit der rechten Faust voll auf die Nase und warf sich auf ihn.

Maschinengewehrfeuer pfiff über Noahs Kopf hinweg und schlug in dem Steinblock ein. Auch Tom reagierte schnell. Er duckte sich, schlug mit dem Ellenbogen in die Weichteile des Mannes hinter ihm, packte das Gewehr, zog und warf den Mann über seine Schulter. Mit ein paar schnellen Handbewegungen hatte er den Mann bewusstlos geschlagen und sein Gewehr an sich gebracht.

Er sprang auf, drehte sich mit dem Gewehr im Anschlag herum und hielt in letzter Sekunde inne.

Noah stand mit dem Rücken zum Eingang. Hinter ihm befand sich der Soldat, der das Chaos verursacht hatte und gab ihm Deckung. Marcello und Giuliano hatten ihre Deckung wieder verlassen, waren Cloutard zu Hilfe geeilt und hatten Ossana überwältigt. Cloutard hielt sich seine blutende Nase und mit seiner Waffe Ossana in Schach. Marcello und Giuliano hatten jetzt auch Noah und den Soldaten im Visier.

In all dem Trubel hatte Noah es jedoch geschafft, Hellen zu überwältigen. Sie kniete vor ihm, seine Hand umschloss ihren Hals und seine Pistole grub sich in ihre Schläfe. Hellen entfuhr ein erstickter Schrei.

„Stop!", schrie Tom, der wutentbrannt auf Noah zielte.

„Noah, es ist vorbei, lass sie gehen", sagte Tom mit fester Stimme.

Noah hatte die Aussichtslosigkeit der Situation schnell erkannt. Sein Traum war zerplatzt. Jetzt konnte er nur noch sein Leben retten.

„Schaff mich hier raus", zischte er zu dem Soldaten hinter sich. Marcello und Giuliano rückten sofort nach, als sich Noahs Rollstuhl in Bewegung setzte.

Noahs Hand um Hellens Hals drückte fester zu. Hellen röchelte nach Luft. Ihre Panik wuchs.

„Stop, bleibt zurück, lasst ihn gehen", rief Tom den beiden Mafiosi zu. Er sah Hellen tief in ihre angsterfüllten Augen. Sein Blick sagte ihr: Du wirst hier nicht sterben, das verspreche ich dir. Der Soldat zog Noahs Rollstuhl rückwärts in den Gang. Noah hielt eisern an Hellen fest und schleifte sie hinter sich her. Tom rückte mit dem Gewehr im Anschlag nach.

„Noah, was hast du vor?", schrie Ossana, die mittlerweile wieder auf den Beinen war und mit erhobenen Händen vor Cloutard stand.

„Was hast du erwartet? Er hat uns auch betrogen", sagte Cloutard in einem nasalen Ton, weil er sich immer noch die Nase zuhielt, um die Blutung zu stoppen.

„Ihr könnt mich nicht einfach zurücklassen", schrie Ossana den beiden hinterher.

„Wir kommen dich holen, versprochen", rief Noah aus dem Gang.

Einen Augenblick später stolperte Hellen in die Halle zurück und hinter ihr rollte eine Granate den Gang hinunter.

„Geht in Deckung", rief Hellen. Tom erkannte sofort die Gefahr. Er warf das Gewehr zur Seite, startete los, packte Hellen und zerrte sie hinter den Steinblock, auf dem die falsche Bundeslade stand. Cloutard warf sich auf Ossana und die beiden Mafiosi waren mit zwei Schritten hinter dem Steinblock verschwunden.

Eine ohrenbetäubende Explosion ließ die Halle erbeben und brachte den Aufgang des langen Ganges zum Einsturz. Die Druckwelle fegte die falsche Bundeslade von ihrem Podest, sie flog über Ossana und Cloutard hinweg und knallte gegen den Steinblock.

Als sich der Rauch und der Staub gelegt hatten, rappelten sich alle langsam auf. Tom erhob sich, half Hellen auf und vergewisserte sich, dass sie unverletzt war.

„Runter von mir", keifte Ossana Cloutard an, der sich lächelnd aufraffte.

„War doch wie in alten Zeiten. Aber ein schlichtes Danke war ja damals schon zu viel verlangt", sagte Cloutard und klopfte den Staub von seinem Anzug ab. Er ignorierte Ossanas ausgestreckte Hand, die ihn aufforderte, ihr aufzuhelfen. Unerwartet lachte Ossana plötzlich los und sah Tom an.

„Deine Priester werden jetzt erbärmlich ersaufen, denn so wie es aussieht, kommen wir hier nicht so schnell raus."

Marcello und Giuliano zerrten Ossana hoch und fesselten sie mit einem Kabelbinder.

Tom sah souverän auf die Uhr und lachte dann auch. „Die sollten in der Zwischenzeit im Trockenen sein. Ich glaube, dass Vittoria kein Problem hatte, sie zu befreien."

Plötzlich hörten sie in der Ferne, sehr dumpf, eine Explosion.

„Sorry, jetzt sind sie in Sicherheit", feixte Tom und sein Grinsen wurde noch breiter. Er trat vor Ossana und sah ihr tief in die Augen.

„Und jetzt aber wirklich. Du bist verhaftet."

Ossanas Miene verfinsterte sich.

Mit Cloutards Hilfe hatte Tom die Bundeslade wieder auf das Podest gehoben und den Deckel aufgelegt.

„Gott sei Dank war das nur die Replika", sagte Tom und besah sich die immer noch ganze, aber ramponierte Truhe.

„Wenn Noah wüsste, dass er vorhin an der echten Bundeslade vorbei gegangen ist ...", spöttelte Hellen und schüttelte den Kopf. Sie sammelte die drei Steinfragmente ein, die wie durch ein Wunder nicht noch mehr beschädigt worden waren, und legte sie zurück in den Koffer.

„Und wie wollt ihr hier jetzt raus kommen?", fragte Ossana. Obwohl sie gefangen war, tat sie weiterhin so, als hätte sie die Oberhand.

„Was glaubst du, wie ich hier hereingekommen bin, ma chérie?", sagte Cloutard und zwinkerte ihr zu.

Er genoss die Situation sichtlich, durfte er sich doch ein wenig an Ossana rächen.

„Folgt mir, mes amis!"

Er lachte lauthals und verschwand in einem unscheinbaren Spalt hinter dem Steinblock.

## 79

NATIONALFRIEDHOF ARLINGTON, BUNDESSTAAT VIRGINIA, USA

„Typisches Begräbniswetter", sagte Tom zu Hellen, als sie aus dem Wagen stiegen und sofort die Regenschirme aufspannen mussten. Es war für einen Tag im Mai empfindlich kalt, der Wind blies und peitschte den Regen nahezu waagerecht über die Hügel des Friedhofs. Der Nationalfriedhof Arlington lag unmittelbar südwestlich der Bundeshauptstadt Washington, D.C., von der er durch den Potomac River getrennt war. Im Südosten grenzte er an das Gelände des Pentagons. Typisch für den Friedhof waren die sanften, grünen Hügel und die weißen Grabsteine, die alle in gleichem Abstand zueinander in Reih und Glied den Friedhof füllten. Jährlich fanden hier knapp 5400 Beerdigungen statt. Auf diesem Friedhof wurden bisher drei Staatsbegräbnisse abgehalten, für die Präsidenten William Howard Taft und John F. Kennedy sowie für General John J. Pershing. Admiral Scott T. Wagners Begräbnis wurde im kleinen Kreis abgehalten, wie es der Admiral verfügt hatte. Lediglich ein paar enge Freunde, Tom,

Cloutard, Hellen und die Minimalbesetzung der Navy und Air Force waren anwesend. Und natürlich der Präsident der Vereinigten Staaten mit seinem Secret Service Tross. Die Grabrede hielt der Präsident persönlich.

„Ich wusste gar nicht, dass dein Onkel Träger der *Medal of Honor* war", flüsterte Hellen, nachdem der Präsident geendet hatte.

„Ich auch nicht", gab Tom zu. „Onkel Scott hatte einige Geheimnisse."

„Das scheint in der Familie zu liegen", erwiderte Hellen, legte ihre Hand auf Toms Arm und lächelte ihm tröstend zu.

Nachdem auch der Kaplan der Air Force seinen Service beendet hatte, traten sieben Navysoldaten auf den Plan und schossen ihre drei Salven zur Ehrung des gefallenen Kameraden. Danach wurde die Fahne, die während der Zeremonie des Kaplans von dem achtköpfigen, sogenannten Sargteam, über den Sarg gehalten wurde, nach alter Tradition zu einem Dreieck gefaltet. Sie wurden begleitet von einem Trompeter, der *Taps* spielte. Danach wurde die Fahne unter Saluten an Tom übergeben.

Nachdem alle Anwesenden Tom ihr Beileid ausgedrückt hatten, kam einer der Secret Service Mitarbeiter zu Tom.

„Der Präsident möchte Sie kurz sprechen, Sir", sagte der Mann knapp und hielt seine Hand in Richtung einer der Baumgruppen, wo der Präsident stand und sich mit einem Air Force General unterhielt. Cloutard und Hellen sahen Tom erstaunt an, dieser verzog das Gesicht und folgte dem Secret Service Mann.

„Mister Wagner, ich möchte Ihnen nochmal mein Beileid ausdrücken. Admiral Scott ist ein Verlust für das gesamte amerikanische Volk. Er hat vieles für unser Land getan und nie groß Aufhebens darum gemacht."

„Danke Sir", sagte Tom. „Ja, das klingt ganz nach meinem Onkel."

„Gehen wir ein paar Schritte", sagte der Präsident und ging los, ohne Toms Reaktion abzuwarten. Zwei Secret Service Männer folgten ihnen in einem angemessenen Abstand.

„Ich möchte nicht lange um den heißen Brei herum reden. Ich habe mir Ihre Akte durchgesehen."

„Meine Akte?", sagte Tom erstaunt, wobei ihm sofort klar wurde, dass die CIA über alle Familienmitglieder und Freunde von Onkel Scott Akten angelegt haben musste.

„Sie haben schon einige Male die Kohlen aus dem Feuer geholt. Die Sache mit dem Diamanten in Wien, der Vorfall in Barcelona letztes Jahr und jetzt die Wiederbeschaffung des …" Er stutzte. „…. des Artefaktes. Sie sind gut. Selbst für unsere Maßstäbe sind Sie ein Top-Mann, den ich lieber für mich kämpfen sehen würde, als gegen mich."

„Sir, bei allem Respekt, ich fürchte ich weiß nicht, was Sie meinen."

„Ich möchte, dass Sie den Platz ihres Onkels einnehmen. Ich möchte, dass Sie für die CIA arbeiten und mir direkt unterstellt sind."

Tom war stehengeblieben und glaubte sich verhört zu haben.

„Ich glaube nicht, dass ich dafür sonderlich geeignet bin, Mr. President."

„Das sehe ich völlig anders, Mr. Wagner. Ich brauche Leute, die ein wenig unkonventionell denken." Er zwinkerte Tom zu. „Und ich denke, Sie fallen in diese Kategorie."

„Danke, Sir, aber das kommt ein wenig überraschend für mich."

„Das ist mir klar. Was ich für Sie vorgesehen habe, ist auch kein 08/15 CIA-Agent Job. Aufträge für Sie haben wir nicht häufig. Bedeutet, dass sich für Sie erst mal gar nichts ändert. Ich werde mich bei Ihnen persönlich melden, wenn es etwas zu tun gibt."

Tom wusste nicht recht, was der Präsident meinte.

„Danke Sir, ich fühle mich geehrt."

„Eine Bedingung gibt es dafür aber, Mr. Wagner."

Tom sah den Präsidenten fragend an.

„Niemand, absolut niemand darf erfahren, dass Sie für mich und die CIA arbeiten. Egal wie nahe Ihnen diese Person auch stehen möge, Sie müssen über unsere

Abmachung absolutes Stillschweigen bewahren. Können Sie mir das versichern?"

Tom schluckte und blickte über die Schulter nach hinten. Er sah Hellen, die sich mit Cloutard unterhielt und auf ihn wartete. Es begann gerade wieder zwischen ihnen beiden besser zu werden. Sollte er dieses Geheimnis für sich bewahren? Würde er sie anlügen müssen? War es das wert? Der Präsident riss ihn aus seinen Überlegungen.

„Mr. Wagner?"

Tom räusperte sich. „Ich bitte um Verzeihung, Sir. Natürlich können Sie auf mich zählen", sagte Tom und hatte ein ganz mieses Gefühl in der Magengegend.

Der Präsident verabschiedete sich. „Sie hören von mir", sagte er, als er in seine Limousine stieg. Tom wartete, bis die Autokolonne des Präsidenten weggefahren war, und ging dann langsam zurück zu Hellen und Cloutard.

Hellen sah ihn an.

„Ist alles in Ordnung? Was wollte der Präsident?", fragte sie.

„Mir noch einmal persönlich sein Beileid aussprechen", sagte Tom und spürte bereits jetzt, dass das mit der Geheimhaltung nicht lange gut gehen würde.

## 80

EIN SITZUNGSSAAL IM 26. STOCKWERK, VIENNA
INTERNATIONAL CENTER, WIEN, ÖSTERREICH

Hellen kannte diesen Saal nur allzu gut. Genau hier hatte sie von Graf Pallfy angeboten bekommen für Blue Shield zu arbeiten.

„Ich war noch nie in der UNO-City", sagte Tom und blickte über die Donau in Richtung Kahlenberg.

„Von draußen ist das Ding ja nicht unbedingt eine Schönheit."

„Très moche", murmelte Cloutard, der sich in dem kargen Sitzungsraum offensichtlich gar nicht wohlfühlte. Luxus und Pomp waren sein Geschmack und nicht Büroräume, Kaffeeküchen und Sitzungssäle mit muffeliger Klimaanlage.

„So baute man eben in den 70er Jahren", sagte Hellen.

Cloutard schüttelte den Kopf und trank einen Schluck aus dem Kaffeebecher, den man ihnen soeben serviert hatte. Er verzog das Gesicht.

„Vermutlich der einzige ekelhafte Kaffee in ganz Wien, terriblement!", beschwerte er sich lautstark, als sein Mobiltelefon piepste. Er schaute auf das Display.

„Danke für die Überweisung! Die Operation ist gut verlaufen, meine Tochter ist auf dem Weg der Besserung. Ich schulde dir was. Farid." Cloutard lächelte.

„Was tun wir eigentlich hier?", fragte Tom.

„Euch mein Angebot anhören", sagte eine Stimme. Die drei, die gerade noch aus dem Fenster gesehen hatten, fuhren herum und sahen Hellens Mutter, die gerade mit einem Stapel Akten auf dem Arm in den Sitzungssaal gekommen war.

„Angebot?", fragte Hellen misstrauisch. „Was für ein Angebot, Mutter?"

Tom kannte Hellens Mutter von früher und hatte beschlossen, sich einfach hinzusetzen und sich vorerst im Hintergrund zu halten. Cloutard tat es ihm gleich. Er erkannte Parallelen zwischen Mrs. de Mey und seiner eigenen Mutter. Da war es erst mal besser, den Mund zu halten. Obwohl Hellens Mutter viel attraktiver war. Nur Hellen blieb stehen und wippte nervös mit dem rechten Fuß.

„Bevor ich dazu komme, noch etwas Wichtiges. Die ägyptischen Behörden haben Informationen über den Mann gefunden, den Tom im Museum in Notwehr erschossen hat."

Hellen blickte auf. Sie sah zuerst ihre Mutter und dann Tom an.

„Arno?"

„Das war leider nicht sein richtiger Name. Die Ägypter haben im Abgleich mit Interpol, dem deutschen Bundesnachrichtendienst und dem MI6 einiges über ihn in Erfahrung bringen können. Dutzende falsche Identitäten, eine Liste von Verbrechen und ein eindeutiger Kontakt zu AF."

Hellens Mutter machte eine Pause und sah ihre Tochter an. „Du solltest vielleicht die Auswahl deiner Männer überdenken. Ein sonderlich gutes Händchen hattest du noch nie."

Hellen wusste nicht, was sie darauf antworten sollte. Ihre Gefühle rebellierten. Sie hatte Arno geliebt, aber aufgrund der Geschehnisse, noch keine Gelegenheit gehabt seinen Tod zu verarbeiten. Dass Tom in Notwehr handeln musste, hatte sie anfangs ignoriert. Auch die Möglichkeit, dass Arno nicht zufällig in ihr Leben getreten war. Jetzt ergab aber alles einen Sinn. Doch sie würde noch einige Zeit brauchen, um über das alles hinwegzukommen. Sie warf Tom einen kurzen Blick zu, den er geflissentlich ignorierte. Auch Hellen beschloss, nicht weiter darauf einzugehen. Sie sah Tom entschuldigend an, formte mit ihren Lippen ein unhörbares *Sorry* und schlug die Augen nieder. Dieser Arno oder wie er auch immer hieß, war es nicht wert, dass man sich noch weiter über ihn den Kopf zerbrach.

„Aber nun zum eigentlichen Grund, warum ich mit euch sprechen wollte."

Theresia de Mey warf drei Akten auf den Besprechungstisch.

Tom wusste sofort, worum es sich bei den Unterlagen handelte. Vermutlich waren es Berichte über die Abenteuer der letzten Jahre.

„Ihr habt gute Arbeit geleistet. Ihr seid zwar ein sehr eigenwilliges Team", sie schaute in die Runde, „mit noch eigenwilligeren Methoden, aber der Erfolg gibt euch recht."

Sie warf eine weitere Mappe auf den Tisch.

Hellen hob die Augenbrauen.

„Mutter, wo hast du die her? Das ist die Akte von Nikolaus."

„Welche Akte?", fragte Tom.

„Nikolaus Graf Palffy III hatte in seiner Funktion als mein Vorgänger, Präsident von Blue Shield, eine Akte angelegt. Darin enthalten sind eine ganze Menge an mythischen und historischen Gegenständen, archäologischen Phänomenen und verschollenen Schätzen, die ein wenig - sagen wir mal - exotisch - sind."

„So exotisch wie der Stein der Weisen?", fragte Cloutard und wusste natürlich die Antwort bereits.

„Absolutement, Monsieur Cloutard", antwortete Theresia de Mey.

Hellen hatte sich hingesetzt und blätterte durch die Akte.

„Die ist nicht vollständig. Ich habe Nikolaus Akte zuletzt vor rund einem Jahr gesehen, als in Wien die UNESCO-Konferenz stattfand. Die Akte war damals um einiges dicker."

„Ja, das wissen wir. Die eigentliche Akte wurde aus Pallfys Haus gestohlen. Das hier ist eine ältere Version davon", sagte Hellens Mutter. Tom ahnte bereits, worauf das hinaus lief. Hellen offenbar auch.

„Mutter, sag jetzt bitte nicht, dass du uns beauftragen willst, den Dingen, die Nikolaus in der Akte zusammengesammelt hat, nachzugehen und die Artefakte und Schätze für Blue Shield zu finden."

Hellens Mutter lächelte und schwieg.

„Auf keinen Fall", platzte es aus Hellen heraus. „Du bist eine schreckliche Chefin. Ich arbeite sicher nicht unter deiner Fuchtel."

Tom legte beruhigend seine Hand auf Hellens Arm.

„Hör dir doch mal an, was deine Mutter zu sagen hat."

„Stimmt, danach kannst du dich noch immer echauffieren", ergänzte Cloutard.

„Monsieur Cloutard hat dankenswerterweise eine Menge Geld von AF abgezweigt."

Cloutard lächelte ein wenig gequält. Tom und Hellen sahen sich erstaunt an.

„Noah hat uns auch hier angelogen. Das Geld kam nicht vom Mossad. Es war Geld von einem Schwarzgeldkonto von AF, das danach von mir wieder abgezweigt wurde", sagte Cloutard.

„Konfisziert ist die korrektere Formulierung, Monsieur. In Abstimmung mit der UNO, der UNESCO, dem Vatikan und den G8 Staaten konnte ich erwirken, dass wir das Geld für Blue Shield behalten dürfen."

Tom, Hellen und Cloutard fiel die Kinnlade nach unten.

„Wie? Die ganzen 50 Millionen?"

Hellens Mutter nickte. In diesem Moment öffnete sich die Tür und Vittoria Arcano kam in den Raum. Sie lächelte Tom ein wenig zu lange an, was Hellen gar nicht gefiel.

„Signorina Arcano hat die Verträge ausgearbeitet. Sie sind sehr großzügig."

Cloutard blätterte die Unterlagen durch.

„Vraiment généreux, sagte er.

„Vielleicht müssen Sie dann nicht mehr irgendwo einbrechen oder fremde Konten abräumen, wenn sie ordentlich bezahlt werden", sagte Theresia zu Cloutard.

Hellen war zwar noch immer nicht begeistert, aber ihr wurde klar, welche Chancen das Angebot in sich barg. Das war der archäologische Olymp. Geldmittel ohne Ende und die Suche nach den größten Mythen der Menschheit. Sie wollte es zwar nicht wahrhaben, aber es klang verlockend.

Hellens Mutter sah Cloutard noch immer streng an.

„Monsieur, ich sage Ihnen eines. Wenn Sie Teil des Teams sein wollen, dann müssen Sie sich aber an die Regeln halten."

„Das wird er. Dafür sorge ich", sagte Tom und schlug Cloutard fester als notwendig auf die Schultern und drückte mehrmals fest zu.

„Was ist eigentlich mit Ossana passiert, nachdem wir sie in Äthiopien den Behörden übergeben haben?", fragte Cloutard um das Gespräch in eine andere Richtung zu lenken.

„Ossana wurde in die USA überstellt. Sie hat mit Sicherheit eine Menge Informationen über AF. Bei den Verhörmethoden der Amerikaner wird sie bald so einiges ausplaudern", sagte Hellens Mutter trocken.

Cloutard verzog das Gesicht. Er wollte sich zwar an Ossana rächen, hatte aber doch ein wenig Mitleid mit ihr, wenn er an Waterboarding & Co dachte.

„Ossana ist also weg vom Fenster. Aber ich habe das Gefühl, dass Noah uns noch einmal über den Weg laufen wird", sagte Tom.

Hellen nickte. „Er wirkte zu besessen von der Sache, um einfach so klein beizugeben."

„Zurück zum Geschäft." Hellens Mutter zeigte wieder auf die Akten.

„Ihr könnt natürlich eine Nacht drüber nachdenken", sagte sie beiläufig.

„Aber nicht zu lange", sagte Vittoria. „Wir haben bereits den ersten Auftrag." Sie trommelte mit ihren Fingernägeln vielsagend gegen den Aktendeckel.

Tom, Hellen und Cloutard sahen sich an. Sie nickten einander zu, unterschrieben den Vertrag und Vittoria händigte ihnen die Akte mit dem ersten Auftrag aus.

— DAS ENDE —
VON „DIE BIBLIOTHEK DER KÖNIGE"

Auf Tom Wagner und sein Team
wartet aber schon das nächste Abenteuer

**„DIE UNSICHTBARE STADT"**

**HOLE DIR DAS KOSTENLOSE TOM WAGNER ABENTEUER „DER STEIN DES SCHICKSALS"**

Der Kontakt zu unseren Lesern ist uns wichtig. Anregungen und Feedback zu bekommen und zu erfahren, wie gut unsere Geschichten ankommen, motiviert uns ungemein.

Deswegen gibt es auch unseren Newsletter, der uns sehr am Herzen liegt. Darin bekommst du Informationen über unsere Neuerscheinungen, Blicke hinter die Kulissen, Preisaktionen und ein kostenloses Buch zum Download:

Das Tom Wagner Abenteuer „Der Stein des Schicksals" (Klicke hier)

oder gehe auf www.robertsmaclay.de/start

„Der Stein des Schicksals" führt unsere Helden in die dunkle Vergangenheit der Habsburger und zu einem Schatz, der seit langer Zeit verschollen ist. Durch halb Europa geht die atemlose Jagd und die Überraschung am Ende bleibt nicht aus: Ein Verschwörung, die in den letzten Tagen des ersten Weltkriegs ihren Anfang nahm, reicht bis in die heutige Zeit: Fakten und Fiktion verschwimmen. Und das wie immer mit viel Spannung, überraschenden Wendungen und einer gehörigen Portion Humor.

Du kannst dir das Buch „Der Stein des Schicksals" gratis holen, indem du dich für unseren Newsletter einträgst: Klicke hier oder gehe zu folgenden Link:

www.robertsmaclay.de/start

## DIE TOM WAGNER SERIE

### DER STEIN DES SCHICKSALS

(Tom Wagner Prequel)

*Ein dunkles Geheimnis der Habsburger. Ein verloren geglaubter Schatz. Eine atemlose Jagd in die Vergangenheit.*

Der Thriller „Der Stein des Schicksals" führt Tom Wagner und Hellen de Mey in die dunkle Vergangenheit der Habsburger und zu einem Schatz, der seit langer Zeit verschollen scheint.

Durch halb Europa geht die atemlose Jagd und die Überraschung am Ende bleibt nicht aus: Eine Verschwörung, die in den letzten Tagen des ersten Weltkriegs ihren Anfang nahm, reicht bis in die heutige Zeit!

**Kostenloser Download!**
**Hier klicken oder Link aufrufen:**
https://robertsmaclay.de/start

## DIE HEILIGE WAFFE

(Ein Tom Wagner Abenteuer 1)

*Gestohlene Heiligtümer, eine unbekannte Macht mit einem teuflischen Plan und Verbündete, von denen nicht klar ist, auf welcher Seite sie stehen.*

Die brennende Notre Dame, der Raub des Turiner Grabtuchs und Terroranschläge auf die legendären Meteoraklöster sind erst der Anfang. Europa hält in Angst den Atem an. Tom Wagner ist auf einem Wettlauf gegen die Zeit, um eine Katastrophe zu verhindern, die Europa in ihren Grundfesten zerstören könnte. Und er kann niemandem trauen.

**Hier klicken oder Link aufrufen:**
https://robertsmaclay.de/tw1

## DIE BIBLIOTHEK DER KÖNIGE

(Ein Tom Wagner Abenteuer 2)

*Lange verschollenes Wissen. Ein Relikt ungeahnter Macht. Ein Wettlauf gegen die Zeit.*

Als Hinweise auf die lange verschollene Bibliothek von Alexandria auftauchen, sind Ex-Cobra Offizier Tom Wagner und Archäologin Hellen de Mey nicht die einzigen, die das verborgene Wissen wiederfinden wollen. Eine grausame Macht zieht im Hintergrund die Fäden und nichts ist, wie es scheint. Und das dunkle Geheimnis, das die Bibliothek in sich birgt, ist eine Gefahr für die gesamte Menschheit.

Quer über den Globus sind Tom Wagner und sein Team auf der Suche nach der legendären Bibliothek von Alexandria und den darin verborgenen Schätzen.

**Hier klicken oder Link aufrufen:**
https://robertsmaclay.de/tw2

---

## DIE UNSICHTBARE STADT

(Ein Tom Wagner Abenteuer 3)

*Eine untergegangene Kultur. Eine bösartige Falle. Ein mystischer Hort.*

Tom Wagner, Archäologin Hellen de Mey und Gentleman Gauner Francois Cloutard stehen kurz vor dem ersten offiziellen Auftrag durch Blue Shield. Als Tom aber kurzfristig im Vatikan gebraucht wird, überschlagen sich die Ereignisse: Gemeinsam mit dem russischen Patriarchen finden sie Hinweise auf einen uralten Mythos, das russische Atlantis.

Von Cuba bis ins tiefste Russland geht die mörderische Hetzjagd um ein uraltes, verloren geglaubtes Relikt. Welcher mystische Hort befindet sich tief unterhalb von

Nischni Nowgorod? Wer hat die bösartige Falle ausgelegt? Und was hat Toms Großvater mit der ganzen Sache zu tun?

Hier klicken oder Link aufrufen:
https://robertsmaclay.de/tw3

———

## DER GOLDENE PFAD

(Ein Tom Wagner Abenteuer 4)

*Der größte Goldschatz der Menschheit. Eine internationale Intrige. Eine grausame Offenbarung.*

Als Sondereinheit für Blue Shield ist Tom Wagner mit seinem Team auf der Suche nach dem legendären El Dorado. Aber wie so oft läuft es nicht wie geplant. Das Team wird getrennt und sie müssen buchstäblich auf mehreren Fronten kämpfen: Hellen und Cloutard machen eine Rehe von Entdeckungen, die die anerkannte Geschichtschreibung über El Dorado über den Haufen werfen. Tom ist inzwischen im Auftrag des US-Präsidenten unterwegs, um zu verhindern, dass eine gefährliche Substanz in die Hände von Terroristen fällt.

Langsam aber sicher erkennen sie, dass alle Fäden zusammen laufen und hinter beiden Aufträgen eine internationale Intrige ungeahnten Ausmaßes steckt.

Wo liegt El Dorado wirklich? Wer sind die wahren Widersacher? Und welche quälende Erkenntnis wartet am Ende auf Tom und sein Team?

**Hier klicken oder Link aufrufen:**
https://robertsmaclay.de/tw4

## DIE CHRONIK DER TAFELRUNDE

(Ein Tom Wagner Abenteuer 5)

*Der erste Geheimbund der Menschheit. Artefakte unschätzbarer Macht. Ein Wettlauf, den man nicht gewinnen kann.*

Die Ereignisse überschlagen sich: Tom Wagner wird vermisst. François Cloutard ist auf geheimer Mission, Hellen de Meys Vater Edward ist aufgetaucht und eine heiße Spur wartet auf das Team von Blue Shield: Die sagenumwobene Chronik der Tafelrunde.

Welche Geheimnisse bergen die Chroniken des König Artus in sich? Muss die Geschichte rund um Avalon und Camelot neu geschrieben werden? Wo ist Tom Wagner und wer zieht im Hintergrund die Fäden?

**Hier klicken oder Link aufrufen:**
https://robertsmaclay.de/tw5

# DER KELCH DER EWIGKEIT

(Ein Tom Wagner Abenteuer 6)

*Das größte Geheimnis der Welt. Falsche Freunde. Übermächtige Gegner.*

Die Chronik der Tafelrunde ist gefunden und auf Tom Wagner, Hellen de Mey und François Cloutard wartet ihre bis her größte Herausforderung. Die Suche nach dem heiligen Gral.

Nur führt sie ihr Abenteuer nicht in die Zeit der Templer und Kreuzzüge, sondern noch viel weiter zurück in die Geschichte der Menschheit. Und die Jagd in die Vergangenheit, ist eine Reise ohne Wiederkehr.

**Hier klicken oder Link aufrufen:**
https://robertsmaclay.de/tw6

## LESERSTIMMEN ZUR TOM WAGNER SERIE

"Ich bin gerade mit dem Buch fertig und muss sagen, das Buch hat mich vom Hocker gerissen. Ich bin hin und weg, so viel Spannung, ich konnte mein Kindle kaum aus der Hand legen. Mit wenigen Worten, das Buch ist der Hammer. Vielen lieben Dank für so viel Spannung!"

―――――

"Habe mich sehr auf dieses Buch gefreut, hat natürlich meine Erwartungen voll erfüllt, eine interessante Geschichte, spannend, viel Action. Ich freue mich schon sehr auf das nächste Abenteuer von Tom!"

―――――

"Habe alle 3 Bücher in einen Zug gelesen. Dan Brown sollte sich warm anziehen."

―――――

"Rasant, spannend geschrieben. Eine schöne Mischung aus Dan Brown, James Bond, Jason Bourne und einem Quäntchen Wiener Schmäh. Gute Recherche zu den Schauplätzen und überraschende Wendungen."

―――――

"Ich bin ein wirklich großer Dan Brown-Fan und war am Anfang ja etwas skeptisch - aber schon nach wenigen Seiten hat mich Tom Wagner für sich gewonnen! Freue mich auf mehr, klasse Buch!"

―――――

"Sehr kurzweilig, immer spannend und in meinen Augen besser als die anderen, gelesenen Vatikanthriller. Diese Sorte Buch immer wieder gerne!"

# ÜBER DIE AUTOREN
### ROBERTS & MACLAY

Roberts & Maclay kennen sich seit über 25 Jahren, sind gute Freunde und haben schon bei den diversen Projekten zusammengearbeitet.

Dass sie nun auch gemeinsam Thriller schreiben, ist weniger Zufall als Schicksal. Denn das Fachsimpeln über Filme, TV-Serien und Spannungsromane gehörte von Anbeginn zu ihren Lieblingsbeschäftigungen.

Wie es zu ihrem Pseudonym kam, ist einen Geschichte, die sie auch irgendwann noch erzählen werden.

**M.C. Roberts** ist das Pseudonym eines österreichischen Entrepreneurs und Bloggers. Spannende Geschichten waren schon immer seine Leidenschaft.

Nachdem er als 6-Jähriger eigene Superhelden-Hörbücher auf dem alten Kassettenrekorder seines Vaters einsprach, hat er fast vier Jahrzehnte lang mit Jobs als Marketing-Leiter, Chefredakteur, DJ, Opernkritiker, Kommunikationstrainer und Sachbuchautor das Schreiben von Romanen erfolgreich vor sich hergeschoben.

Aber der Ruf zum Schreibabenteuer war doch stärker.

---

**R.F. Maclay** ist das Pseudonym eines österreichischen Grafikdesigners und Werbefilmers. Er begann seine internationale Karriere als Elektrikerlehrling. Schnell war ihm aber klar, dass er kreativere Projekte in seinem Leben brauchte und wurde Grafiker. Seine Familie und Freunde belächelten diese Entscheidung.

Zwanzig Jahre später hat der überzeugte Autodidakt nicht nur internationale Plattenfirmen, Markenartikel und Elektronikkonzerne mit seinen Designs beglückt, sondern sich auch als Werbefilmer und Illustrator einen Namen gemacht.

Nebenbei ist er ein wandelndes Film- und TV-Serienlexikon.

www.RobertsMaclay.de

Printed in Poland
by Amazon Fulfillment
Poland Sp. z o.o., Wrocław